디지털을 향한 여정

디지털을 향한 여정

들어가기 전에

최근 현대자동차 그룹의 변화에 대한 소식이 뉴스에 자주 등장하고 있다. 2019년 신년사에서 정의선 수석부회장은 "4차 산업혁명 등으로 기존과 확연히 다른 새로운 '게임의 룰'이 형성되고 있다"라고 하며 "그런 만큼 조직의 생각하는 방식, 일하는 방식에서도 변화와 혁신을 추진할 것"임을 강조했다. 2월 중순에는 신입사원 채용방식을 해마다 2번의 정기 공개채용 방식에서 현업부서가 필요 인력을 직접 채용하는 방식으로 바꾸겠다고 발표했다. 또 2월 24일 인터넷 신문을 보면, '현대차 완전 자율복장 전면 도입'이라는 제목이 눈에 띈다. 2017년 신차 발표회에서 정의선 수석부회장이 청바지를 입고 신차에 대한 프레젠테이션을 했었을 때, '곧 현대자동차 그룹이 자율복장을 하겠구나'라고 생각했던 기억이 떠올랐다. 생각보다 늦은 감은 있으나, 3월 3일자로 현대자동차부터 시행한다고 밝혔다. 다만, 고객을 대하는 영업부서와 현장의 작업자들은 예외로 한다고 한다.

1993년 삼성그룹에서도 이와 같은 변화가 불었던 적이 있었다. 당시 이건희 회장은 "마누라와 자식만 빼고 다 바꿔라"라며 독일 프랑크푸르트에서 계열사 임원을 모아 놓고 다소 충격적인 내용인 '신경영 선언' 발표를 했었다. 그 당시 나는 삼성그룹 사원 시절로 거의 매일 신경영 선언 관련 방송(삼성그룹 자체 제작)을 시청한 후 업무를 시작했었던 기억이 있다. 그리고 신경영 행동 강령으로 아침 7시 출근해서 오후 4시에 퇴근하고, 그 이후에는 자기 계발을 할 수 있도록 하는 '74제'를 실행했었다. 오후 4시가 되면 무조건 퇴근을 해야만 했었다. 하절기와 썸머 타임의 시작으로 퇴근 후 굉장히(?) 많은 자유 시간이 주어졌었다. 또 업무 시간을 효율적으로 활용하기 위해 '코어 근무 시간'을 스스로 정해 그 시간만큼은 전적으로 개인이 관리할 수 있도록 했다. 또 "변할 것이라고, 변했다고 말만 하지 말고, 행동으로 보여줘라. 변화한다는 말도 필요 없다. 행동으로 보여주면 된다"라고 하며 "일하기 싫으면 출근하지 말고 놀아라, 놀아도 좋으니 일하는 사람 뒷다리 잡지 마라"라며 상당히 파격적이면서 상식을 깨는 주문을 직원들에게 했다. 지금 생각해도 큰 변화라는 생각이 든다. 아마 이런 변화 노력의 결과가 오늘날 삼성의 발전으로 이어졌다고 생각한다.

하지만, '74제'는 얼마 가지 못했다. 삼성그룹의 오너가 전 세계를 돌며 A4용지 8,500여 장과 약 350시간 분량의 강의를 했는 데도, 지속되지 못했다. 삼성그룹만 변한다고 되는 것이 아니기 때문이다. 주변의 협력 기관(공공기관, 금융기관, 협력업체 등)은 전혀 변하지 않았기 때문이다. 만약 삼성그룹의 그 당시 신경영 개념을 국가 차원에서 받아들였다면 어땠을까? 많은 부문에서 초일류 기업들이 탄생했을 것이다.

나는 그룹 오너의 강력한 변화 주문에도 변화를 통해 혁신이 되지 않는 이유로 '예외'를 든다. '74제'가 정착되지 못한 가장 큰 이유는 "은행 마감이 시간이 아직 남아서 ···", "관공서 업무 시작 전이라 ···", "협력 업체가 아직 오지 않아서 ···" 등의 나름 타당한 이유가 저마다 있다. 원하는 목표를 달성하기 위한 변화를 시도하기 위해서는 예외를 인정해서는 안 된다. 변화를 위해 모든 것을 제로베이스 상태에서 생각하기 위해, 그 어떤 관례, 상식, 관습 등도 인정해서는 안 된다. 늘 그렇듯 큰 결심의 실패는 대부분 사소한 예외에서 시작된다는 것을 무수히 많은 경험을 통해 잘 알고 있을 것이다. 고객을 만나는 영업부서 직원이라고 자율복장 시행에 대해 예외를 두고 있는 현대자동차 그룹도 사실 걱정이 앞선다. 그동안 거의 모든 직원이 양복을 갖춰 입고 있었던 이유는 거의 관례화된 것처럼 예의를 지키기 위해서였다. 자율복장을 한다고 예의를 지키지 않는 것은 아니다. 현대자동차 입장에서 고객에게 최고의 예의를 갖추는 것은 고객이 만족할 수 있는 자동차를 만드는 것이다. 의복의 격식은 아주 사소한 것이고, 과거에는 의복에 따라 지위고하를 나타내어 힘없는 백성을 통치하기 위한 수단이었다. 따라서 예외없이 자율복장을 시행하려는 목적을 위해 전면적으로 시행하되, 처음에는 지금까지 쌓여있던 관례를 없애기 위한 강제적 추진 프로세스의 도입이 필요하다. 그 프로세스가 루틴이 되고, 이어서 클리셰가 될 때 정착이 된다. 이렇게 프로세스가 정착되기 위해서는 시간이 필요하다. 멋진 선언만으로 결코 이루어지지 않는다.

디지털 비즈니스 생태계에서도 마찬가지다. 너무나 빨리, 너무나 많이 변화하고 있는 디지털 비즈니스 생태계에 적응하기 위해서는 새롭고 멋진 기술이나 기능을 구현한다고 되는 것이 아니다. 디지털의 필요성을 이해하고, 디지털 비즈니스 생태계 특성을 파악할 수 있는 역량을 확보하여 새로운 디지털 비즈니스 프로세스를 만들고 적용할 수 있어야 한다. 이것은 인터넷을 사용하고, 스마트폰을 활용하는 능력과 다르다. 인터넷과 스마트폰이 거쳐가는 플랫폼과 그 플랫폼에 있는 수많은 콘텐츠에 대한 이해가 필요하다.

여러분은 '왕훙(网红)', '마이크로 인플루언서(micro-influencer)' 등의 단어를 알고 있는가? 왕훙은 '인터넷에서 유명한 사람'의 뜻이고, 마이크로 인플루언서는 'SNS상에서 수천 명의 팔로워를 갖고 있는 사람'으로 같은 의미다. 불과 몇 년 전에는 존재하지 않았던 단어다. 하지만, 지금은 엄청난 구매 파워력을 갖고 있는 개인 비즈니스맨을 일컫는 말이다. 왕훙은 중국에서, 마이크로 인플루언서는 미국에서 활약하고 있다. 이들은 디지털 비즈니스 생태계의 특성을 파악하고, 모바일을 통해 비즈니스를 한다. 단지 모바일 기술을 사용한다는 뜻이 아니라, 기존의 영향력 있는 플랫폼을 통해 '디지털스러운 특성'을 활용하는 것이다. 이들의 영향력이 점점 커지고 있어 대형 업체에서도 이들을 끌어들이기 위한 노력을 하고 있다. 국내에서는 모 방송에서 '랜선친구'라는 제목으로, 또는 '유튜버'라는 개념과 비슷하다. 과거 제조업체에서는 경쟁력있는 제품 생산이 최고의 목표였다. 그러나 지금은 기술의 발전으로 제품의 변별력이 얕아졌고, 대신 디지털 특성을 활용하여 고객 경험을 창출하기 위한 노력을 한다. "여기 좋은 제품이 있어요"라는 광고보다, "이 제품은 이런 가치를 여러분에게 줄 수 있어요"

라고 소비자가 제품을 통해 경험하고 싶어하는 것을 알리려고 한다. 가치 있는 고객 경험을 주지 못하는 제품과 서비스는 더 이상 소비자의 관심을 끌지 못한다. 왕홍이나 마이크 인플루언서는 소비자가 원하는 고객 경험을 미리 해보고, 알려주는 역할을 한다. 소비자가 원하는 고객 경험을 더 많이 창출할수록 구매 파워력은 더욱 강해진다.

디지털 비즈니스 생태계에서 과거의 종이정보를 컴퓨터에 입력하기 위해 단순 디지털화한 특정 업무 자동화 정보시스템과 모바일시스템은 이제 무용지물에 가깝다. 디지털 비즈니스 생태계에 적용할 수 없는 기존의 정보시스템이 아닌, 고객 경험을 창출할 수 있는 운영 프로세스를 구축하고, 적용할 수 있는 새로운 비즈니스 모델이 필요하다. 이 작업은 최고 경영층의 선언으로 되는 것이 아니라, 디지털 이해를 바탕으로 하는 아주 기나긴 디지털 여정이 필요한 작업이다. 이 여정은 과거처럼 모든 것을 기획하고, 완전한 계획이 확립된 후에 시도하는 것이 아니라, 짧은 시간에 다양한 기술과 방법을 동원하여 가장 효과적인 비즈니스를 찾아내는 작업을 반복하여 조직 전체에 혁신을 이끌어 내는 작업이다. 여기에 기존의 관례와 관습은 철저하게 원점에서 다시 생각해야 한다. 'Digital Innovation(디지털 혁신)'보다 'Digital Disruption(디지털 파괴혁신, 디지털 혁신이 일으키는 변화)'이라는 용어를 더 많이 사용하는 이유를 깨달아야 한다. 이를 위해 필요한 것이 디지털 역량(Digital Capability)이다.

1. 디지털 트랜스포메이션

2. 디지털 트랜스포메이션 사례 연구

3. 디지털 트랜스포메이션 4가지 키워드

4. 디지털 트랜스포메이션 전략

5. 맺음말

1. 디지털 트랜스포메이션

1.1 디지털 서비스

200여 년 전 유럽 사람들은 잘 씻지를 않아 매우 비위생적이어서 이질, 장티푸스 같은 전염병에 많이 노출되었다. 그로 인해 평균 수명도 40세 정도에 불과했다고 한다. 당시 프랑스 루이 16세는 프랑스 국민의 위생 상태를 개선하기 위하여 세탁용 소다에 많은 관심이 있었고, 1775년 프랑스 과학아카데미는 세탁용 소다(탄산나트륨)를 만드는 방법을 고안한 사람에게 거액의 상금을 내걸고 공모를 했다. 과학아카데미는 난제를 만나면 공개 경쟁 형태로 문제를 해결하는 전통을 가지고 있었다. 공모가 시작된 후 10년이 흐른 1784년에 원래 의사였으나 화학자로 변신한 니콜라스 르블랑이 공모 과제에 도전하여, 1789년 소금에서 세탁용 소다를 생산할 수 있는 '르블랑 공법'을 발명하였고, 1791년 특허를 취득했다.

하지만 르블랑 공법은 1톤의 세탁 소다가 만들어질 때마다 염화수소 기체 0.75톤이 대기 중으로 방출되었고, 염화수소는 염산으로 변해 산과 들판을 오염시켰다. 공장 주위에는 수만 톤의 황 화합물이 쌓여, 이른바 '르블랑 오염'이 가시화되었고, 급기야 공장 노동자들이 사망에 이르게 되는 문제점을 노출하기도 했다. 이를 해결하기 위해 공장의 굴뚝을 높이 세워 유독 가스가 멀리 날아가게 했다(공장의 굴뚝이 높은 이유를 알게 되었다). 마침내 1863년 벨기에 화학자 어네스트 솔베이가 오염 물질을 생성하지 않게 암모니아를 사용하여 만든 '솔베이 공법'이 발명되면서 르블랑 공법을 사용하는 공장은 사라지게 되었다.

지금도 유명회사에서 그의 이름이 들어 있는 비누 상품을 아주 고가(확인해 보았더니 85,000원으로 생각보다 더 비쌌다)에 판매하고 있다. 오늘날의 비누로 발전한 르블랑의 세탁용 소다 발명은 그 당시 유럽인의 평균 수명을20년이나 증가시켰다. 세탁용 소다가 인간의 삶의 형태를 바꿔 놓은 것이다. 아마 그 당시 유럽 사람들이 불결하게 살았던 이유는 잘 씻지 않아서가 아니라 씻을 수 있는 도구가 없어서가 아니었을까 생각해 본다. 그리고 세탁용 소다를 한 번 사용해 본 경험에 만족하게 되어 계속 사용하게 되지 않았을까? 세탁용 소다를 발명한 르블랑은 과연 이런 삶의 변화를 예견했을까?

2018년 연말에 퀄컴에서 5G(5thGeneration) 시대를 겨냥한 새 제품을 발표했다. 유명한 스냅드래곤(Snapdragon)855가 그것이다. 1980년대 아날로그 휴대폰이 나온 1G 시대를 시작으로 현재 모바일 시대의 4G를 넘어 초연결성을 가능하게 하는 5G 시대가 열린 것이다. 이 글을 읽고 있는 독자들은 5G 시대가 정확히 무엇을 의미하는지는 몰라도 최소한 무언가 빨라지고, 많아지고, 편해지고, 좋아질 것이라는 것쯤은 알고 있을 것이다. 그렇다면 과연 5G와 바로 전 시대인 4G의 차이점은 무엇일까?

5G 시대가 된다한들 무엇이 변할까? 독자들도 같이 상상해 보길 바란다. 5G 시대가 되면 속도가 빨라진다는 것을 가장 많이 강조하고 있으니 속도와 관계있는 것부터 생각해보자. 언뜻 떠오르는 것은 영화같이 파일 사이즈가 큰 미디어를 다운 받을 때가 떠오른다. 대용량 크기의 영화 한 편을 1초 안에 다운 받을 수 있다고 한다. 우와! 굉장한 속도다. 그런데 4G 시대에도 속도가 늦어 불편했던 점은 별로 없었다. 따라서 이런 측정 지표는 별 의미가 없어 보인다. 파일 사이즈가 큰 고화질 영상을 지금의 스마트폰이나 컴퓨터에서 볼 때 문제가 있는 것도 아니다. 통신 환경만 좋다면 4K급 영상도 충분히 볼 수 있다. 그렇다면 이 지표도 아닌 것 같다. 화려한 그래픽이 생명인 게임은 어떤가? 이것 또한 별 차이를 모르겠다. 여기서 살짝 의심이 들기 시작한다. 요즘 항간에 많이 떠돌고 있는 것처럼 "소프트웨어를 업데이트하면 성능이 떨어진다"라는 말을 들어 본 적이 있을 것이다. 혹시 통신 비용을 올리기 위한 교묘한 술책(?)이 아닌가 하는 의심 말이다. 더구나 이제는 스마트폰이 대세가 되어 있는 세상에서 5~6인치밖에 안되는 화면 단말기에서는 이렇게 빠른 속도로 인한 비용은 가성비가 떨어진다. 단말기 성능 대비 과도한 속도에 당연히 비싸질 요금 때문이다. 하지만 이런 치졸한(?) 마음을 갖고 5G를 개발하지는 않았을 것이다.

그럼 지금부터는 성숙한 마음과 자세로 5G 시대의 변화를 상상해 보자. 5G 시대에 걸맞는 맥락을 말이다. 르블랑의 세탁용 소다의 개발에서 살펴보았듯이 세탁용 소다는 그것을 만들 필요(거액의 상금이 걸려있는 공모과제)에 의해 개발됐으나, 지금 우리가 쓰고 있는 비누로써의 용도가 발견되고 나서 인간의 수명을 그 당시 수명 대비 무려 50%나 증가시켰다. 의학이 발달한 지금도 이렇게 수명을 늘릴 수 있는 제품 또는 신약이 개발될 수 있을까? 아마 쉽지 않을 것임이 분명하다. 이처럼 4G 시대를 넘어서는 개발품의 필요에 의해 만들어진 5G 시대에 어울리는 새로운 단말기와 서비스를 상상해보자.

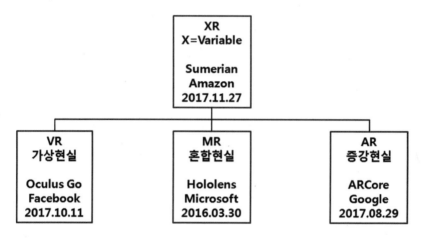

그림-1. VR • MR • AR • XR 관계

VR(Virtual Reality, 가상 현실)은 컴퓨터에 의해 시뮬레이션된 현실이다. 실물의 헤드셋을 착용하여 실제 세계의 재현 또는 상상의 세계를 만들어 현실적인 이미지, 소리 및 기타 감각을 생성하여 사용자를 완전히 가상 세계에 몰입시키는 기술이다. 인간의 오감(시각 • 청각 • 촉각 • 후각 • 미각)을 모두 포함할 때 진정한 VR 환경이 된다. 이 기술은 게임에 많이 적용되어 있다.

AR(Augmented Reality, 증강 현실)은 컴퓨터로 생성된 비디오, 그래픽, 사운드, GPS 데이터 등과 감각 입력에 의해 보강된 실제 환경을 실시간으로 직 · 간접적으로 보여준다. 모바일 및 태블릿 기기들은 보편적인 매체로 카메라를 통해 디지털 콘텐츠의 오버레이(Overlay) 환경에 적용한다. 오버레이 환경이란 하나의 프로그램을 몇 개의 영역으로 분할하여 보조 기억 장치에 수용하고, 처리의 흐름에 필요한 영역을 주기억 장치에 차례로 불러내어 실행하는 방식이다. 몇 년 전에 인기를 끌었던 포켓몬고가 대표적인 AR이다.

MR(Mixed Reality, 혼합 현실)은 하이브리드 리얼리티라고도 하며, 실제 및 디지털 객체가 공존하고 실시간으로 상호 작용하는 새로운 환경과 시각화를 생성하기 위해 실제 세계와 가상 세계를 혼합한다. 이것은 새로운 이미지를 실제 공간 내에 배치하여 새로운 이미지가 실제 세계에서 실제와 어느 정도 상호 작용할 수 있음을 의미한다. 주요 특징은 실제와 합성 콘텐츠가 실시간으로 상호 반응할 수 있다. 국내에서는 2019년 1월 현재 MR을 소재로 활용한 '알함브라 궁전의 추억'이라는 드라마가 방영되고 있다.

XR(Extened Reality, 확장 현실)은 최근 기술 단어 사전에 추가된 용어로, 컴퓨터와 웨어러블 기술에 의해 생성된 모든 실제 및 가상 결합 환경과 인간-기계의 상호 작용을 의미하며, VR · AR · MR을 모두 포함한다.

이 4가지 기술 중 VR은 5G 시대에 가장 먼저 환영받을 수 있다. 순수한 기술만으로 적용이 가능하기 때문이다. VR 사용자라면 콘텐츠의 절대 수 부족과 그나마 있는 콘텐츠도 어딘지 모르게 현실감이 떨어지는 것을 느꼈을 것이다. 이런 문제점들은 5G 시대에 걸맞는 속도가 적용된다면 극복할 수 있다. 현실 세계를 가상 세계로 완벽하게 구현할 수 있기 때문이다. 그렇다면 가장 먼저 발전할 부분은 어디겠는가?

지금부터 20여 년 전 초고속 인터넷이 보급되고, PC의 대중화가 합해지면서 인터넷 산업이 폭발적으로 성장한 것을 기억할 것이다. 인터넷의 빠른 보급에 19금(禁) 콘텐츠의 유통이 큰 기여(?)를 했다는 것은 다들 아는 사실이다. 이때 인터넷 도메인을 선점하기 위한 경쟁이 치열했는데, 그 중에도 'sex.com'이 압도적인 경쟁을 벌인 사실이 뉴스에 오르기도 했다. 'sex.com'이 처음으로 등록된 것은 지난 1994년으로, 이 도메인을 넘겨받은 스티븐 코언은 한 달 평균 무려 50만 달러를 벌어들여 화제가 됐었다. VR도 그렇지 않겠는가? 실감나는 영상에 실제 촉감과 그 이상의 감각을 느낄 수 있는 19금 VR이 등장할 테니 말이다.

또 인터넷이 보급되자 생활 주변에서 달라진 것 중 대표적인 것은 가족과 친구 관계다. 항상 모여서 대화하고, 놀고, 식사하는 일이 보편적이었는데, 인터넷이 보급되면서 언제부턴가 방문을 잠그고 혼자 있는 시간이 많아졌다. 만약 5G 시대의 VR이 보급된다면 이런 현상이 더 심해지지 않겠는다? 더구나 디지털 네이티브들이 이제 성년이 되었으니 가히 짐작하고도 남는다. 이런 세상이 되면 필요한 비즈니스 서비스, 특히 디지털 비즈니스 서비스는 어떻게 변할까? '나 홀로족(1인 가구)이 넘쳐나는 비즈니스 세상은 일코노미(1 + economy)'가 되고, 이로 인해 각 개인만의 독특한 삶이 중시되며, 특히 이 중에서 차별화된 경험은 다양한 방법으로 소개되는 경험 경제(Experience Economy)가 될 것이다. 통계청은 2017년 기준 우리나라 1인 가구 수는 561만8,577가구로 전체의 28.6%를 차지한다고 발표했다.

디지털 생태계 이전까지 전통적인 경제학 관점의 서비스는 정의상 무형이었다. 서비스는 물질적 재화를 생산하는 노동과정 밖에서 기능하는 노동을 광범위하게 포괄하는 개념으로써 용역이라고 번역되기도 한다. 눈에 보이지도 않고(invisible), 손으로 잡을 수도 없으며(intangible), 서비스의 생산과 소비가 동시(concurrent)에 이루어지는 1회성으로 복제 및 반복이 불가능하기 때문에 서비스를 제조하거나 운송하거나 저장해둘 수도 없다. 또 서비스가 생산되는 시점에 수요자가 없으면 그 서비스(예를 들면 빈 좌석이 있는 상태에서 영화 상영)는 사라지고, 반대로 서비스 수행이 종료(영화 상영이 종료)되면 그 서비스(해당 시간의 영화 티켓)는 다시 재생산되지 않는다. 서비스 제공자와 서비스 수요자가 서비스 제공 시점에 모두 참여해야만 한다.

오늘날의 디지털 비즈니스 생태계 경제에서 서비스는 과거와 많이 다르다. 과거에는 제품과 서비스가 확연하게 분리되었지만, 디지털 비즈니스 생태계 시대에서는 분리가 불가능하다. 산업의 성숙도에 따라 기존 제품과 혁신 제품의 차별화 요소가 줄어들고 있는데, 여기에는 서비스가 모든 곳에 숨어 있기 때문이다. 뿐만 아니라 사용 가능한 기술과 협력자의 결합이 용이해져 서비스에 거는 기대치도 높아졌다.

이제 서비스는 비즈니스적으로 중요한 차별화 요소가 되었다. 디지털 비즈니스 생태계 세상에서 고객은 기성 제품을 구입하거나 서비스를 받는 수동적 자세에서, 스스로 흥미를 찾을 수 있는 '경험'을 중요시하는 경험 경제시대의 주체가 되었다. 이제 고객은 단순 제품의 구매나 서비스를 받기보다 고객 스스로 흥미를 찾기 위한 경험을 원하고 있다. 이러한 변화는 1차 산업혁명부터 4차 산업혁명까지의 변화와 더불어 산업 경제에서 서비스 경제를 넘어 경험 경제로 변화하고 있음을 나타낸다.

이제 경험 경제를 탐험(Quest, 게임에서는 임무로 해석된다)하기 전에 디지털에 관련된 용어를 정의해 보자.

• 디지타이제이션(Digitization) : 제품 및 서비스를 디지털 형식으로 변환하는 최초의 과정이다. 출판, 음악 및 금융과 같은 부문에서 처음 적용했다. 이 과정은 실제 아날로그 형식으로 정보를 수집한다.

• 디지털라이제이션(Digitalization) : 디지털화된 제품을 이용할 수 있는 새로운 비즈니스 모델과 프로세스를 개발하는 산업의 디지털화 단계다. 애플은 음악 산업의 디지타이제이션을 발명하지는 않았으나, 디지털 비즈니스 모델을 발명했고, 이것은 현존하는 비즈니스 모델과 프로세스를 쓸모없게

만들어 기존의 비즈니스에 상당한 영향을 미쳤다.

• 디지털 트랜스포메이션(Digital transformation) : 새로운 디지털 비즈니스 모델과 프로세스가 경제를 재구성한다. 사회는 개인들이 디지털 기술을 자신의 삶과 습관에 통합함에 따라 진화하지만, 조직은 변화에 적극적이지 않은 방식으로 대응한다. 조직이 기술의 영향을 이해하는 능력보다, 기술이 훨씬 빠르게 확산함에 따라 비즈니스에서 대규모의 디스럽션(Disruption, 파괴혁신) 행동을 유발하는 시스템 수준의 전환이다.

그림-2. 디지털화 과정의 진화

보통 데이터를 디지털화하는 과정은 아날로그 데이터를 디지타이제이션하는 과정부터 비즈니스 자체를 디지털화하는 디지털 트랜스포메이션 과정까지 수준의 차이와 전환의 정도가 다르지만, 아직까지 이런 과정을 동일시 하는 기업이나 조직도 많은 것이 사실이다.

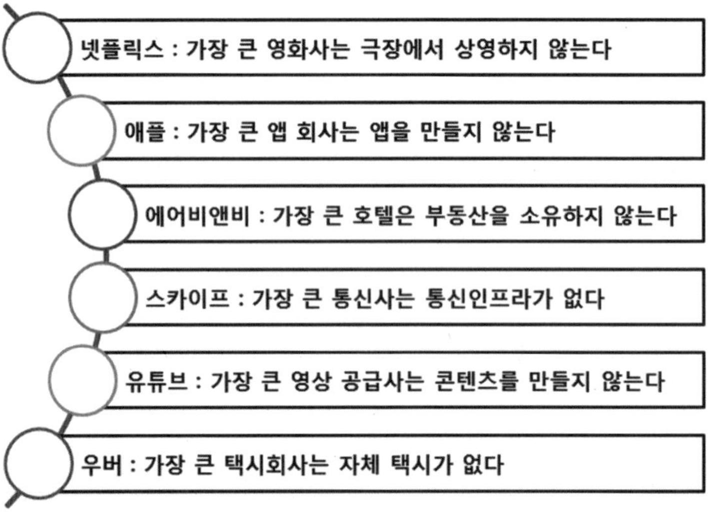

- 넷플릭스 : 가장 큰 영화사는 극장에서 상영하지 않는다
- 애플 : 가장 큰 앱 회사는 앱을 만들지 않는다
- 에어비앤비 : 가장 큰 호텔은 부동산을 소유하지 않는다
- 스카이프 : 가장 큰 통신사는 통신인프라가 없다
- 유튜브 : 가장 큰 영상 공급사는 콘텐츠를 만들지 않는다
- 우버 : 가장 큰 택시회사는 자체 택시가 없다

그림-3. Digital Disruption

　또 하나 중요한 개념을 갖고 있는 용어가 있다. 바로 디지털 디스럽션이다. 많은 사람들이 디스럽션이 '강제적으로 분리하는 작용 또는 비정상적으로 분리되어 있는 상태' 라는 의미의 사전적 의미로 인해 디지털 디스럽션의 의미를 제대로 이해하지 못하고 있다. 물론 디지털화에 반대하는 사람에게는 부정적인 의미가 되겠지만, 디지털화, 특히 디지털 트랜스포메이션을 받아들이는 사람들은 다양한 방법으로 비즈니스에 도움이 될 수 있다는 사실을 발견한다. 디지털 디스럽션은 새로운 디지털 기술 및 비즈니스 모델로 인해 발생하는 기존 비즈니스의 파괴혁신을 뜻한다. 혁신적인 신기술 및 모델은 비즈니스에서 제공하는 기존 제품 및 서비스의 가치에

영향을 미친다. 이러한 새로운 제품 · 서비스 · 비즈니스의 출현으로 인해 현재 시장이 파괴되고 재평가가 필요하기 때문에 디스럽션이라는 용어가 사용된 것이다.

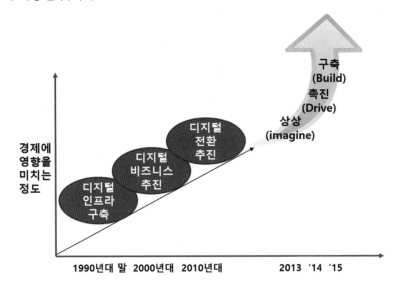

그림-4. 디지털 진화

디지털화는 1990년대 말 인터넷이 등장하면서 가속화되어, 2010년대 초에 디지털 트랜스포메이션 단계에 진입한 이후 디지털 트랜스포메이션을 위한 상상 · 촉진 · 구축 과정을 밟아나가며 디지털적인 진화를 해 나갔다. 아마존 · 구글 · 알리바바 등의 기업들이 적어도 10년 정도를 소요하면서 디지털 트랜스포메이션을 통해 경쟁에서 우위를 점하고 있는 동안, 아직까지 디지털화가 실제로 의미하는 바를 이해하지 못한 대다수 경영층은 자신의 조직이 이미 디지털 방식이라고 주장하면서 스스로를 방어하고 있는 것도 사실이다.

와튼 경영대학원 러셀 액코프 교수는 1967년 '잘못된 정보 시스템 관리'라는 논문에서 "사람들은 일기예보나 주식투자를 할 때 관련되지 않은 너무 많은 정보 때문에 제대로 된 결정을 내리지 못한다"라고 주장했다. 러셀 액코프의 연구처럼 데이터가 지혜가 되기까지는 많은 시간과 시행착오가 필요하다. 그리고 이 작업은 올바른 디지털화 없이 하는 것은 불가능하다. 대부분의 기업이나 조직이 디지타이제이션은 거의 수행했고, 디지털라이제이션도 제법 잘 해왔다. 또한 모바일의 등장으로 모바일화도 많이 했다. 그런데 여기서 주의할 점은 모바일화를 디지털 트랜스포메이션으로 착각하고 있다는 점이다. 기존의 디지털라이제이션된 부분을 모바일상에서도 기능이 작동하도록 한 것을 디지털 트랜스포메이션으로 착각하고 있는 것이다. 디지털 트랜스포메이션은 새로운 디지털 비즈니스 모델과 프로세스로 재구성된다는 것을 잊지 말아야 한다.

국내에서는 '컨택트'라는 제목으로 2016년 상영한 영화(원제목은 'Arrival')는 지구에 온 외계인과 커뮤니케이션하는 과정을 그리고 있다. 영화 속에서 주인공(에이미 아담스, 언어학자로 나옴)은 "사용 언어가 바뀌면 사고 방식도 바뀐다"라는 대사를 한다. 외계인과 커뮤니케이션이 안 돼 외계인과 전쟁의 위험이 발생하자 외계어를 사용한 사고를 하여 과거를 넘나들면서 문제를 해결한다. 이 영화를 보면서 디지털 트랜스포메이션의 올바른 이해를 위해서는 '디지털스러운 사고(Digital Thinking)'가 필요하다는 생각을 했다. '디지털스러운'에서 '스러운'은 '그러한 성질이 있음'의 뜻을 더하여 형용사를 만드는 접미사다. 이렇게 표현한 이유는 'Digital'은 주제를 꾸며주는 형용사이지만, 우리는 이 용어를 명사의 의미로 사용을 하고 있어 '디지털스러운' 생각을 하지 못한다고 생각하기 때문이다.

세계적으로 유명한 신경과학자인 예일대 의과 대학의 데이비드 맥코믹 교수는 중요한 연구에서 "인간의 두뇌가 아날로그 방식으로 정보를 얻고, 아날로그와 디지털 방식으로 정보를 처리하며, 그 정보를 동기적으로 전송할 수 있다"는 것을 분명히 했다. 즉, 디지털스러운 사고는 우리의 뇌에서 지배적이지 않은 것처럼 보인다. 하지만 클라우드 기반의 빅데이터와 분석 기능을 사용하여 시장을 디스럽션하는 디지털스러운 사고 방식은 기업이나 조직이 경쟁에서 차별화할 수 있고 비용을 최적화할 수 있는 방안임에는 틀림없다. 디지털스러운 사고는 단순한 기술 변화를 넘어, 일하고 배우는 방식의 변화로 지금까지의 업무 관행인 산업적 접근 방식을 새롭게 모델링하는 작업의 본질이다. 이런 세상은 공통의 목적을 통해 연결되는 세계(연결, 의사 소통 및 협업이 권력과 통제를 변화시키는 곳)로, 학교를 예로 들면, 학생 스스로 구글이나 유튜브 동영상 정보를 찾기 때문에 교사는 더 이상 지식 전달자가 아니라 학생의 전체적인 발전과 복지를 돌보는 멘토, 촉진자의 역할과 역량이 더 중요해진다.

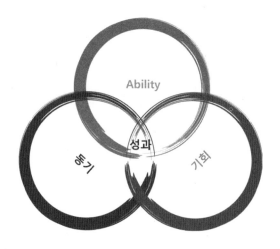

그림-5. 역량(Skill & Capability)

이제 '동료'라는 의미는 반드시 직장에서 내 옆에 앉아 있는 사람들이 아니라 동일한 열정을 가지고 같은 문제를 해결하기 위한 사람들이다. 이런 동료들과 조직을 연결하는 가장 영리하고 매력적인 방법을 찾아내는 조직과 지도자가 진정한 승자가 될 것은 자명한 일이다. 이렇게 디지털스러운 사고를 통해 디지털 기술을 활용하여 조직이 어떻게 일하고, 내외부적으로 협업해야 하는지를 둘러싼 기본 원칙을 정할 수 있는 디지털 역량이 필요하다. 디지털 역량은 스킬을 확보하고 있어, 스스로 동기 부여할 수 있으며 기회를 살려 반드시 성과를 내는 것을 의미한다.

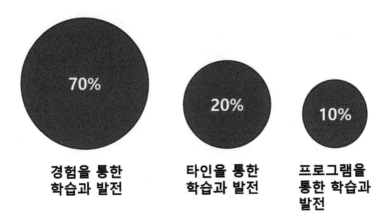

그림-6. 70:20:10 프레임워크

70:20:10 프레임워크라고 불리우는 이 모델은 지난 반세기 동안 다양한 연구원이 수행한 작업의 통계에 의해 나온 단순한 개념으로, 구조화된 교육 및 개발에 대해 1차원적인 초점으로 찰스 재닝스에 의해 만들어졌다. 그는 '70:20:10 연구소'의 Internet Time Alliance 회원이자 공동 설립자로, 학습과 개발 및 실적을 주도하는 사상가이자 실무자다. 많은 조직에서 대상 및 특정 개발 솔루션에 이 모델을 적용하고 있다. 이 모델은 참조 모델로 숫자는 정확한 공식이 아니라 상징적 의미다. 대부분의 학습과 개발은 정식 수업과 과목(10%)보다는 신입 사원 때 OJT(On the Job Training)와 같은 것을 통한 직장에서의 경험(70%)과 사회 학습(20%)을 통해 이루어진다는 것을 의미한다. 당연히 구조화되고 관리되는 공식적인 학습이 도움이 될 수 있지만, 실제로 원하는 답을 정확히 얻는 경우는 드물다. 높은 성과를 나타내는 사람들은 스스로 관심을 가지고 경험과 주위의 지원 네트워

크 활용을 통해 자신의 역량을 구축하는 것이 일반적이다.

그림-7. 디지털 역량

    이렇게 형성된 역량을 디지털 영역과 결합해 보자. 인터넷을 통해 쇼핑을 하고 스마트폰을 사용한다고 해서 디지털 역량이 있다고 할 수는 없다. 스마트폰이 대중화된 지금은 대부분의 사람들이 디지털에 너무 많이 의존하고 있으며 모든 커뮤니케이션에 스마트폰과 인터넷을 사용하고 있다. 스마트폰과 인터넷은 모든 정보가 들어오고 나가는 일종의 대문(Gate) 역할을 하면서 지식과 판단의 기능을 맡아 인간의 두뇌와 같은 기능을 상당 부분 수행하고 있지만, 인간의 뇌활동을 직접 도와주는 기억과 연산을 대신해주지는 않는다. 이렇게 스마트폰과 인터넷에 의존하고 있음에도 불구하고 사용자 자신은 어떤 특정한 기술과 알고리즘에 의존하고 있는지, 그로 인해 어떤 영향을 받고 있는지 알지 못한다. 아이러니하게도 스마트폰과 인터넷을 24시간 사용하고 있으면서도 실제 그를 통해 주고받는 디지털에 대해서는 이해가 부족한 것이 사실이다. 디지털 세상(스마트폰과 인터넷은 디지털 데이터가 모이고 흘러다니는 도구일 뿐이다)에서는 디지털을 해석할 수 있는 리터러시(Literacy, 문해력)가 매우 중요하다. 즉 디지털 리터러시가 디지털 역량이라고 할 수 있다. 디지털 역량을 위해서는 기본적으로 풍부한 IT 스킬과 경험(직무 역량), 그리고 적재적소에 필요한 도구들을 활용하여 목적을 달성할 수 있는 리더십이 필요하다. 디지털 역량을 위한 최소한의 프레임이라고 할 수 있겠다.

잠시, 4명의 여성을 생각해보자. 첫 번째 여성은 효녀 심청이다. 두 번째 여성은 과부의 몸으로 적진에 뛰어들어가 적장의 목을 자른 유디트(Judith)다. 세 번째 여성은 다들 알고 있는 용감한 잔다르크고, 네 번째 여성은 진주목에 속한 관기(일종의 기생)로 임진왜란 때 적장을 끌어안고 촉석루에서 강물로 투신한 논개다. 심청은 소설 속에서, 유디트는 구약성서 외경편에 나오는 인물이고, 잔다르크와 논개는 실존 인물이다. 가상의 인물이든 실존 인물이든 모두 여성으로서의 특정 행동(프레임)을 요구하고 있다. 모든 여성에게 귀감이 되는 인물로 알려져 있지만 요즘 세상에서는 등장하기 어려운 인물 캐릭터들이다. 이것은 과거 남성 위주의 사고 방식에 의해 여성을 일정한 프레임에 가두기 위한 창작일 가능성이 높다는 생각이 든다. 지금 세상에서는 이런 프레임은 사라져야 한다.

디지털 트랜스포메이션을 위한 방법도 마찬가지다. 많은 컨설팅 업체에서 디지털 트랜스포메이션을 위한 전형적인 방법론을 언급하고 있으나, 이런 방법론은 잘못된 프레임일 가능성이 높다. '방법론을 만든 사람이 마켓 메이븐(market Maven)같은 자세로 풍부한 디지털 역량을 갖고 디지털 트랜스포메이션을 경험해 보았을까?'라는 의구심이 드는 것이 사실이다. 마켓 메이븐은 1987년 플로리다 대학의 린다 프라이스와 페익 로렌스가 발표한 논문인 '마켓 메이븐 : 마켓 플레이스 정보의 확산자'에 나오는 단어다. 메이븐은 '지식을 축적한 자 또는 숙련자'라는 뜻으로, 마켓 메이븐은 제품, 상점, 서비스 등에 대한 다양한 정보를 수집하고 자신들의 경험이나 지식을 다른 사람들에게 스스로 전파하기 원하는 사람을 의미한다(마켓 메이븐을 주요 주제로 쓴 책이 지금 독자들이 읽고 있는 이 책보다 먼저 쓰여졌는데, 2020년 초에 출간될 예정이다).

또한 그 같은 방법론을 적용하고 있는 컨설턴트가 방법론을 만든 사람이 아닐 가능성이 매우 높다는 것은 매우 서글픈 일이 아닐 수 없다. 독자들도 디지털 트랜스포메이션을 추진한다면 이 점을 매우 유념해 두어야 한다. 반드시 방법론과 컨설턴트에 대한 검증이 필요하다.

더구나 디지털 세상은 계속 진화하고 있다. 지금 이 순간에도 말이다. 나는 이 책의 초고를 2018년 3월경에 마쳤으나, 탈고를 위한 보완 작업을 하는 2019년 1월인 지금 많은 분량을 삭제하거나 대체하고 있다. 불과 1년 사이에 생각보다 더 많은 변화가 생겼기 때문이다. 2018년 초에는 상상에 그친 기술들이 이미 세상에 나와서 상상을 뛰어넘는 상황을 연출하기도 했다. 과거에는 필요에 의해 기술이 만들어졌다면, 지금은 기술에 의해 필요가 형성되고 있다. 우리가 알고 있는 AI의 대명사 알파고(AlphaGo)는 이세돌 9단과 대전한 알파고 리(AlphaGo Lee)와 중국의 커제 9단과 대전한 알파고 마스터(AlphaGo Master)다. 그래서 바둑의 최강자는 알파고라고 알고 있다. 그런데 얼마 전 알파고를 만든 딥마인드사에서 알파고 제로(AlphaGo Zero)를 만들어 알파고 마스터와 대국한 결과 100:0의 결과가 나왔다. 알파고 제로가 완벽하게 이긴 것이다. 알파고 제로 이전의 알파고는 바둑기사들의 기보를 바탕으로 학습한 반면, 알파고 제로는 바둑의 원리만 입력한 채 스스로 학습하게 했다. 더 놀라운 사실은 40일 동안 2,900만 번 학습을 하고 이루어낸 결과라는 사실이다. 마침 이 글을 쓰고 있는 일요일 새벽 시간에 TV를 켰더니 최근 랭킹 1위를 되찾은 박정환 9단의 대국 모습이 나오던데 참으로 많은 생각이 들었다. 정말 기술들이 자기 세상을 만나 자기들끼리 살아가기 위한 세상이 된 것 같다. 마치 '기술 왕국(Technology Kingdom)'을 이루면서 말이다.

지구상에 살고 있는 유기체는 고세균(Archaebacteria), 박테리아(Eubacteria), 원생생물(Protista), 균류(Fungi), 동물(Animals), 식물(Plant) 등 6개의 왕국(6th Kingdom of Life)으로 구분하는데, 여기에 또 하나의 왕국을 추가해야 할지도 모르겠다. 바로 기술 왕국이다. 기술의 전체 시스템은 이제 너무 복잡해서 서로가 서로를 지원하는 아이디어와 장치들이 뒤얽힌 생태계를 형성하고 있다. 전 세계 통신 트래픽의 대부분은 사람이 사람과 대화하는 것이 아니라 기계를 통해 이루어지며, 컴퓨터 없이 차세대 기술과 시스템을 설계하는 것은 불가능해졌다. 이렇게 생겨난 모든 새로운 기술은 다른 기술의 생태계 안에서 서로 지원하며 살아가고 있다.

이제는 새로운 기술의 표현형(Phenotype)을 구성하는 아이디어가 더 이상 인간만의 전유물이 아니다. 표현형은 유전자형과 대비되는 용어로 생물에서 겉으로 드러나는 여러 가지 특성을 나타내는 단어로, 물리적인 특성뿐만 아니라 행동 같은 특성까지도 포함한다. 이미 기술들은 그 자체적으로 인간의 머리에서 분기되어, 손도끼 · 창과 같은 아날로그의 원시적인 종의 기술로부터 시간이 지남에 따라 웹 · 유전공학 · AI와 같이 복잡한 디지털스러운 세상으로 이루어진 희귀종으로 진화해왔다. '인에비터블 (The Inevitable)'의 저자 케빈 켈리는 이런 기술의 왕국을 '7번째 왕국 테크니엄(7th Kingdom Technium)'으로 명명하고, "인간은 기술의 생식 기관이다(Humans are the reproductive organisms of technology)"라고 다소 파격적으로 표현하기도 했다.

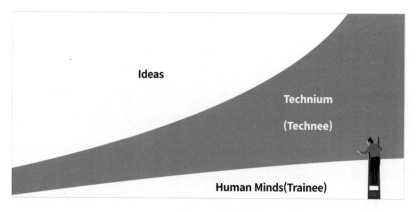

그림-8. 테크니엄

그렇다면, 인간은 마음 속에 있는 상상의 세계를 펼치기 위해 기술을 개발(디지털화)하고, 기술의 도움을 받아 아이디어를 실현(디지털 트랜스포메이션)한다고 할 수 있다. 인간의 마음과 기술 세계의 경계(디지털 트랜스포메이션 이전 단계)에서 기술 세계 속인 테크니엄(디지털 트랜스포메이션)으로 진입하기 위한 사람들인 트레이니(Trainee, 실습생)들은 많은 노력을 기울여, 마침내 테크니엄에서 원하는 아이디어를 구현할 수 있는 테크니(Technee, 디지털 역량 보유자)가 된다. 이렇게 트레이니에서 테크니가 되기 위해서는 당연히 훈련과 도전이 필요하다. 즉 디지털 트랜스포메이션을 이루기 위해서는 넘어야 될 5개의 산과 그 과정 중에 확보해야 될 절대 반지가 있어야 한다.

넘어야 될 첫 번째 산은 바로 자기 자신을 믿는 자신감이다. 이 책의 독자들은 디지털 트랜스포메이션 추진 이유와 필요성에 대해 충분히 알고 있을 것이다. 다만 부족한 것은 자신감인데, 디지털 트랜스포메이션을 위해 필요한 자신감은 스티브 잡스처럼 권력의 최정점에서 전권을 휘두를 수 있을 때 나오는 자신감일 필요는 없다. 스티브 잡스처럼 창의적일 필요도 없다. 또한 여러분이 조직 내에서 상위 1% 안에 드는 역량을 보유하고 있을 필요도 없다. 여러분은 디지털 트랜스포메이션의 필요성과 방법에 대해 여러분 조직의 경영층보다 많이 알고 있거나, 최소한 관심이 더 많을 것이다. 그것이면 충분하다. 물론 경영층이 디지털 트랜스포메이션에 대해 더 많은 관심을 갖고 있는 경우도 있으나, 그런 환경은 매우 좋은 환경이므로 디지털 트랜스포메이션 추진에 도움이 되는 것으로 오히려 반겨야 될 일이다.

여러분이 해야 할 일은 생각만 하는 것이 아니라 생각을 실행으로 옮기는 일이다. 잘못됐을 때의 비난을 염두에 두지 말고, 성공했을 때의 기쁨을 생각해야 한다. 어떤 누구라도 확실하게 보장된 성공의 길만을 걷는 사람은 없다. 많은 기업과 조직에서 확실하게 성공을 보장하는 방법을 찾을 때까지 준비만 하거나, 디지털 트랜스포메이션에 관심이 있는 개인이 홀로 공부한 다음에 시도하려고 하는 경우가 대부분인데, 이 방법으로는 절대 시도조차 못한다. 실행이 중요하다. 더구나 디지털 트랜스포메이션은 오랜 시간이 걸리는 여정(Journey)과 같은 것이다. 여정은 목적지나 목적지를 찾아 가는 길이 상황에 따라 계속 바뀔 수 있다. 디지털 트랜스포메이션에 성공한 기업이나 조직(뒤에서 상세히 설명한다) 모두 실패와 두려움이 있었음에도 도전을 한 것이다. 여러분도 자신감을 가지고 도전할 때만 승자가 될 수 있음을 명심해야 된다.

두 번째 산은 조직 생활에서 여러분이 발전하기 위해 갖추어야 될 가장 기초 역량 중의 하나인 발표력이다. 의외로 많은 조직원들이 자기 생각을 나타내지 않고 있다. 대부분 소극적인 성격 탓으로 돌리고 있지만, 성격으로 인한 소심함과 발표력은 완전히 별개의 문제다. 조직 내에서는 기존 관행과 업무 프로세스를 끊임없이 변화시켜야 된다. 이를 위한 보고서와 품의서가 만들어져 경영층에 전달되어야 하지만, 대부분의 조직원들은 모르는 체 한다. 그러면서 환경 탓으로 돌리거나, 남 탓을 한다. 이런 사람들은 의외로 불만도 많다. 디지털 트랜스포메이션을 위한 발표력은 도올 김용옥과 같은 많은 지식과 말재주를 필요로 하지 않는다. 여러분이 알고 있는 좋은 디지털 트랜스포메이션 사례(인터넷에서 키워드 검색만 해도 생각보다 많은 사례가 나온다)와 지금 조직의 문제를 대비시켜 보기만 해도 된다. 그 내용을 가급적 상대방이 이해하기 쉽도록 표현해서 전달만 해도 된다. 물론 표현을 하기 위해 약간의 수고는 필요하다. 발표력은 별도의 스킬이라기보다는 디지털 트랜스포메이션에 대한 관심의 척도라고 하는 것이 맞는 것 같다. 디지털 트랜스포메이션에 대한 관심도가 높을수록 다양한 표현 방법을 생각할 것이다.

세 번째 넘어야 될 산은 창의력이다. 창의력 역시 발표력과 마찬가지로 어느 날 문득 떠오르는 것이 아니라 관심을 갖고 주변 상황을 관찰하는 데서 나온다. TV 드라마로 더 유명한 궁예의 관심법(?)같은 것은 존재하지 않는다. 오직 관심을 갖고 목적 달성을 위한 관찰을 통해서만 인사이트를 얻을 수 있다. 많은 발명품 사례가 증명하듯 어떤 발명품도 순간 떠오른 아이디어로 이 세상에 나온 것은 없다. 끊임없는 관찰을 통한 세상에 나오게 된 것이다. 일명 '찍찍이'라고 불리는 벨크로는 도꼬마리 풀이 자꾸 옷에 달라 붙는 것을 보고, 철조망은 양떼를 방목하는데 특정 방향에 서서 몰 때 양들이 흩어지지 않는 것을 보고, 헬리콥터는 떨어지는 단풍나무 씨앗이 회전을 하며 날아가는 것을 보고 관심을 갖고 관찰한 결과 나온 발명품들이다. 대부분 창의력은 순간 떠오른 아이디어에 의한 것으로 오해하는 경우가 많은데, 관심에 의해 관찰 결과가 축적되고 상호 결합하여 나오게 된다. 이때 기존 아이디어나 상품의 모방이 많은 도움이 된다. 실패는 성공의 어머니고, 필요는 발명의 어머며, 모방은 창조의 어머니라고 한다. 또한 모방은 창작보다 쉽다. 하늘에서 뚝 떨어지는(?) 아이디어나 확실하다고 평가할 수 있는 아이디어를 구하지 마라. 이 세상에 그런 것이 어디 있겠는가?

네 번째 넘어야 할 산으로 란체스터 법칙이 있다. 란체스터 법칙이란 영국의 항공공학 엔지니어인 란체스터(F. W. Lanchester)가 1, 2차 세계대전의 공중전 결과를 분석하면서 무기가 사용되는 확률 전투에서는 전력 차이보다 더 큰 격차를 만들어 내는 요소를 발견한 데 따른 것이다. 즉 성능이 같은 비행기로 아군 5대와 적군 3대가 공중전을 벌이면 아군 비행기가 2대가 살아남는 것이 아니고 4대가 된다는 결과를 발견했다. 당시 독일보다 비행기 성능이 떨어졌던 영국 공군은 이 같은 결과를 반영한 전략을 수립하여 전쟁에 많은 영향을 미쳤다. 이 법칙은 보통의 전면전에서 전력이 센 쪽이 적은 쪽을 압도하는 것으로 보여지지만, 반대로 전력이 약한 쪽에서는 전면전보다 다양한 국지전을 통해 전략 차이를 극복해야 한다는 것을 알려주기도 한다. 예를 들면 영화 '300'에서 스파르타의 왕 레오니다스가 페르시아의 크세르크세스 황제가 이끄는 100만 대군과 전투할 때 전면전이 아닌 주변 지형을 활용(전투 장소가 한쪽은 산이고 반대쪽은 절벽으로 된 매우 좁은 곳으로, 스파르타 군인들은 적군과 1대 1의 입장에서 싸운다)하여 전투를 벌인다. 일종의 란체스터 법칙이라고 할 수 있다. 실제로 이런 전략을 활용한 베트남의 독립 영웅 보 구엔 지압 장군은 미국과 7년 동안의 전쟁에서 다양한 국지전을 펼친 것으로 유명하다. 일명 3불(不) 전략이라고도 한다.

- 적이 싫어하는 시간(미국 기념일과 크리스마스 전날)에 싸운다
- 적이 싫어하는 장소(정글, 늪 등)에서 싸운다
- 적이 생각하지 못한 방법(게릴라, 땅굴 등)으로 싸운다

이 란체스터 법칙은 비즈니스 세계에서 반드시 1등과 전면적으로 경쟁하여 이기는 방법만을 찾을 것이 아니라, 잘하는 부분을 더욱 강화하여 경쟁에서 차별화시키는 전략이다. 전자제품 시장에서 전체적으로 삼성전자와 싸워 이기기는 힘들겠지만, 특화된 부분(전기 밥솥, 선풍기 등)에서는 얼마든지 이길 수 있다.

마지막으로 다섯 번째 산이다. 춘추 전국 시대에 초나라 사람이 배를 타고 강을 건너다 아끼는 칼을 강에 빠뜨렸다. 그 사람은 재빨리 칼을 빠뜨린 위치를 배에 표시하면서 안도했다. 칼을 빠뜨린 위치를 표시해 두었으니 언제든 찾을 수 있다고 생각했기 때문이다. 이렇게 판단력이 둔하고 융통성이 없어 세상 일에 어둡고 어리석음을 나타내는 고사성어가 각주구검(刻舟求劍)이다. 말 그대로 배에 표시를 하고 칼을 찾는다는 뜻이다. 요새는 상황의 변화에 적절히 대응하지 못하는 판단력의 부족을 나타내는 뜻으로 많이 쓰인다. 또 다른 예로, 다이어트에 관한 것이 있다. 다이어트를 위해 무슨 운동을 하고 무엇을 먹어야 할까? 운동은 대부분 작심삼일로 끝나는 것을 경험을 통해 알고 있기 때문에, 상대적으로 운동보다 쉽다고 여겨지는 '먹어도 살 빠지는 음식'을 찾게 된다. 하지만 이런 음식이 존재하는 것도 믿기지 않지만, 다이어트 음식이라고 규정하는 것 자체가 각주구검이

다. 개인마다 처한 상황이나 몸에 밴 습관, 자세가 다 다르기 때문이다. 판단력을 키우기 위해서는 항상 상황에 대한 관찰과 깊은 이해가 있어야만 새로운 이미지를 만들어내고 올바르게 인식하는 것이 가능해진다. 하지만 인간은 호모 휴리스틱쿠스(Homo Heuristicus)이기 때문에 그동안의 경험을 통해 판단하는 것이 틀릴 가능성이 적다고 생각하며, 나이가 들수록 새로운 것을 받아들이기보다는 기존의 가치관을 고수하려는 경향을 띠게 된다. 호모 휴리스틱쿠스는 내가 2015년에 쓴 '원시인의 경험으로 판단하는 현대인'에서 인간이 어떤 상황에 직면했을 때 최선책을 찾기보다는 그 상황에서 할 수 있는 대안을 통해 문제를 해결하려는 인간의 한 유형을 정의한 신조어(2009년 처음 신문 칼럼을 통해 발표했다)이다. 그리고 거의 모든 인간이 이 유형에 속한다. 호모 휴리스틱쿠스는 대개 복잡한 문제를 단순한 방법으로 해결하려고 한다. 여기서 단순한 방법이라는 것은 호모 휴리스틱쿠스들이 이미 경험을 하여 알고 있는 방법을 말한다. 그러다 보니 문제가 발생하면 과거에 썼던 방법을 자꾸 현재의 문제에 그대로 사용하려 든다. 그 문제가 수없이 많은 문제들 중 하나이며, 복잡하고 역동적인 시장과 경제 구조로 인해 과거의 상황과 지금의 상황이 다르다는 사실을 자꾸 잊는다. 따라서 눈앞의 상황만 고려하여 판단하지 말고 그런 상황이 펼쳐진 맥락을 찾아야 한다. 정확한 판단을 하기란 쉽지 않은 일이다. 판단은 객관적인 요소보다 주관적인 추론이 훨씬 강하게 영향을 미치기 때문에 새로운 정보가 없으면 새로운 결론을 도출하기가 어렵다. 따라서 항상 열려있는 마음으로 이미 가지고 있는 이미지를 재고함으로써 새로운 이미지로 갱신하려는 자세가 중요하다.

이렇게 5개의 산을 모두 정복했다면 이제는 절대 반지를 찾아야 한다. 디지털 트랜스포메이션 추진이 성공하려면 경영층의 지원은 절대적이다. 디지털 트랜스포메이션은 절대 특정 부서 또는 특정 개인이 해낼 수 있는 일이 아니다. 디지털 트랜스포메이션의 기나긴 여정을 끝까지 마치기 위해서는 경영층의 지원, 즉 스폰서(Sponsor)가 필요하다. 스폰서의 어원은 라틴어의 'spondēre'로 보증인 또는 후원자라는 뜻이다. 일반적으로 방송국의 수입원 중 큰 비중을 차지하는 광고 방송을 판매하는 대상인 광고주를 지칭하는 말로, 광고주는 방송국의 경영을 보증해주는 후원자다. 디지털 트랜스포메이션 추진을 위해서는 많은 시간과 자원을 필요로 한다. 스폰서의 지원 없이는 불가능한 일이다. 디지털 트랜스포메이션을 스마트폰에서 사용할 수 있는 간단한 앱을 만드는 것으로 생각해서는 안된다. 디지털 트랜스포메이션의 결과물이 스마트폰 앱이 될 수는 있지만, 중요한 것은 그 앱을 실행할 수 있는 주변 상황의 변화를 이끌어내야 한다. 또 디지털 트랜스포메이션을 반짝이는 아이디어로 생각해서도 안된다. 비즈니스에서 아이디어는 결정적인 도움을 주지 못한다. 항상 실현할 수 있고, 실현된 아이디어가 필요하다. 반짝이고 획기적인 아이디어는 차고도 넘친다. 그러니 아이디어를 구하려고 하지 말고, 사소한 것이라도 실천할 수 있는 방법을 찾아야 한다. 이런 실천에 맞는 필요 · 충분 조건이 스폰서의 존재 여부다. 여러분이 디지털 트랜스포메이션 추진을 기획하고 있다면, 절대 반지와 같은 스폰서를 끌어들일 수 있는 방법이 기획서 안에 포함되어 있어야 한다. 반드시!

디지털을 향한 여정 **43**

그림-9. 아테네 학당(라파엘로 작)

라파엘로가 그린 아테네 학당의 그림 오른쪽 밑에 몇 사람이 모여 있는 모습이 보인다. 그중 허리를 굽히고 손으로 무언가 하고 있는 사람은 유클리드이다. 유클리드는 유명한 수학자로 그 당시 왕인 프롤레마이오스1세에서 수학을 가르쳤다. 프롤레마이오스1세가 수학 공부에 어려움을 느껴, 유클리드에게 "좀 더 쉽게 배우는 방법은 없는가?"라고 묻자 유클리드는 "수학에는 왕도가 없습니다"라고 했다고 한다. 그림에서 유클리드 옆에서 지구의를 들고 있는 사람이 별자리를 처음으로 정리한 천문학자 클라우디오스 프톨레마이오스다. 왕의 이름과 똑같다. 나는 이름이 똑같다는 사실을 알고 나서, 이 그림을 그린 라파엘로가 '의도적으로 이렇게 구도를 잡은 것이 아닌가?'라고 생각한다. 왕인 프롤레마이오스 1세가 수학을 배우기 쉬운 방법에 대해 질문한 것에 대한 유클리드의 답을 부각시키기 위한 유머가 담겨있다고 말이다. 즉, 유클리드가 열심히 설명을 하는데, 정작 질문을 한 왕은 딴짓을 하고 있는 모습을 그림으로써 우회적으로 표현했다고 강의할 때 종종 유머 코드로 이야기하곤 한다. 물론 천문학자인 프롤레마이오스와 왕인 프롤레마이오스는 다른 사람이다. 자, 이제 "수학에는 왕도가 없다"라는 이야기에 주목해보자. 나는 30년 동안의 컨설팅과 병행해서 18년 동안의 강의를 하면서 가장 많이 받는 질문이 "그러니까 뭐만 하면 되는데요?" 또는 "한 페이지로 정리해서 줄 수 없나요?"라는 질문이다. 어려운 이야기는 관심 없으니 전가의 보도와 같은 해결책을 달라는 이야기와 똑같다. 세상에 그런 해결책은 없다. 그럼에도 불구하고 조직의 문화나 수준이 낮을수록 이런 질문이 많이 나온다. 잊지 말기를 바란다. 여러분이 몸 담고 있는 조직은 생각만큼 나쁘지 않다. 이런 질문을 하는 조직원이 조직의 수준을 떨어뜨리는 것이다.

　5개의 산을 넘고 절대 반지도 획득했다면 처음으로 시작해야 할 일이 디지털 트랜스포메이션 추진을 위한 워크숍 프로그램을 만들고, 워크숍을 진행하는 것이다. 조직원 모두 함께 여정을 떠나기 위해서는 여정을 하는 목적과 중간 중간의 이정표인 목표와 목표에 도달할 일정을 알고 있어야 하기 때문이다. 그리고 워크숍의 가장 중요한 목적은 디지털 트랜스포메이션에 대한 이해를 구하고 시작을 알리는 선언의 의미가 포함되어 있어야 한다는 점이다. 당연히 스폰서인 경영층이 참석해서 힘을 실어주어야 한다.

1.2 디지털 생태계

여러분은 유니콘 클럽이라는 말은 들어 본 적이 있을 것이다. 유니콘은 머리에 하나의 뿔이 달린 신화 속의 동물로, 경제 분야에서 기업가치가 10억 달러 이상되는 비상장 신생기업을 일컫는 용어로 쓰인다. 유니콘 클럽에 가입된 기업들은 기존 산업 패러다임의 변화를 주도할 뿐만 아니라, 기업들이 과거의 비즈니스 가치관을 고수한다면 새로운 기회를 맞이하지 못하고 빠르게 변화하는 기업에 의해 사멸될 것을 경고하고 있다. 또 4차 산업혁명의 핵심은 새로운 디지털 기술과 개념을 활용하여 사회 생활을 포함하여 비즈니스 업무가 디지털 비즈니스로 전환되는 디지털 트랜스포메이션의 시작을 의미한다고 할 수 있다. 이전에는 디지털과 관련한 비즈니스 환경을 구축하기 위해 많은 투자와 노력을 들여 기업 내부에 ICT 환경을 구축해야만 가능했으나, 디지털 생태계에서는 이 같은 많은 투자와 노력 없이도 가능하다.

구글 Suite, 마이크로소프트의 Office365와 Asana, JANDI, Trello, salesforce 등은 다양한 SaaS(SW as a Service) 제품들이다. Asana는 복잡한 프로젝트 관리가 필요한 경우 소통과 많은 문서 등의 관리, 각각의 업무 공정에 대한 프로젝트 자원과 이력 관리, 담당자별 업무 할당이 중요할 때 사용할 수 있다. JANDI는 디자인 기업처럼 다양한 사람의 다양한 업무를 처리해야 하는 경우 소통 중심으로 일을 처리할 수 있도록 채팅 중심의 협업을 가능하게 해준다. Trello는 업무를 태스크별로 진행하는 경우 내가 해야 할 일을 확인할 수 있고, 팀에서는 일의 진행 상태를 파악하고 소통할 수 있다. Salesforce는 영업지표나 고객관리 데이터를 대시보드를 통해 빠르게 현황파악 및 의사전달이 가능하다

이 중에서 알고 있는 것은 몇 개가 되고, 그중에서 사용해 본 경험이 있는 제품은 무엇이 있는가? 아마도 Office 365와 소프트웨어 기능이 동일하다고 할 수 있는 MS Office를 사용하고 있는 것이 전부일 것이다. 웬만한 기업이나 조직에서는 이런 SaaS 제품에 해당하는 기능을 전부 자체 IT 시스템으로 구축해서 사용하고 있을 테니 말이다. 이런 상황에는 많은 문제점들이 내포되어 있다. SaaS 제품이 가지고 있는 개념보다는 기능 구현에 초점을 맞추다 보니 IT 시스템을 구축하고도 당초 기대했던 효과를 얻지 못했을 것이고, 상황이 변할 때마다 수행해야 되는 유지보수에 대해서도 애로점이 많았을 것이다.

유니콘 기업들은 대부분 자체 IT 시스템을 구축하여 사용하기보다는 클라우드용 SaaS 제품을 활용한다. 비즈니스에서 SaaS 제품을 사용하게 되는 주된 이유는 비용 절감이지만, 향후 확장성이 용이하고, 24시간 가용할 수 있고, 자체 시스템을 구축 및 운영을 하기 위한 별도의 투자 비용이 필

요 없게 되는 등의 여러 가지 이점이 있기 때문이다. 그리고 간과되고 있는 이점 중에 하나는SaaS서비스를 계약과 동시에 사용이 가능하다는 점이다. 자체 IT 시스템 개발을 위한 시간이 필요 없기 때문이다. 또한 SaaS 서비스는 대부분의 스마트 디바이스들을 지원하고, 많은 사용자의 피드백을 통한 업무 표준화와 최적화가 끊임없이 이루어지고 있다. 이것은 집단 지성을 이용한 오류와 버그 수정으로 인한 서비스 개선이 가능하기 때문이다. 종합해보면 자체 IT 시스템을 구축하고 운영할 때 발생하는 서비스 통합의 어려움, 유지보수의 어려움, 초기 투자 비용의 어려움 등 기존 환경의 3가지 어려움을 극복할 수 있다.

하지만 안타깝게도 국내에서는 클라우드의 도입, 특히 SaaS의 도입이 선진국 대비 상당히 더디다. 이 이유 역시 3가지 어려움으로 정리할 수 있는데, 데이터의 외부 노출에 대한 두려움, 인프라 통제권의 상실, 맞춤형에 익숙한 국내 환경 등이다. 그러다 보니 진정한 디지털 트랜스포메이션보다 특정 도구(이메일, 대시보드, 스토리지 활용 등)에 한정하여 활용하고 있는 실정이다. 다행스러운 것은 2018년 연말부터 국내 금융권(신한은행)과 대형 공공조직(우정사업본부)에서 전면적으로 클라우드 환경을 도입하겠다고 발표하고 있다는 사실이다.

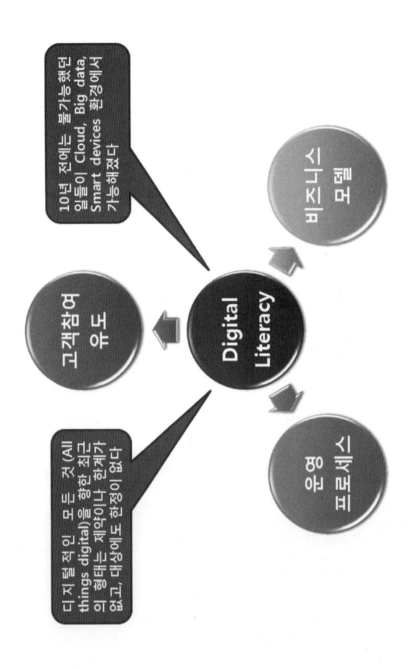

디지털적인 모 든 것(All things digital)을 향한 최근의 형태는 제약이나 한계가 없고, 대상에도 한정이 없다

10년 전에는 불가능했던 일들이 Cloud, Big data, Smart devices 환경에서 가능해졌다

비즈니스 모델

Digital Literacy

고객참여 유도

운영 프로세스

그림-10. 디지털 트랜스포메이션 정의

디지털 트랜스포메이션은 인간 사회의 모든 측면에서 디지털 기술의 적용과 관련된 변혁을 의미하는 것이다. 결코 또 하나의 IT 시스템을 구축하는 것이 아니다. 디지털 비즈니스 플랫폼 차원의 접근이기 때문에 이미 시장에 나와 있는 다양한 SaaS 서비스에 대한 조사와 이런 제품들의 변화를 주의 깊게 관찰해야 한다. 지금 세상은 제일 좋은 것을 만들고 소유하는 세상이 아니고, 기업이나 조직에 가장 좋은 것을 사용할 수 있는 환경을 구축하여 비즈니스 성과를 나타내는 것이 중요하다. 이럴 때 필요한 것이 디지털 역량과 함께 리더십 역량이다.

그림-11. 디지털 역량과 리더십 역량 관계

디지털 트랜스포메이션은 디지털 역량과 리더십 역량으로 구성된다. 디지털 역량은 '무엇(What)'에 해당하는 것으로, 기업의 운영 방식을 변화시키기 위한 경영층의 관심과 비전이다. 디지털 역량은 고객 참여를 이끌어 내는 방법부터 운영 프로세스, 새로운 비즈니스 모델을 만드는 전체 분야에서 경쟁 업체보다 우위를 점할 수 있게 한다. 리더십 역량은 '어떻게(How)'에 해당하는 것으로 속도와 거버넌스 그리고 변화를 추진해 가는 방안이다. 디지털 트랜스포메이션에 성공한 기업에서는 경영층의 강력한 탑다운 방식의 변혁을 통해 목표를 달성했다. 이처럼 리더십 역량은 명확한 목표와 비전을 달성하기 위해 환경에 맞는 속도로 직원을 독려한다.

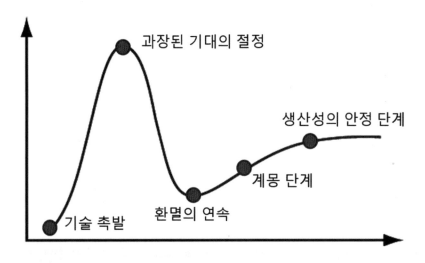

그림-12. 가트너 Hype Cycle

지금부터는 디지털 생태계 속에서 기술의 변화를 살펴보자. 먼저 가트너의 하이프 사이클에 대한 이해가 필요하다.

Hype Cycle 5 단계

- 기술 촉발(Technology Trigger) : 잠재적 기술이 관심을 받기 시작하는 시기다. 초기 단계의 개념적 모델과 미디어의 관심이 대중의 관심을 불러 일으킨다. 상용화된 제품은 없고 상업적 가치도 아직 증명되지 않은 상태이다.
- 과장된 기대의 절정(Peak of Inflated Expectations) : 초기의 대중성이 일부의 성공적 사례와 다수의 실패 사례를 양산해낸다. 일부 기업이 실제 사업에 착수하지만, 대부분의 기업들은 관망한다.
- 환멸의 연속(Trough of Disillusionment) : 실험 및 구현이 결과물을 내놓는 데 실패함에 따라 관심이 시들해진다. 제품화를 시도한 주체들은 포기하거나 실패한다. 살아남은 사업 주체들이 소비자들을 만족시킬만한 제품의 향상에 성공한 경우에만 투자가 지속된다.
- 계몽 단계(Slope of Enlightenment) : 기술의 수익 모델을 보여주는 좋은 사례들이 늘어나고 더 잘 이해되기 시작한다. 2-3세대 제품들이 출시된다. 더 많은 기업들이 사업에 투자하기 시작하지만, 보수적인 기업들은 여전히 유보적인 입장을 취한다.
- 생산성 안정 단계(Plateau of Productivity) : 기술이 시장의 주류로 자리잡기 시작한다. 사업자의 생존 가능성을 평가하기 위한 기준이 명확해지고, 시장에서 성과를 거두기 시작한다.

   가트너가 개발한 하이프 사이클의 5단계는 기술의 성숙도를 나타내는데 신기술 마케팅에 널리 이용되고 있다.

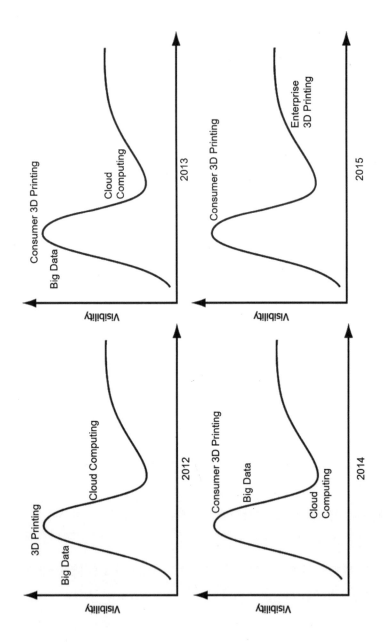

그림-13. 2012~2015년 하이프사이클

많은 기술 중에서 디지털 트랜스포메이션의 기본인 빅데이터와 클라우드컴퓨팅, 그리고 3D 프린팅의 변화에 주의를 기울일 필요가 있다.

하이프 사이클상에서 빅데이터는 2013년 최정점에 근접했고, 2014년 그 정점을 넘어서 실망감을 나타내며 떨어지고 있다. 클라우드 컴퓨팅은 2012, 2013년 실망감으로 지속적으로 기대감이 하락하여 마침내2014년 실망감의 정점까지 떨어진다. 그리고 이 2가지 기술은2015년부터 하이프 사이클에 나타나지 않는다. 두 가지 기술의 변화에서 발견할 수 있는 점은 빅데이터와 클라우드 컴퓨팅이 더 이상 기능이나 기술이 아니라 문화로 자리 잡았다는 사실이다. 기술이 아니니 하이프 사이클에 존재하지 않는 것이다. 빅데이터와 클라우드 컴퓨팅을 기술로만 이해하다 보니 모두 또 하나의 시스템을 구축하는데 관심을 가졌었다. 그러다 보니 두 기술 모두 환멸의 연속까지 떨어졌으나, 디지털스러운 사고에 의해 기술이 아닌 문화로 자리매김을 한 것이다.

반면에 3D 프린팅은 2012년에 기대감의 최정점에 도달했고, 2013년 위치는 크게 변하지 않은 채 Consumer 3D Printing으로 세분화되고, 2014년에도 약간의 변화만 있을 뿐이다. 2015년 Consumer 3D Printing은 사라지고, Enterprise 3D Printing이 계몽의 경사를 넘어 생산성의 안정 단계로 진입하고 있다. 3D 프린팅은 기술적인 발전을 거듭하여 이제 기업에서 기존 제조 방식으로는 불가능한 3D 프린팅 제품이 나오고 있다. 항공기 업체 에어버스의 자회사인 3D 프린팅 전문회사 APWorks가 세계 최초로

3D 프린팅 전기 오토바이, 라이트 라이더(Light Rider)를 개발했다. 이 전기 오토바이는 기존 기술로는 만들어질 수 없는 것으로, 적층방식(additive manufacturing)의 3D 프린팅 생산 방식은 기존 제조 방식에서 부딪치는 한계를 없앨 수 있는 기술로 평가 받는다. 적층 방식은 3차원 물체를 만들기 위해 원료를 여러 층으로 쌓거나 결합시켜 3D 프린팅이 작동하는 방식으로 원료를 층(layer)으로 겹쳐 쌓아서 3차원의 물체를 만들어 내는 방식이다. 고체의 열가소성 플라스틱, 금속 분말, 모래 등 다양한 재료를 이용하며, 제품화 단계에서 금형을 제작하는 중간 과정들을 제거하고, 즉각적인 수정 작업이 가능해 제품의 개발 주기 및 비용의 효율성을 높여 준다. 이 오토바이는 시속 80km로 달릴 수 있으며 한 손으로 들 수 있을 정도인 34kg에 불과하다.

가트너가 2011년부터 2019년까지 매년 선정한 10대 기술의 변화를 보면 2014년까지는 기존 기술의 개발과 같은 수동적인 변화였으나, 2015년부터 각 기술들이 서로 관계를 맺으며 발전적(Advanced)으로 진화하고 있음을 알 수 있다. 이런 경향은 가트너가 발표하는 10대 기술 포스터의 변화에서도 느껴진다. 2015 년 이전까지 각 기술들은 서로 독립적으로 개발 및 적용되면서 포스터에도 단순하게 기술 명칭이 나열되었다. 하지만, 2015년 이후부터는 기반 기술 및 환경을 배경으로 서로 지원하고 연계(Mesh 형태로 표현)하면서 능동적으로 진화하고 있음을 알 수 있다. 기반 환경을 이루고 있는 기저에는 클라우드 컴퓨팅과 빅데이터 환경이 자리잡고 있기 때문이다.

	2011	2012	2013	2014	2015	2016	2017	2018	2019
1	클라우드 컴퓨팅	미디어태블릿 그 이후	모바일 대전	다양한 모바일 기기관리	(언제 어디서나 컴퓨팅 가능한) 컴퓨팅 에브리웨어	디바이스 메시	AI와 그급머신 러닝	AI 기반	사물지동화
2	모바일앱과 미디어태블릿	모바일중심의 애플리케이션과 인터페이스	모바일앱과 HTML5	모바일앱과 애플리케이션	사물인터넷	엠비언트 사용자경험	지능형앱	지능형 앱과 분석	증강분석
3	소셜커뮤니케이션과 협업	상황인식과 소셜이 결합된 사용자경험	퍼스널 클라우드	사물인터넷	3D 프린팅	3D 프린팅	지능형 사물	지능형 사물	AI기반 개발
4	비디오	사물인터넷	사물인터넷	하이브리드 클라우드와 서비스 브로커로서 IT	보변화된 첨단 분석	만물정보	가상과 증강 현실	디지털 트윈	디지털 트윈
5	차세대 분석	엡스토어 마켓 플레이스	하이브리드 IT와 클라우드 컴퓨팅	클라우드/클라이언트 아키텍처	(다양한 정황정보 보를 제공하는) 콘텍스트 리치 시스템	진보한 기계학습	디지털 트윈	클라우드에서 엣지 지도	임파워드 엣지
6	소셜분석	차세대 분석	전략적 빅데이터	퍼스널 클라우드의 시대	스마트 머신	지능형 사물	블록체인	대화형 플랫폼	몰입 경험
7	상황인식 컴퓨터	빅데이터	실용분석	소프트웨어의	클라우드/클라이언트 컴퓨팅	생활에 따라 적응하는 보안 구조	대화형 시스템	몰입 경험	블록체인
8	스토리지급 메모리	인메모리 컴퓨팅	인메모리 컴퓨팅	웹스케일 IT	소프트웨어 정의 애플리케이션과 인프라	진보된 시스템 아키텍처	메시 앱과 서비스 아키텍처	블록체인	스마트 공간
9	유비쿼터스 컴퓨팅	저전력 서버	통합 생태계	스마트 머신	웹스케일 IT	메시앱과 서비스 아키텍처	디지털 기술 플랫폼	이벤트 기술 기반	디지털 윤리와 개인정보 보호
10	패브릭 기반 컴퓨팅과 인프라스트럭처	클라우드 컴퓨팅	엔터프라이즈 앱스토어	3D 프린팅	위험 기반 보안과 자기 방어	사물인터넷 플랫폼	능동형 보안 아키텍처	지속 적용 가능 리스크와 신뢰 평가접	퀀텀 컴퓨팅

그림-14. 가트너 선정 연도별 10대 기술

몇 년 전부터는 머신러닝과 AI가 기반 환경에 포함되면서, 이런 환경이 꾸미는 생태계가 일곱 번째 왕국인 테크니엄이 마치 실재하는 것처럼 느껴진다.

회사	정의
IDC	고객과 시장의 변화에 따라 디지털 역량을 기반으로 새로운 비즈니스 모델과 운영 프로세스를 만들어 경영에 적용하여 지속 가능하게 만드는 작업
WEF	디지털 기술과 성과를 향상시킬 수 있는 비즈니스 모델을 활용하여 조직을 변화시키는 작업
PWC	기업 경영에서 디지털 소비자와 생태계가 기대하는 것들을 비즈니스 모델과 운영 프로세스에 적용시키는 일련의 작업
Bain & company	디지털 산업을 디지털 기반으로 재정의하고 게임의 법칙을 근본적으로 재정의함으로써 변화를 일으키는 작업
MS	고객을 위한 새로운 가치를 창출하기 위해 지능형 시스템을 통해 기존의 비즈니스 모델을 새롭게 구상하고 데이터, 사람. 프로세스를 결합하는 새로운 방안을 수용하는 작업

그림-15. 주요 기업과 기관의 정의

디지털 트랜스포메이션은 이런 환경을 기반으로 인간 사회의 모든 영역에서 디지털 기술의 적용과 관련된 변혁을 의미한다. 간혹 디지털 트랜스포메이션과 4차 산업혁명을 동일시 하는 사람들도 있으나, 이 둘은 근본적으로 다른 개념을 갖고 있다.

• 4차 산업혁명 : 기술적 변화에 따른 경제, 산업, 사회, 정치의 '총체적 변화'에 초점

• 디지털 트랜스포메이션 : 디지털 패러다임에 따른 기업 경영의 전략적 관점에서 고객 경험, 운영 프로세스, 비즈니스 모델 등의 '근본적 변화'에 초점

4차 산업혁명은 다양한 학문과 산업의 융 · 복합을 통한 공유 경제의 실현이다. 융 · 복합은 각각의 학문과 산업 기술을 통합하고 가상과 현실, 온라인과 오프라인을 결합하는 것이다. 융 · 복합을 통해 물리적 결합뿐만 아니라 온오프라인상의 다양한 채널과 서비스의 구분 자체가 의미 없어졌고, 주체와 객체의 역할이 바뀌기도 한다. 이런 공유 경제를 구현하기 위해 필요한 것이 디지털 트랜스포메이션이다.

1.3 디지털 트랜스포메이션 사례

이 책을 처음 구상할 때(2012년)만 해도 디지털 트랜스포메이션이라는 용어는 물론이고, 성공적 사례도 거의 찾아보기 힘들었으나, 지금은 약간의 수고를 들여 인터넷 검색을 하면 성공 사례를 쉽게 찾아 볼 수 있다. 오히려 검색 결과가 너무 많아서 적당한 사례를 선별하는 작업이 더 어려울 정도다. 그래서 최근까지 디지털 트랜스포메이션의 성공 사례로 많이 소개된 3개의 사례를 살펴보려고 한다. 나도 디지털 트랜스포메이션 사례를 공부할 때 상당히 많은 시간을 투자해서 연구했었던 사례들이다.

먼저, 커피 업계의 선두 주자 스타벅스(starbucks) 사례다. 스타벅스는 커피의 본질에 집중하고 고객과의 정서적 유대감을 형성하기 위해 디지털 트랜스포메이션을 추진하여 미국 내 스타벅스 충전카드 적립금 총액이 2016년 1분기 기준 12억 달러(한화 1조 4,130억 원)를 넘어서는 성과를 달성했다.

디지털 트랜스포메이션 추진 이전의 스타벅스는 고객의 다양한 변화 요구에 제대로 대응하지 못해 매출이 급감하면서 브랜드 이미지도 추락하고 있었다.

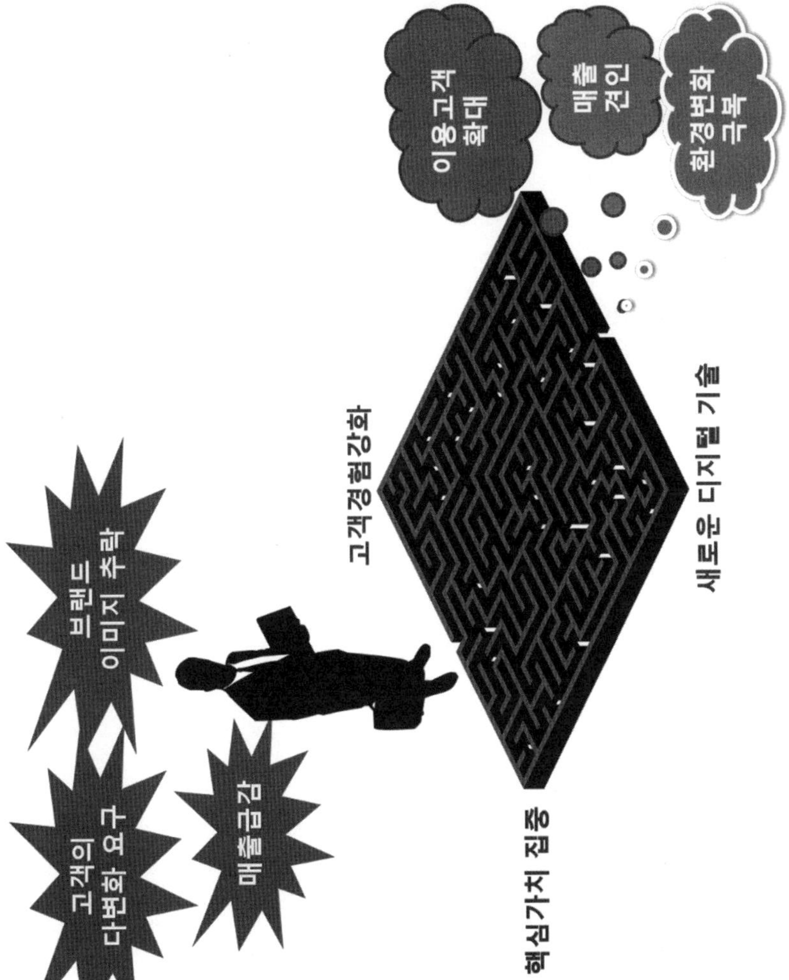

그림-16. 디지털 트랜스포메이션 추진 전략

게다가 맥도날드, 던킨도너츠 등의 매장에서 커피를 판매하기 시작하면서 경쟁도 심해졌다. 스타벅스는 이 난국을 타개하기 위해 전임 CEO인 하워드 슐츠를 복귀시키고, 그의 주도하에 스타벅스의 핵심 가치에 집중하기 위한 새로운 디지털 기술의 적용을 통해 고객 경험을 강화할 수 있도록 디지털 트랜스포메이션을 추진했다. 그 결과 빠른 환경의 변화에 대응할 수 있어 이용 고객이 확대됐고, 매출도 크게 증가하는 성과를 얻었다. 이 같은 성과를 얻을 수 있었던 스타벅스의 디지털 트랜스포메이션 전략은 크게 3가지로 분류할 수 있다.

첫 번째는 스타벅스의 핵심 가치에 집중하는 것이었다. 스타벅스는 커피에 대한 확고한 권위자 역할을 되찾기 위해 7개 혁신 아젠다를 발표했다. 파트너들과의 애착 관계 형성, 고객들과 정서적 유대감 강화, 글로벌 지위 확대 및 각 매장을 해당 지역의 중심화, 윤리적 원두 구매 및 환경 문제에 적극적인 대처, 창조적인 혁신 성장 플랫폼 마련, 지속 가능한 경제 모델 수립 등이 바로 그것이다. 고객 경험 강화를 위해 다양한 파트너들과 연계를 통해 매장방문 고객의 편의성 및 고객경험을 향상시키는 디지털 혁신으로 고객에게 탁월한 경험을 선사하고 매출 증진이라는 선순환을 도모하고 있다. 매장 입지 분석에도 디지털 기술을 활용하여 상업 지구와의 거리, 인구 통계 정보, 일일 교통량, 대중 교통 수단 등의 빅데이터를 분석하여 매장의 입지를 선정하는데 활용하는 매장 개발 앱 아틀라스(Atlas)를 구축하여 적용하고, 기존 매장 실적 변화의 다양한 요소를 파악하고 이를 지도상에 표시하여 유사한 장소를 새 매장의 입지로 선정하는데 참고한다.

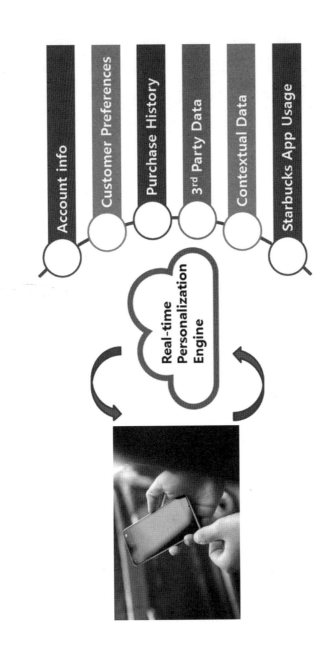

그림-17. 실시간 인공지능 개인화 엔진

스타벅스는 실시간 인공지능 개인화 엔진(Real time Personalization Engine)을 사용하여 개인화된 이메일 제공도 시작하면서 2016년 10월부터는 모바일 앱으로 확장했다. 11월에 스타벅스는 모바일 주문에 대한 체크 포인트에서 추가 항목에 대한 권장 사항을 추가하기 시작했다. 실시간 인공지능 개인화 엔진에 대해 스타벅스의 CTO는 "이것은 모든 사람에 걸쳐 사용되는 단일 알고리즘이 아니라, 실제로 여러분 자신의 선호와 행동, 그리고 우리가 추진하고자 하는 행동에 기초한 데이터 기반 AI 알고리즘이다"라고 강조한다. 이 알고리즘은 고객의 구매 내역 외에 다양한 입력을 사용한다. 고객의 과거 선호도, 주문 습관 등의 분석을 기반으로 할인 및 보상 프로그램 보너스 제공뿐만 아니라 날씨와 같은 상황별 이벤트를 고려하기 위해 다른 부문의 제3자 데이터를 사용하기도 한다. 향후 스타벅스는 모든 화면을 개인화된 화면으로 활용하는 것이 목표다. 예를 들어 상점 화면, 드라이브 스루(drive-through) 화면 등 맞춤 제안을 제공할 수 있게 된다.

두 번째는 디지털 기술 도입으로 실추된 브랜드 이미지를 강화하고 효율적으로 매장 관리를 개선하고 수익성을 높여 경쟁 우위를 확대하는 것이다. 이를 위해 '고객에게 스타벅스에서의 경험을 높인다'라는 비전을 내걸고 실리콘밸리의 IT 기업들과 제휴하여 최신의 디지털 기술을 도입하고 적용했다.

고객 경험 강화

주문(Ordering)) · 결제(Payment) · 보상(Reward) · 개인화(Personalization)

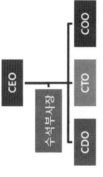

CDO 임명:디지털 비즈니스 핵심 전
략인 모바일 결제, 로열티카드, e-커
머스, 매장 내 디지털 경험 강화 및
디지털 마케팅 총괄

CTO 임명:글로벌 기술전략을 수립,
신기술 도입과 인프라 구축 및 운영
업무 총괄, 디지털 혁신 추진

COO 임명:전체 운영관리 총괄

디지털 기술 도입과 전략 수립을 위해
클라우드, 빅데이터, 모바일, 보안, 네
트워크 기술에 노하우와 경험을 가진
우수 인력들을 적극 영입

디지털 벤처부서를 신설, 경영에 IT
기술 접목하여 '서비스의 디지털화'
시도

그림-18. 고객 경험 강화를 위한 디지털 기술 도입 추진

IT를 적극적으로 디지털 사업과 연계하기 위해 2015년 기술 개발비로 850만 달러를 지출하고, 2016년 기술 인력 1,000명을 새롭게 채용해 '디지털 퍼스트 전략(Digital First Strategy)'을 강력하게 추진했다. 디지털 트랜스포메이션 성공 기업의 사례에서 발견되는 공통점 중의 하나가 '디지털 퍼스트 전략'이다(뒤에 나오는 GE 사례에서 자세히 설명한다).

세 번째는 직접적인 고객 경험 강화다. 이를 위해 고객 주문, 결제, 보상, 개인화의 '디지털 플라이휠(Digital Flywheel)'을 중심으로 모바일 기술을 활용하여 주문의 편리함과 다양한 혜택 등을 제공받을 수 있는 고객 경험을 높이는 것을 목표로 하였다.

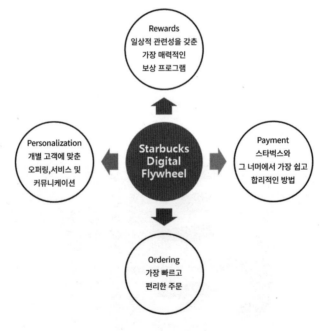

그림-19. 디지털 플라이휠

스타벅스는 커피를 구매하는 과정을 관찰한 결과, 주문 · 결제 · 보상 · 개인화 서비스를 제공하여 고객 경험을 향상시키고 충성 고객 확보와 지속적인 구매를 유도하는데 중점을 두었다. 또한 판매량 증가를 위한 알고리즘과 자동화를 통해 언제 어디서나 보상과 개인화된 서비스 및 간편 결제를 할 수 있도록 효율적인 주문이 가능하도록 했다. 다른 앱이나 지불 화폐가 다른 국가에 관계없이 온오프라인에서 단일하게 끊김이 없는 경험(Seamless Experience)을 제공하는 것을 목표로 삼았다. POS(Point Of Sale)와 관리부서 회계 어플리케이션, 22개 버튼의 모바일 앱, 모바일 주문 및 결제 시스템 등의 다양한 기술 플랫폼을 하나의 클라우드로 통합하여 2019년까지 스타벅스 전 세계 매장의 80%를 디지털 플라이휠 모델로 확대 운영할 계획을 갖고 있다.

또 하나 재미있는 사실이 있다. 고객이 스타벅스 모바일을 이용하여 음료를 선택하고 스타벅스 카드로 결제하면 매장으로 주문이 자동 전송되고 매장 밖에 있는 경우에는 GPS로 가장 근접한 매장을 선택할 수 있는 '사이렌 오더(Siren Oder)'라는 서비스가 있다. 고객에게 주문 승인, 음료 제조, 제조 완료 등의 순차적인 과정을 보여주어 음료가 완성되면 대기 진동벨처럼 자동으로 알림메시지를 받아 확인할 수 있기 때문에 대기 시간이 필요 없다. 사이렌 오더는 한국 스타벅스에서 가장 먼저 실시되었으며 미국으로 역수출된 서비스다.

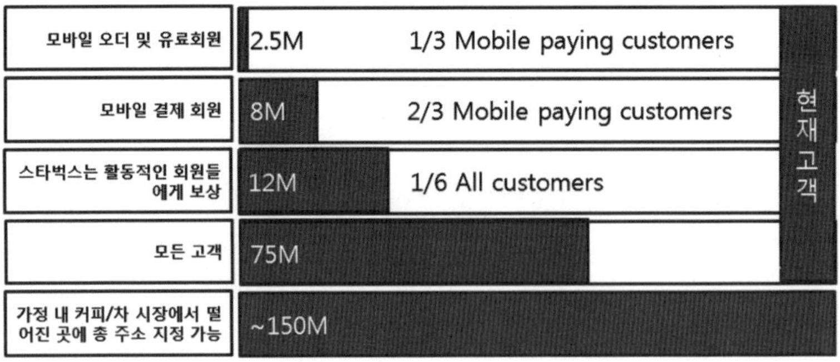

모바일 오더 및 유료회원	2.5M	1/3 Mobile paying customers	현
모바일 결제 회원	8M	2/3 Mobile paying customers	재 고
스타벅스는 활동적인 회원들에게 보상	12M	1/6 All customers	객
모든 고객	75M		
가정 내 커피/차 시장에서 떨어진 곳에 총 주소 지정 가능	~150M		

그림-20. 플라이휠 미국 고객(2016. 10. 현재, 지난 30일)

스타벅스의 디지털 트랜스포메이션은 이런 추진 과정을 거쳐, 2016년 기준으로 모바일 결제 고객의 1/3인 250만 명이 모바일 오더와 페이 멤버가되었고, 리워드 프로그램 회원은 2015년 대비 18% 증가한 1,200만 명, 스타벅스 전체 모바일 앱 가입자 1,600만 명 중 월 평균 600만 건의 주문이 모바일 결제로 이루어지고, 미국 내 전체 매출의 25%(10억 3,000만 달러)가 모바일 앱을 통해 발생하며, 고객이 스타벅스 카드에 넣어둔 스타벅스 충전카드 예치금은 매출 증가와 함께 디지털 기술 투자금으로 활용되어 '서비스 디지털화'라는 선순환이 가능한 성과를 달성했다.

스타벅스는 여기에서 그치지 않고 2021년까지 전 세계적으로 1만 2,000개의 점포를 새로 여는 등 공격적인 영업과 인공지능 가상 바리스타(Intelligence chatbot) 도입으로 고객은 더욱 증가할 전망이다. CEO의 강력한 디지털 트랜스포메이션 비전을 중심으로 핵심 디지털 인재 확보, 모바일 기반의 디지털 플랫폼 구축을 통해 온오프라인의 끊김이 없는 고객경험 강화에 성공한 스타벅스는 2017년 하워드 슐츠에 이어 IT 기반의 풍부한 경험(Microsoft에서 16 년, 주니퍼 네트웍스의 CEO로 5 년)을 가진 케빈 존슨이 CEO를 맡으면서 고객 및 매장 데이터의 통합, 디지털 플라이휠 고도화, 사물인터넷 기반의 커넥티드 매장 강화 등 고객들을 끌어들이는 '디지털 기술 기업'으로, 말 그대로 '끊김 없는(Seamless) 변모'를 하고 있다.

이렇게 디지털 기술 기업으로 변모해 가고 있는 스타벅스가 2018년 5월 고객의 스타벅스 제품 불매 운동으로 번지는 위기를 맞이했는데, 그 이유는 디지털 트랜스포메이션과 크게 관련이 없는 인종 차별 문제 때문이었다. 하워드 슐츠 회장이 직접 나서서 사과하고, 미국 내 모든 매장의 문을 닫고 모든 직원을 대상으로 교육을 실시하는 일까지 벌어졌다. 직원이 디지털 트랜스포메이션 개념을 못 따라가고 있는 것이 아닌가 하는 생각이 든다.

두 번째 성공 사례는 레인 코트의 대명사격인 영국의 버버리(Burberry)다. 버버리는 오랜 전통만큼 노후한 이미지와 핵심 가치 이외의 상품까지 취급하여 브랜드 이미지가 떨어졌다. 게다가 2000년대 들어 버버리 코드를 입고 난동을 피우는 훌리건(Hooligan, 축구장에서 난동을 부리는 과격한 축구팬 무리)들의 사진과 버버리의 유명 모델인 케이트 모스의 마약 소지 혐의, 그리고 버버리 무늬 모자를 쓴 비행 소년들인 채브족(Chave)들로 인해 브랜드 이미지가 더욱 떨어졌다. 이에 버버리는 버버리의 이미지를 젊

고 건강하게 보이게 할 목적으로 미래에 유효한 고객, 더 중요한 고객을 타
겟팅하고, 이들과 유효한 커뮤니케이션 전략을 펼칠 수 있는 '디지털 미디
어 컴퍼니'로 거듭나기 위해 디지털 트랜스포메이션을 추진했다. 특히 밀
레니엄 세대인 20대 고객을 타켓 고객으로 삼았다. 기존 세대와 달리 모바
일 및 소셜미디어를 적극 활용하여 커뮤니케이션과 구매를 진행하는 이들
의 특징을 파악하기 위해 소셜미디어와 디지털 기술 및 접근을 활용하는 과
정에서 자연스럽게 디지털 트랜스포메이션을 시작했다. 버버리도 스타벅
스와 마찬가지로 디지털 트랜스포메이션 추진 전략을 3가지로 분류했다.

첫 번째는 버버리의 핵심 가치로 가장 큰 유산인 '영국적인 것(British)'
에 두고 핵심상품인 '코트(Born from a Coat)'에 집중하는 것이었다. 이
를 위해 버버리의 트렌치코트를 입은 사람이라면 누구나 자기 사진을 업
로드하고 다른 이용자와 공유할 수 있는 소셜네트워크서비스 웹사이트
(artofthetrench.burberry.com)를 만들어 완전히 디지털화된 최초의 회사
가 되려고 했다. 버버리는 '트렌치 코트의 예술'이라는 디지털 캠페인을 시
작하여 팬들이 버버리의 상징적인 트렌치 코트를 입고 사진을 찍어 이 사
이트에 올리면 다른 방문자가 의견을 말하거나 '좋아요'를 누를 수 있게 했
다. 버버리는 많은 젊은 고급 쇼핑객들의 내면적 요구를 충족시키기 위해
브랜드에 대한 인식을 넓힐뿐만 아니라 더 저렴한 제품 라인을 소개하지
않음으로써 명성을 유지했다. 한 발 더 나아가 방문객들이 코트의 버튼에
서 슬리브 색상까지 자체 트렌치 코트를 고객이 디자인할 수도 있게 했다.
버버리는 이 캠페인과 동시에 소셜미디어를 마케팅 전략에 도입한 최초의

고급 브랜드 중 하나가 되었다. 페이스북을 사용하여 캣워크(Catwalk, 패션쇼의 무대) 영상 자료를 공유하고 디자이너와 직접 소통할 수 있게 했다. 2014 년에 버버리는 트위터의 '지금 구매(buy now)' 버튼에 최초로 가입하여 온라인으로 패션쇼를 보면서 사용자가 버버리 제품을 즉시 구매할 수 있도록 했다. 버버리의 트위터 @BurberryService는 고객 만족도와 고객과의 직접적인 연결을 보장하기 위해 하루 24 시간 고객에게 오픈되어 있다. 물론 버버리 트렌치 코트를 원하는 모든 젊은 고객이 2 천 달러짜리 옷을 감당할 수는 없기 때문에 가격이 상대적으로 저렴한 립스틱 제품인 '버버리 키스(Burberry Kisses)'는 버버리의 5 가지 립스틱 색조 중 하나를 사용하여 색칠한 후 디지털 엽서에 고객의 입술 인쇄물 사본을 무료로 보내도록 Google과 협력하기도 했다. 이것은 젊은 사용자가 버버리와 사랑에 빠지는 여러 가지 방법 중 하나로 버버리 스스로 이런 환경을 만들고 있는 것이다.

두 번째는 디지털 트랜스포메이션을 통해 지역과 배경에 상관없이 언제, 어디서, 누구나 접근하고 소유할 수 있는 '데모크라시 럭셔리(Democratic Luxury)'를 지향했다. 2016년 버버리는 혁신적인 브랜딩을 계속하면서 처음으로 'See-now Buy-now 컬렉션'을 발표했다. 패션쇼 영상을 라이브 스트리밍으로 제공하여 쇼핑객이 쇼를 보면서 즉시 구입할 수 있는 컬렉션이다. 기존의 패션쇼에서 보여준 옷이 가게에 상품으로 나타나는 것과 같은 전통적인 6 개월 간격을 완전히 없애버렸다. 쇼핑객은 온라인으로 제품을 구매할 수 있을뿐만 아니라 매장에서 모바일 및 데스크톱의 통합 장바

구니에 액세스 할 수 있게 된 것이다. 또 영국 최고의 명품 쇼핑 거리인 리젠트 스트리트(Regent Street)에서 의류에 부착된 RFID칩이 공용 영역의 여러 디지털 스크린 중 하나에 접근하면 패션쇼에서 착용된 모습을 보여주는 비디오 서비스도 하고 있다. 그리고 드림 웍스와 제휴하여 런던의 피카딜리 광장에서 '커브(Curve) 스크린'을 통해 팬을 위한 컴퓨터 제작 버전의 스카프를 개인화하고 재생할 수 있게 했다.

세 번째는 디지털과 고객경험을 접목해 생산, 조직, 프로세스, 마케팅, 커뮤니케이션 등 경영 전반에 걸쳐 변혁을 일으키는 'Fully Digital Burberry' 전략을 추진했다. 오랜 전통을 가진 버버리는 조직 또한 전통적인 조직의 형태로 갑작스러운 디지털 트랜스포메이션 추진에 따른 혼란을 최소화하기 위해 독립적인 조직 역할을 하는 '전략 혁신위원회'를 운영했다. 전략 혁신위원회에서는 젊은 직원(영국 본사 직원 중 70%가 30세 미만의 밀레니엄 세대)들이 자유롭게 의견을 제시할 수 있는 분위기를 조성하였다. 젊은 직원들은 밀레니엄 세대의 쇼핑 성향에 비춰 '꿈을 꾸게' 할 만한 아이디어를 내고 중역회의에서 아이디어를 충분히 지원할 방안을 고민했다. 이러한 과정에서 밀레니엄 세대 공략을 위해 같은 세대 직원을 활용하면서 소비자 지향 전략이 조직에 자연스레 스며들게 했다.

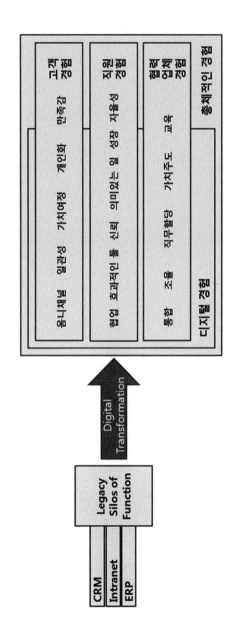

그림-21. 디지털 트랜스포메이션 조직

여기서 잠깐 생각해 볼 항목이 있다. 오늘날 고객은 혁신적인 제품과 서비스를 보다 빠르고 개인적으로 제공하는 프리미엄 경험을 기대하고 있으나, 가트너에서 발표한 자료에 따르면 기업의 CEO가 생각하는 우선 순위에서 고객의 생각 또는 경험은 중요하게 다루고 있지 않다고 한다. 고객 행동과 경험은 디지털 트랜스포메이션의 중요 동인임을 잊지 말아야 한다. 또 다른 조사(Altimeter 조사)에서는 디지털 트랜스포메이션 책임자 중 55%는 '변화하는 고객 행동과 선호도'를 주요 촉매로 생각하고 있으나, 설문 응답자의 54%만이 고객의 모든 구매 여정을 완전히 파악했거나 그렇게 하고 있는 중이라고 응답했다. 그리고 조직에서 가장 많이 실시한 디지털 트랜스포메이션 계획으로 혁신 가속화(81%), IT 인프라 현대화(80%), 운영 민첩성 향상(79%) 등 3가지를 꼽았고, 디지털 트랜스포메이션은 주로 CMO(Chief Marketing Officer, 최고 마케팅 책임자)의 34%가 주도하고 있으며, 29%만이 디지털 트랜스포메이션을 추진할 수 있는 다년간의 로드맵을 보유하고 있는 것으로 조사됐다.

세 번째 성공 사례는 고객 경험 강화를 중요시하는 나이키다. 세계에서 가장 창의적인 CEO로 평가받는 나이키 CEO 마크 파커는 "스포츠의 미래는 진화하는 고객의 요구를 사로잡는 회사에 의해 결정될 것"이라고 강조한다. CEO가 고객 경험의 중요성에 대해 직접 언급한다. 이를 위해 나이키의 트리플 더블(Triple Double) 전략인 '2X Innovation · 2X Speed · 2X Direct'로 고객과 직접 연결되기를 희망했다. 즉, 더 독특한 플랫폼으로 혁신의 영향을 두 배로 하고, 고객에게 신경을 쓰면서 속도에 중점(제품 출시

시기를 50% 단축)을 두며, 고객과의 직접 통신 경험을 두 배로 늘리는 것이다. 이 전략의 핵심은 10 개국 12 개 주요 도시(뉴욕, 런던, 상하이, 베이징, 로스앤젤레스, 도쿄, 파리, 베를린, 멕시코 시티, 바르셀로나, 서울)에 초점을 맞춰 커스토머 다이렉트 오펜스(Customer Direct Offence)라고 부르는 것으로 2020년까지 성장의 80% 이상을 차지할 것으로 예상하고, 민첩성을 높이기 위해 글로벌 인력의 2%를 줄이고 신발 스타일의 1/4을 제거할 계획이다.

그림-22. Nike의 Distribution Channel 전략

나이키는 고객과의 직접적인 커뮤니케이션과 소매업의 새로운 형태를 만들기 위해 'Nike.com · Direct-to-Consumer · Nike +'의 디지털 제품을 통합하여 나이키 다이렉트(Nike Direct) 조직을 신설하여 고객 경험 강화를 확대하고 있으며, 동시에 전략적 도매 파트너에게도 혁신을 확대하고 있다.

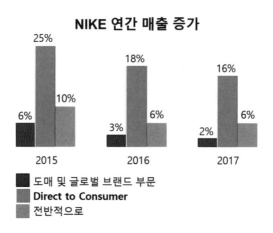

그림-23. Direct toConsumer 효과

　디지털 기술을 통한 모바일을 선도하는 나이키 다이렉트는 고객들에게 최고의 서비스를 제공하기 위해 물리적 소매점과 디지털 소매점을 통합하여 고객과의 연결을 혁신적으로 변화시켰다. 2016년 8월 모바일 상에서 지리적 위치를 사용하여 'Nike + 앱'을 통해 가장 가까운 나이키 매장에서 즉시 구매할 수 있도록 했다. 평상시 고객들은 매장에 가서 제품을 구매하고, 매장(소매업자)은 브랜드와 고객 사이의 연결 고리다. 이런 방식은 매우 효율적이기도 하지만, 나이키 입장에서는 중간 소매업자에 의한 이익의 감소와 고객과의 직접적인 커뮤니케이션을 할 수 없다는 점이 불만족스러웠다. 오늘날 같은 디지털 생태계에서는 고객과 직접 상호 작용하는 것이 가능해졌기 때문이다. 나이키는 고객과 일일이 커뮤니케이션(Direct to Customer)을 통해 고객 경험을 강화하기 위해 고객 데이터 분석 회사인 조디악을 인수했다. CEO인 마크 파커는 "이미 조디악과 협업을 통해 고객에 대한 통찰력과 행동 방식을 파악했다"라고 밝혔다.

이렇게 각 디지털 고객의 가치를 극대화하는 것이 나이키 디지털 비즈니스의 핵심이다. 실제로 Nike + 프로그램 회원과 앱 사용자는 Nike.com 사용 구매자보다 3배 이상을 구매한다고 한다. 2016년 12월 중국에 나이키 SNKRS 앱(스니커즈 쇼핑을 할 수 있는 앱)을 선보이자 첫 달에만 2백만 건의 다운로드가 있었다.

나이키의 자체 대형 매장은 판매 채널 역할과 고객과의 커뮤니케이션 창구로써 여전히 중요하며 보다 많은 개인화를 위한 계획을 갖고 있다. 고객이 나이키 매장에 들어서면 매장이 고객을 알아보고 고객에게 맞는 제품을 앱에 표시해주고, 고객이 선택하면 살펴 볼 수 있도록 제품을 예약해준다. 이때 제품은 개인 사물함에 자동 보관되며, 줄을 서서 기다리지 않고도 앱을 사용하여 체크 아웃하고 결제할 수도 있다.

나이키 본사 근처에 본사를 두고 있는 'Nike + Acceleration'는 Nike + 기술(Nike + Platform)을 사용하여 교육, 코칭, 게임 및 데이터 시각화 등 다양한 활동과 건강을 목표로 하고 있다. 또한 운동하는 고객을 고무시키는 제품 및 서비스를 만드는 목표를 위해 10여 개의 회사를 지원하는 프로그램을 운영하고 있다. 이 프로그램에 선정된 회사는 Nike + API(Application Program Interface) 및 Nike + 모바일 소프트웨어 개발 키트를 활용하는 솔루션을 만들기 위해 자금, 개발 도구, 사무 시설, 기술 플랫폼 및 금융 지원도 받는다. Nike +는 멤버십 사이트로써 회원들에게 동기 부여, 적합성 및 건강하고 적합한 라이프 스타일에 대한 헌신을 장려하기 위해 다양한 앱과 리소스를 제공한다. Nike +는 190개국에서 매일 수억 명의 사용자를 추가하고 있으며, 짧은 기간에 총 3 천만 명 이상의 회원을 확보했다. 실제로 Nike + 외에도 나이키는 개발자가 나이키에서 설계한 알고리즘인 NikeFuel 기술을 사용하여 신체 움직임을 측정한다. 이 외에도 많은 개발 앱(거리, 칼로리 소모 및 속도를 추적할 수 있는 Nike + Running, 사용자가 100 개 이상의 운동 중에서 선택할 수 있는 Nike + Training Club, 축구 선수가 게임을 찾거나 예약할 수 있게 해주는 나이키 축구 등)이 있다. 또 하나, 독특한 점은 Nike + Accelerator는 외부 개발자가 Nike의 기술을 사용하여 Nike 사용자를 위해 소프트웨어와 심지어 하드웨어까지도 만들 수 있다는 점에서 다르다. 이를 위해 나이키는 외부 개발자가 개발자 친화적이고 쉽게 액세스할 수 있는 API와 iOS 및 Android SDK(Software Development Kit)를 제공하여 플랫폼에 쉽게 연결할 수 있도록 했다. 그리고, 2014년 나이키는 Fuel 밴드 생산을 중단하고 해당 팀을 해체하면서 애플과 제휴 및 다른 소프트웨어 어플리케이션과 통합을 통해 웨어러블 기술 혁신에 참여하기로 결정했다. 웨어러블 기술과 헬스 관련 정보의 미래가 밝다고 판단되면 과감하게 경쟁 우위를 확보하기 위해 아웃소싱을 하는 것도 혁신의 원천이라고 생각한다. 나이키는 단순히 제품을 판매하는 것 이상을 원하며 사용자, 외부 개발자 및 회사 제품에 이익이 되는 플랫폼을 만들고자 하는 것이다.

나이키를 통해 고객 경험과 협력업체 경험을 위한 디지털 트랜스포메이션 사례를 살펴 보았다. 잠시 앞으로 가서 버버리 사례 마지막 부분의 그림 (디지털 트랜스포메이션 조직)을 보기 바란다. 이 그림은 디지털 트랜스포메이션 추진 조직을 구성할 때 3가지 주요 경험(고객 경험 · 조직원 경험 · 협력업체 경험)을 고려해야 한다는 점을 강조하고 있다. 나이키와 경쟁 관계에 있는 아디다스 사례를 통해 조직원 경험에 대해 알아보자.

• 영업 이익률 : 나이키의 50% • 신제품 개발 기간 : 18개월 • 노동자 : 100만 명 • 아디다스 신발은 거의 대부분 아시아에서 생산	신제품 개발 기간 : 5시간 노동자 : 160명 無재고 달성 디자인과 기술력의 완벽한 결합으로 자동화와 유연한 생산 가능 기존 제품 생산 장소, 제조 방법, 시간 등의 경계를 모두 극복

그림-24. 스피드 팩토리 설립 배경

아디다스는 높은 운송비용과 인건비 상승 및 복잡한 재고관리에 따른 기업 이익률 감소 해결 및 빠른 트렌드 변화와 마켓 피드백 반영의 필요성을 절감했다. 이를 해결하기 위해 급성장한 로봇 기술의 활용을 위해 스피드 팩토리(Speed factory)를 독일과 미국에 설립했다. 스피드 팩토리에서는 각 자재들이 기존의 여러 공장에서 생산되던 것을 하나의 공장에서 완성할 수 있을 뿐만 아니라, 신발 윗부분에 대한 세부 사항을 고객이 직접 디자인할 수 있는 제품을 당일 생산과 배송을 목표로 한다. 기존의 신상품 개발 시간은 디자인 착안부터 생산까지 약 2년이 걸렸다. 또 생산 수급이 원활치 않아 리셀가가 높았으며, 몇몇 인기 제품은 재고 부족으로 판매에도 애를 먹었다. 반대로 지역적 특성에 만든 신발이 아니라 천편일률적인 신발들이 대부분이었다. 그리고 아디다스 본사는 독일인데 정작 독일에서 만든 아디다스 신발은 없었고, 대부분 아시아에서 생산한다.

스피드 팩토리는 로봇 뜨개질, 고급 플라스틱 성형 및 3D 프린팅 (Carbon 소재) 등의 기술을 사용하여 맞춤형 스니커즈를 지금보다 90배 더 빠르게 생산할 수 있다. 2020년까지 2개의 독일과 미국 소재 스피드 팩토리에서 100만 켤레 생산을 목표로 하고 있다. 스피드 팩토리 관련 사이트 (https://www.awwwards.com/sites/adidas-speedfactory)를 방문해 보길 바란다. 스피드 팩토리는 이런 기술적인 부분도 중요하지만, 스피드 팩토리에서 근무하는 조직원의 경험에 관한 이야기를 하려고 한다. 스피드 팩토리는 지역 주민에게 최적화된 스니커즈의 유연한 생산을 위한 공장이다. 이를 위해 공장 현지와 철저한 협력 관계가 필요했다. 공장을 짓는데 따른 정부 기관의 협조와 새로운 공장에서 새로운 기계들과 협업에 필요한 조직원 교육 및 이를 담당할 교육 기관(실제로 미국 내 스피드 팩토리를 지을 때 직원들을 독일로 보내 교육시켰다), 그리고 새로운 인공지능 로봇들도 교육을 시켜야 했다. 결국 사람은 기계가 더 나아지도록, 기계는 사람이 성과를 개선할 수 있도록 했다. 인공지능 시대의 로봇은 교육이 필요하다.

테슬라는 '모델3' 자동차를 매주 5,000대 생산을 목표로 캘리포니아 프레몬트에 에일리언 드레드노트(Alien Dreadnought, 20세기 초 영국이 건조한 전함의 명칭) 로봇 군단을 통한 완전 자동화 공장을 세웠다. 그러나 실제 생산량은 2,000대밖에 되지 않았다. 당초 계획과 달리 로봇을 투입하기 위한 생산 공정 개조가 필요했고, 로봇의 교육과 생산 공정 개조에 따른 로봇의 재교육이 필요했기 때문이다. 이를 위해 결국 사람을 투입할 수밖에 없었다. 신용 등급도 B2에서 B3로 강등되면서 한때 파산설이 퍼지기도 했다. 완전 자동화를 강력하게 추진한 테슬라 CEO 엘론 머스크는 인터뷰에서 "지나친 자동화는 실패했다. 인간이 과소 평가되고 있다"라는 취지의 발언을 했다.

이상 여러 사례를 살펴보면서 알게 된 디지털 트랜스포메이션 추진 이유는 다음과 같이 3가지로 정리할 수 있을 것 같다.

• 변화하는 고객 행동 및 선호도를 알기 위해
• 내부 운영프로세스 변화를 위해
• 새로운 비즈니스 모델 수립을 위해

그리고, 디지털 트랜스포메이션 추진이 어려운 이유도 3가지로 정의할 수 있다.

• 디지털 고객을 이해하는데 필요한 예산 및 자원 부족
• 디지털 인재의 부족
• 기업 문화를 바꾸는 데 관심 부족

마지막으로 디지털 시대의 변화를 이끄는 디지털 트랜스포메이션 기업의 뚜렷한 특징이 있다. 디지털 고객 경험과 직원 경험을 포용하고, 디지털 상거래 및 모바일 상거래 플랫폼에 투자하며, 동시에 모든 소셜, 모바일, 웹 서비스 및 상거래 실체를 즐거운 고객 경험으로 통합하여 디지털 고객의 요구와 기대를 충족시키고 이해하기 위해 혁신적인 이니셔티브에 투자하고 있다는 점이다. 이미 '경험 경제(Experience Economy)'가 다가와 있는 것과 맥을 같이한다고 볼 수 있다. 경험 경제에서는 고객이 제품을 구입하거나 서비스를 받는 행위보다 고객 스스로 관심을 갖게 하는 고객 경험 강화가 중요하다.

최근 관심을 많이 끌었던 영화가 있었다. 보헤미안 랩소디다. 촬영 중 여러 문제로 영화감독이 교체(브라이언 싱어 감독 경질 후 덱스터 플래처 감독으로 교체)되어서 그런지 앞뒤 흐름이 끊기고, 중반부는 지루하기도 하고, 내용도 단편적 이야기인 이 영화에 많은 관객들이 열광하는 이유는 무엇일까? 우리들이 익히 기억하고 있는 전설적인 퀸의 명곡과 공연 장면, 그리고 등장 인물의 뛰어난 싱크로율이 크게 영향을 미쳤을 것이라고 평론가들은 이야기한다. 그러나 무엇보다 관객들의 가슴을 뛰게 만드는 공연 장면은 그야말로 압권이다. 관람객들은 단순히 영화를 관람하는 것이 아니라, 영화 속의 공연 장면에 맞춰 율동하고 노래를 따라 부르는 경험을 한다. 많은 관람객들이 공연 장면을 더 극적으로 경험하기 위해서는 스크린 X에서 볼 것을 강력히 추천하기도 한다. 스크린 X는 영화관의 전방 스크린뿐만 아니라 좌우 벽면을 동시에 스크린으로 활용하는 상영 시스템으로

KAIST가 공동 개발에 성공한 세계 최초의 다면 상영시스템이다. 이제 영화도 수동적으로 관람하는 자세에서 적극적으로 참여하는 경험을 한다. 영화 포스터에서도 경험이라는 단어를 볼 수 있다.

이제 고객은 제품이나 서비스를 판단할 때 제품 구매와 직접 관련된 과정뿐만 아니라, 구매와 관련된 모든 맥락을 고려한다. 기업 입장에서 만들어진 제품을 소비자가 구매하는 산업 경제에서, 소비자의 관점 또는 제품 주변의 모든 과정과 맥락에 참여하고 경험하려는 경험 경제로 변모했다. 지금 이 시간에도 우리 주변의 인터넷과 스마트폰, 그리고 수많은 사물인터넷 기기들은 이런 고객의 경험 정보를 수집하고 있다. 이런 정보들은 결국 제품의 변화를 이끌어 내게 된다. 산업 경제에서는 있을 수 없는 일이다. 즉, 고객 경험을 기업이 제품과 서비스에 반영시키고 있다. 이로 인해 제품 수명 주기는 짧아지고, 제품의 변화는 더욱 다양해진다. 디지털 생태계는 경험 경제 기반 위에서 엄청난 변화를 겪고 있다.

또 GDP가 3만 불을 넘으면 사람들은 나만의 개성을 살리고, 경험을 사는 일에 돈을 지출하기 시작한다고 한다. 2019년 1월 2일 대통령 신년사에서 "우리는 작년 사상 최초로 수출 6천억 불을 달성하고, 국민소득 3만 불 시대를 열었습니다"라고 발표했다. 이미 대한민국도 경험 경제가 시작되었다. 이처럼 경험 경제에서는 자신이 직접 소유하는 대신 행동을 통해 자신의 삶과 지위를 만들어 내기 위해 점점 더 많은 투자를 한다.

경험 경제의 징후는 크게 5가지가 있다. 첫 번째 보여주기와 공유(Show & Share)다. 사람들은 자신의 경험을 디지털 방식으로 공유(인스타그램에 사진 올리기)하고, 자신이 선택한 방식(다양한 SNS 활동)으로 다른 사람과 연결한다. 이렇게 다양한 SNS 사용을 통해 개인의 삶을 꾸려나가고 있으며, 이런 관계를 형성하기 위해 타인의 삶의 변화에도 신속하게 반응('좋아요' 표시)하는 경험을 쌓고 있다. 이런 경험 정보를 수집하여 각종 이벤트나 운동 또는 취미 활동에 이르기까지 다양한 경험을 제공하는 기업들이 여기저기에서 생겨나고 있다. 이런 회사들은 자사의 제품과 서비스에 사용자의 테스트 결과와 끊임없는 피드백을 적용하여 빠르게 고객 경험을 더욱 강화하는 선순환을 이루고 있다. 두 번째는 최정점(Peak Stuff)을 지향하는 것이다. 2018년 상반기 가전제품을 파는 '하이마트'의 매출이 크게 증가했다는 뉴스가 나왔다. 그 원인으로는 소비자들이 프리미엄급 제품을 많이 구매했기 때문이라고 한다. 이런 현상을 경제 용어로는 트래딩 업(Trading up)이라고 하는데, 소비자 자신을 돋보이게 하거나, 특별한 의미를 부여하는 제품을 구매할 때는 가격에 신경을 쓰지 않는다고 한다. 세 번째는 최정점을 지향하기 위해 최고의 물건을 구매하는 것과 같이 나타나는 속칭 먹방(음식 먹는 방송을 지칭하는 말) 문화다. 사람들은 특정 브랜드의 패션이나 선호도 때문에 매년 같은 의류나 차량을 구매하지 않는 것처럼 이런 추세는 식생활에서도 나타난다. 이를 반영하듯이 요즘 TV 방송 프로그램의 상당수가 먹을 것, 먹는 장소, 먹는 방법 등에 관한 것이다. 너무 심하다 싶을 정도로 많다. 네 번째는 해외 여행이다. 국내에서도 해외 여행객과 여행 경비는 지속적으로 증가하고 있다. 이것도 최정점을 지향하고, 남과 차별화되는 경험을 얻기 위한 것과 같은 맥락이다. 다섯 번째는 투명성(Transparency)의 증가다. 경험 경제가 더욱 활성화되기 위해서는 경험과 관련된 비즈니스에 책임과 신뢰가 필요하고, 이를 위해 각종 법규와 규제가 생겨나고 있고, 참여자들의 자발적인 정화 작용도 빈번해진다. 우리 주변에 이 5가지 징조에 관한 소식이 자주 등장하는 것을 보면 틀림없이 경험 경제가 도래했음을 알 수 있다.

1.4 디지털 생태계의 진화

　1973년 준공 후 1978년 역대 최저치 수위(151.93m)에 근접한 152.53m의 수위를 기록하고 있는 2015년 6월 15일의 소양강댐 상황을 전하는 신문 기사 사진 속에서 바짝 마른 바닥에 나무 한 그루가 보이는 사진이 있다(인터넷에서 '소양강 매차나무'를 검색하면 볼 수 있다). 그 나무는 양구군 수몰 지역의 성황당 매차나무라고 한다. 소양강댐의 엄청난 규모를 생각하면 그 당시 가뭄의 정도를 짐작할 수 있을 것 같다. 그런데 매차나무가 무슨 나무인지 궁금하여 인터넷 검색을 했으나, 찾을 수 없었고, '매차(梅茶)'를 검색하니, '차 잎 또는 시기에 따라 붙인 이름으로, 망종(亡種, 양력 6월 5일경) 뒤의 임일(壬日)에는 매실을 따는데, 이 출매(出梅) 때에 따서 만든 차'라고 '차생활문화대전'에 나와있다.

　이 사진을 보면 비가 얼마나 많이 와야 댐을 가득 채울 수 있을까 하는 생각이 든다. 이런 생각을 하고 있을 때 머리 속에서 문득 퀴즈가 생각났다. 독자들도 잠시 머리를 식히는 의미에서 재미있는 3가지 퀴즈를 풀어보기 바란다. 이 퀴즈를 풀기 위해서는 약간의 산수 실력(?)이 필요하지만, 수학 능력을 평가하는 퀴즈가 절대 아니다. 인간의 인지 반응에 대한 유명한 테스트로 예일대학교 의사결정전문가 셰인 프레데릭(Shane Frederick) 교수가 고안한 것이다. 여러분들도 질문을 읽고 바로 답을 말해보길 바란다. 깊이 생각하지 말고 생각난 답을 바로 말해야 한다. 그럼, 퀴즈를 풀어 보자.

• 5분 동안 5개의 부품을 만드는 데 5대의 기계가 필요하다면 100대의 기계로 100개의 부품을 만드는 데는 몇 분이 걸릴까?

• 야구방망이 한 자루와 야구공 1개의 가격을 합하면 11,000원이다. 야구방망이 한 자루는 야구공 1개보다 가격이 10,000원이 더 비싸다. 야구공 1개의 가격은 얼마인가?

• 호수에 커다란 연꽃잎들이 떠 있다. 이 연꽃잎들의 너비는 날마다 두 배로 늘어난다. 연꽃잎들이 호수 전체를 덮는 데 48일이 걸린다면 호수의 절반을 덮는 데는 며칠이 걸릴까?

첫 번째 퀴즈의 답은 100분이 아니라 5분이다. 두 번째 퀴즈의 답은 1,000원이 아니라 500원이다. 세 번째 퀴즈의 답은 24일이 아니라 47일이다. 이 글을 읽는 독자들의 수준이라면 정답을 다 맞췄을 가능성이 약 40% 정도 될 것이다. 정답을 100분과 1,000원 그리고 24일이라고 말한 사람이 60% 정도 있을 것이다. 대부분 빠르게 답을 한 사람들이 이렇다. 답이 틀렸다고 자책할 필요는 없다. 이 퀴즈는 인간의 인지 반응에 관한 것이지 수학 문제가 아니기 때문이다. 인간은 원래 그렇다. 인간은 호모 휴리스틱쿠스이기 때문이다.

Hootsuite와 WeAreSocial 보고서에 따르면 2018년 전 세계 인터넷 이용자는 총 인구 75억 9천만 명 중 53%인 40억 명(2017년 총 인구 74.7억 명 중 50%, 37.7억 명), 소셜미디어 사용자 수는 42%인 31.9억 명(2017년 37%, 27억 명), 모바일 사용자 수는 68%인 51.3억 명(2017년 66%, 49.2억 명), 모바일 소셜미디어 사용자는 34%인 25.6억 명(2017년 34%, 25.6억 명)으로 전 세계 인구의 절반 이상이 현재 온라인 상태에 있는 것으로 나타났다. 이런 데이터를 접하게 되면 바로 떠오르는 생각이 있을 것이다. 앞으로 어떻게 변화하게 될 것인가? 수학적으로 계산할 필요 없다. 오늘날 손에 들 수 있는 각종 기기들이 대부분 디지털을 활용한 스마트 디바이스이기 때문에 언제, 어디서나 다양한 디지털 경험을 즐기기가 쉬워졌다. 이런 디지털 환경의 디지털 생태계 속에서 소셜미디어의 사용은 계속해서 급속히 증가 (2017년 한 해 동안 최상위 디지털 플랫폼을 사용하는 사람의 수는 매일 약 백만 명의 신규 사용자가 증가했다)하고 있으며, 10명 중 9명이 모바일 장치를 사용해 디지털 플랫폼에 연결되어 있다고 한다.

영국의 과학기술자로 World Wide Web 관련 기술들을 만든 팀 버너스-리가 '월드 와이드 웹(World Wide Web)'을 대중에게 공개한지 25년 정도밖에 되지 않았지만, 이제 인터넷은 세계 인구의 대부분에게 일상 생활의 필수적인 부분이 되었다. 급속도로 성장한 것은 인터넷만이 아니다. Hootsuite와 WeAreSocial 보고서에서는 다음과 같은 중요한 이정표를 발견할 수 있다.

- 세계의 절반 이상이 현재 스마트폰을 사용하고 있다
- 세계 인구의 약 3분의 2가 이제 휴대 전화를 가지고 있다
- 전 세계 웹 트래픽의 절반 이상이 현재 휴대 전화에서 발생한다
- 전 세계 모든 모바일 연결의 절반 이상이 현재광대역이다
- 총 인구의 20% 이상이 지난 30 일 동안 온라인으로 쇼핑했다

　이런 통계를 바탕으로 보통의 스마트기기나 인터넷 사용자는 매일 약 6시간 정도를 디지털 플랫폼에서 소비하고 있는 것을 알 수 있는데, 이것은 깨어 있는 삶의 30% 이상에 해당하는 시간을 디지털 생태계에서 살아가고 있다고 볼 수 있다. 디지털 생태계는 단순하게 디지타이제이션 또는 디지털라이제이션을 통해 아날로그 삶을 디지털화하는 것이 아니라, 모든 것이 연결되어 효율성을 갖춘 디지털 플랫폼을 통해 디지털 라이프를 영위(디지털 경험을 축적)할 수 있는 곳이다. 많은 기업과 조직들은 이런 개념을 이전부터 이해하고 있었으나, 업계 리더만이 최상위 디지털 플랫폼 제공 업체와의 상호간 충성도를 높이기 위한 디지털 트랜스포메이션을 추진하고 있다.

　더 많은 기업들이 플랫폼 모델을 채택하기 시작하면서 비즈니스에서 디지털 파트너 포트폴리오를 구축하는 방법이 점차 중요해지고 있다. 새로운 디지털 관계에 초점을 맞추게 되면 비즈니스 성공에 도움이 될 수 있는 전략적 이니셔티브에 더욱 집중할 수 있게 된다. 비즈니스 활동을 지원하기 위해 타사(경쟁사 포함) 플랫폼을 활용하기도 하고, 고객관리 · 운영 프로

세스 · 비즈니스 모델 등의 기업경영 전반에 대해 기존 방식과 다른 새로운 접근방식(Digital Disruption)을 시도하여 새로운 디지털 비즈니스 생태계를 창출하려고 한다. 최고 수준의 디지털 비즈니스 생태계는 디지털 비즈니스 플랫폼을 공유하여 연결되는 기업, 고객, 데이터, 프로세스 및 사물로 구성된다. 이러한 파트너 관계는 협업을 가능하게 하여 관련 이해 당사자 모두에게 상호 이익이 되는 결과를 제공한다. 이를 위해 끊임없이 변화하는 비즈니스 요구에 대응하고 신속하게 적응할 수 있는 유연한 서비스를 통해 고객 경험 강화를 이끌어낸다. 이런 디지털 비즈니스 생태계에 적합한 디지털 비즈니스 플랫폼의 활용 및 구축을 위해 디지털 트랜스포메이션에 지속적으로 투자하여 기업과 고객 모두에게 더 나은 서비스와 성과를 제공한다.

그림-25. 업계 리더들의 공통점

경험 경제를 기반으로 형성되고 있는 디지털 비즈니스 생태계에서 디지털 트랜스포메이션을 성공으로 이끈 업계 리더들의 공통점은 사용자 요구를 적극 반영하고, 지역적이지 않게 글로벌하면서, 다양한 업무 분야에서 이용할 수 있는 표준 모델을 제시하고, 베스트 프랙티스들을 제공하여 업무 생산성이 향상될 수 있도록 지원하는 클라우드 기반의 협업도구를 사용하고 있다는 점이다. 하지만 안타깝게도 많은 기업과 조직이 아직도 수직적 결재 문화를 자체 IT시스템으로 구현하고 운영하며, 유지보수를 위해 많은 자원을 소비하고 있는 실정이다. 진정한 '디지털스러운' 사고가 필요한 시점이다.

그렇다면 기본으로 돌아가서 디지털 생태계에서 살아가기 위한 인간의 발전(또는 진화, Human Progress) 과정에 대해 살펴 보자. 이 내용은 waitbutwhy.com의 'AI Revolution(AI 혁명)'의 일부 내용을 참조했다. Hootsuite와 WeAreSocial 보고서에 나와있듯이 지금 우리 대부분의 손에 쥐여져 있는 스마트폰이 처음 등장했을 때 우리는 많이 놀랐다. 휴대폰(셀룰러폰)과는 비교도 안되는 기능과 기술, 그로 인해 창출되는 SNS 문화 때문이다. 우리는 보통 상상 이상으로 놀라게 되면 "깜짝 놀라서 죽을 뻔했다"라고 한다. 하지만, 스마트폰이 나오기 전에 휴대폰과 인터넷을 사용하고 있었기 때문에 깜짝 놀라 죽을 뻔하지는 않은 것 같다. 만약에 250년 전의 봉화나 말이 끄는 마차를 이용한 통신 수단을 사용하던 1750년으로 돌아가서 스마트폰을 보여주면 그 당시 사람들은 "깜짝 놀라 죽을 뻔했네"를 연발할 것임에 틀림없다. 마찬가지로 1750년대의 마차를 몇 년 전의 사람에게 보여주면 "깜짝 놀라서 죽을 뻔했네"를 외칠까? 아마도 250년 전이 아니라 BC 1,500 정도의 사람에게 보여주면 그런 반응이 나올 것이다. 이런 기간 단위를 'DPU(Die Progress Unit, 새로운 문물을 보고 깜짝 놀라 죽을 정도의 기간 단위)'라고 한다. BC 1,500년의 기술은 BC 100,000년 정도의 사람들에게 DPU가 될 것이다. 이렇듯 과거로 갈수록 DPU가 길어진다. 굳이 설명하지 않아도 기술의 발전과 세상의 변화가 빨라진다는 것을 앞에서 했던 인지 정보 퀴즈처럼 눈치챌 수 있다. 앞으로 DPU는 더 짧아질 것은 명확한 이치다. 다만 얼마나 짧아질지 정확하게 모를 뿐이다.

Ray Kurzweil say the biology of the body is much like computer software, and that we're in need of a major upgrade. Once humans are merged with machines, we'll live forever. And, by the way, this could all happen by 2045!

The Singularity is NEAR.

그림-26. 레이 커즈와일과 특이점

DPU가 단축될 것을 예측한 사람 중 가장 유명한 사람은 알파고 기술 개발에 참여한 레이 커즈와일이다. 그가 수행한 지난 20여 년간 미래 예측의 정확도는 매우 높았다. 또한 '특이점이 온다'라는 책의 저자로도 유명하다. 특이점(Singularity)이라는 말은 인공지능이 비약적으로 발전해서 인간의 지능을 뛰어넘는 기점을 뜻한다. 레이 커즈와일은 '특이점이 온다'라는 책을 통해 2045년 정도에 인공지능이 모든 인간의 지능을 합친 것보다 뛰어날 것이라고 예측하면서, 이 때문에 인공지능이 만들어낸 연구 결과를 인간이 이해하지 못하게 되어, 인간이 인공지능을 통제할 수 없는 시점을 특이점이라고 하였다. 이렇게 되는 것은 '아는 것이 더 많은 상태에서 시작하기 때문에 당연한 결과일 수밖에 없다'는 수확 가속의 법칙(Law of Accelerating Returns)이 적용된다고 할 수 있다. 이 법칙에 따라 21C의 발전은 20C의 1,000배에 달하고, 다음 DPU는 2030년이라고 주장했다. 또, 레이 커즈와일은 "인체의 생물학이 컴퓨터 소프트웨어와 흡사하며, 우리는 대대적인 개선이 필요하고, 일단 인간이 기계와 합쳐지면, 우리는 영원히 살 것이며, 어찌됐든 이 모든 일이 2045년까지 일어날 수 있다"라고 강조한다. 설마 진짜 그렇게 될까? 여기서 '설마'는 부정적인 추측을 강조할 때 사용하는 단어로 '그럴 리는 없겠지만'의 뜻이다. 이 말을 구글 번역기와 파파고(Papago, 네이버 번역기)를 사용해서 영어 표현을 찾아보니 딱 떨어지는 표현은 없고, 파파고에서 'You do not say so'라는 문장을 번역하니 '설마'라고 나온다. 이 문장을 의역하면 '(믿기지 않으니) 그렇게 말하지 마라' 정도 될 것 같다. 레이 커즈와일에게 위와 같은 이야기를 직접 들었다면 "You do not say so!"라고 이야기하지 않았을까 생각해 본다.

많은 공상 과학 소설과 영화에서 다루고 있는 이 같은 내용은 1979년에 애니메이션으로 만들어져 국내 TV에서도 방영한 '은하철도 999'에서 주인공이 영원한 삶을 보장하는 기계 인간이 되기 위해 여정을 떠나는 소재로 다루었다. 방송 당시 나는 청소년 시절이었지만 매우 재미있게 본 기억이 있는데, 이 책을 쓰기 위해 자료 조사를 하다 알게 된 사실은 뜻밖으로 원작 만화의 내용이 굉장히 충격적이라는 사실이다. 이 원작만화에는 아이들이 보기에는 부적절한 내용이 상당히 많이 나오는 작품이었다. 혹시 주인공 '철이'를 보살피며 같이 여행을 떠나는 '메텔'의 정체를 아는가? 원작만화와 방송용 에니메이션은 많이 다르다. 이 책의 후반부에 결말에 대한 소개가 있다. 이 외에도 로빈 윌리엄스가 주연을 맡은 '바이센테니얼 맨(Bicentennial Man)'도 있다. Bicentennial은 '200년 동안 계속된다'는 뜻이다.

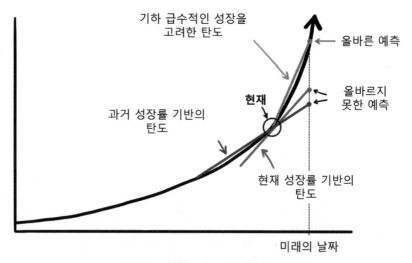

그림-27. 현재 상황 기반의 변화 예측

많은 사람들이 레이 커즈와일같이 유명한 미래학자가 예측하지 않더라도 '바이센테니얼 맨'에서 이야기하는 세상이 올 수도 있을 것이라는 데에 반대하는 사람은 많지 않다. 그러면서도 상상 속의 이야기로만 치부하면서, 그런 세상에 대해 전혀 개의치 않는다. 그 이유는 당장 우리 주변에서 현실화되지 않을 것이라고 생각하기 때문이다. 현재의 상황에 맞는, 또는 과거 데이터 분석을 통해 현재 상황에서 이해되는 방향으로만 예측을 하다 보니 DPU가 짧아지는 레이 커즈와일의 특이점을 반영하지 못한다.

인간은 호모 휴리스틱쿠스이기 때문에 경험하지 못한 것을 상상하는 능력은 별로 없다. 누군가 상상했다 해도 그것을 이해할 수 있는 사람이 없다. 호모 휴리스틱쿠스는 자신의 경험을 통해 알고 있는 것과 차이가 있는 것은 대부분 부정한다. 특히 학문적 또는 비즈니스적으로 경험이 많은 전문가일수록 정도가 더욱 심하다. 인간의 기본 심리 상태인 가용성 휴리스틱(Availability Heuristic)에 빠지게 된다. 여기서 '가용성'은 '쉽게 구할 수 있거나 이용할 수 있는'이라는 의미이고, '휴리스틱'은 올바른 판단에 필요한 시간이나 정보가 부족하거나, 굳이 체계적이고 합리적인 판단이 필요 없을 때 빠르게 판단하는 어림짐작의 기술을 뜻한다. 판단을 할 때 힘들게 찾기보다는 주변에서 바로 쉽게 구할 수 있는 데이터나 정보를 가져다 쓰는 것이다. 가장 쉬운 방법은 머리 속에서 떠오르는 것에 의존하거나, 그것의 가치를 높게 부여하는 것이다. 생각이 떠올랐다는 것은 중요하다고 여기기 때문이다. 하지만 가용성 휴리스틱은 한쪽으로 치우치게 되는 편향(Bias)을 나타낼 수 있다. 여러분이 관심을 갖는 정보는 쉽게 기억이 난다. 쉽게 기억이 난 것은 중요하다고 여겨 실제보다 여러분이 관심있는 쪽으로 과장하거나 왜곡을 하게 된다는 점을 잊어서는 안 된다.

AI의 발전에 대한 예측을 예로 들어보자. 우리가 생각하는 AI는 영화에서 많이 접했기 때문에, 우리 머리 속의 AI는 인간과 비슷한 모습을 하고 매우 힘이 강한 로봇 T-X(영화 '터미네이터 3'의 여자 형상의 로봇)이거나, 모든 인터넷을 통제할 수 있는 가상의 시스템(영화 '터미네이터 3'의 스카이넷)으로 기억된다. 알파고는 단지 바둑에 특화된 컴퓨터로 여겨 우리 생각 속의 AI와는 약간의 거리가 있다. 간혹 뉴스를 통해 접하게 되는 사례말고는 직접 실감할 수 있는 AI는 아직 우리 주변에 없다는 생각을 많이 한다.

하지만 우리는 아주 오래 전부터 AI를 사용하고 있었다. 많이 쓰는 전자계산기가 대표적이다. 아주 단순하지만 계산 능력은 인간의 지능보다 월등하다. 바둑 잘 두는 알파고와 계산 잘하는 전자계산기는 동일 선상에 있다고 할 수 있다. 물론 알파고가 학습 능력이 있다는 것은 큰 차이지만 말이다. 전자계산기를 AI라고 생각하지 않는 것은 학습 능력이 없기 때문일까? AI에 지대한 공헌을 한 컴퓨터 과학자 존 맥카시는 생전에 "As soon as it works, no one calls it AI anymore(작동하자마자 아무도 그것을 AI라고 부르지 않는다)"라고 했다. 전자계산기뿐만 아니라 다양한 AI가 이미 우리 생활 주변에 존재하고 있다. 포털사이트에서 뉴스 항목을 선택하면 어떻게 알았는지 평소에 관심이 많았던 기사가 먼저 눈에 띄는 경험을 해보았을 것이다. AI가 사용자의 관심을 파악하여 뉴스를 선별하여 제공하는 것이다. 이 또한 AI라고 할 수 있다. 공감한다면 이제는 더 이상 인간 형상의 로봇이나, 통제 시스템만을 AI라고 생각하지 말자. 가용성 휴리스틱에서 벗어나야 한다. 재미있는 사실은 존 맥카시도 개인용 컴퓨터의 필요성은 예측하지 못했다고 한다.

　조니 뎁이 주인공으로 나오는 영화 '트랜센던스(Transcendence, 초월)' 는 AI의 또 다른 모습을 보여 준다. 영화 속에서 조니 뎁이 주연을 맡은 윌은 인류가 수억 년 동안 쌓아 온 지적 능력을 초월하고, 자각 능력까지 있는 슈퍼 컴퓨터 트랜센던스의 완성 직전에 테러를 당하는데, 죽기 전에 동료 과학자인 부인의 도움을 받아 자신의 뇌를 이 컴퓨터에 이식하고, 엄청난 능력을 소유하게 된다. 이 능력을 이용해 자신만의 왕국을 건설하면서 신의 영역까지 넘어서게 되고, 이 과정에서 많은 문제가 발생하게 되자, 사람들은 이 컴퓨터가 더 이상 윌이 아니라고 생각하고 제거하려 한다. 부인도 윌이 아니라고 느끼며 컴퓨터를 제거하는 마지막 순간 컴퓨터는 자신이 진짜 윌임을 밝힌다. 우리가 두려워하는 AI 형태는 이런 것이 아닐까?

　전자계산기부터 영화 속의 트랜센던스 컴퓨터까지 AI의 능력은 다양하다. 약한 인공지능부터 아주 강한 인공지능까지 있다. AI는 크게 3종류로 구분한다. 약 인공지능 ANI(Artificial Narrow Intelligence)로 현재 기계 수준인 딥 블루(Deep Blue)가 있고, 강 인공지능 AGI(Artificial General Intelligence)로 인간 수준 이상의 알파고가 있고, 초 인공지능ASI(Artificial Super Intelligence)로 신의 수준인 영화 속의 트랜센던스같은 것이 있다. 지금 우리는 약 인공지능에서 강 인공지능으로 가고 있는 중이다. 바둑(알파고), 의학(왓슨) 등 몇몇 분야에서는 이미 강 인공지능 영역에 들어선 것도 있다.

그림-28. 건물과 돌멩이 사진

약 인공지능 영역은 현재 우리 주변의 전력 공급, 원자력 발전소, 컴퓨터, 스팸필터, 검색, 추천 등으로 문제가 생겨도 대비할 수 있다. 그러나 약 인공지능에서 강 인공지능으로 가는 길은 결코 쉽지 않다. 위 그림을 보고 인간은 바로 어떤 사물인지 파악할 수 있다. 왼쪽의 그림은 건물 사진이고, 오른쪽 그림은 돌을 찍은 사진이다. 이렇게 인간은 계산하지 않고 직관으로 바로 알 수 있는 그림을 컴퓨터가 올바르게 인식하는 것은 쉬운 일이 아니다. 인간에게 쉬운 것들이 실제로 컴퓨터에게는 믿을 수 없을 만큼 많은 계산을 필요로 한다(컴퓨터가 개와 고양이를 구분하지 못한다는 사실은 많이 알려져 있다). 그림을 판별하는 것과 같은 기술은 수억 년 동안의 동물 진화에 최적화되어 있기 때문에 인간에게는 쉬운 일이다. 인간은 가용성 휴리스틱과 같은 직관력이 있기 때문이다.

이런 인간 뇌 수준의 계산을 하려면 초당 1경 번의 계산이 필요하고, 1경은 10,000,000,000,000,000으로 1016이다. 현재 가장 빠른 컴퓨터의 계산 속도는 초당 3.4경 정도로 가격이 너무 비싸고 커서 실생활에서 사용하기 어렵다. 레이 커즈와일은 천 달러에 초당 1경 번의 계산이 가능할 때 강 인공지능으로 진입할 수 있을 것으로 보고 있는데, 현재 인간의 뇌 수준에 대비되는 컴퓨터 계산 수준은 작은 포유류의 뇌 수준 정도로 인간의 뇌 수준이 되는 시간은 대략 2025년으로 예측한다. 그런데 컴퓨터의 계산 능력은 하드웨어의 발전으로 가능하겠지만, 인간의 뇌 수준이 되기 위해서는 사물을 보고 판단하는 알고리즘인 소프트웨어의 발전이 뒤따라야 한다. 지금까지 그래왔듯이 무어의 법칙(반도체 연구원 고든 무어가 마이크로칩의 용량이 매 18개월마다 2배가 될 것으로 예측한 법칙으로, 1975년 24개월로 수정되었다)처럼 하드웨어의 발전은 꾸준했으나, 소프트웨어는 그렇지 못했다.

이를 극복하기 위해 인간 뇌와 같은 소프트웨어를 만드는데 3가지 방법이 사용되었는데, 그중에서 가장 오래된 방법은 인간의 뇌와 같은 인공 신경망(Neural Network)을 만드는 것이다. 이 방법은 랜덤하게 데이터를 입력해서 계산 결과로 나온 출력이 맞으면 그 연결을 강화하고, 틀리면 약화시키는 방식으로 학습하게 하는 것이다. 현재 수준은 약300개의 뉴런을 가진 편형동물의 뇌 수준이다. 인간의 뇌 속에는 약 1,000억 개의 뉴런이 있다고 하니, 아직 갈 길이 멀다. 두 번째 방식은 유전 알고리즘(Genetic Algorism)으로 성공적인 프로그램끼리 엮어서 다음 프로그램을 만드는 것을 반복하는 것이다. 세 번째는 컴퓨터 스스로 알아서 할 수 있도록 '컴퓨터 공학 컴퓨터'를 만들어서 컴퓨터가 프로그램도 구현하고 평가하여 스스로 강화할 수 있도록 하는 방식이다. 이 3가지 모두 상당히 오랜 시간이 지나야 목적을 이룰 수 있겠다는 생각이 들지만, 한편으로는 지금처럼 지수적으로 발전하는 기술을 생각하면 '무언가 나타나는 순간(내 개인적으로는 양자 컴퓨터가 실생활에 적용될 때)' 상상 이상의 엄청난 발전이 있을 것임은 분명한 일이다. 바로 이 순간이 약 인공지능에서 강 인공지능으로 들어서는 순간이다.

인류가 강 인공지능까지 왔다면, 여기서 멈추지는 않을 것이다. 인간의 두뇌보다 강 인공지능의 장점이 너무 많기 때문이다. 일단 하드웨어 측면에서 보면, 상상할 수 없을 정도로 빠른 계산 속도와 무한대에 가까운 저장 공간의 크기에 신뢰성 있고 체계적인 정보의 입출력, 그리고 무한한 내구성이 보장된다. 소프트웨어 측면에서도 수정과 업그레이드가 용이한 확장 가능성과 초연결성에서 나오는 집단 역량의 힘이 발휘된다. 이런 장점의 혜택을 받은 인류가 발전을 멈출 리가 없다.

그림-29. 인공지능에 대한 인간의 생각

그런데, 인공지능 개발 초기부터 약 인공지능 시대까지 오랜 시간이 소요된 경험을 했기 때문에 약 인공지능에서 인간 수준을 뛰어넘는 강 인공지능의 출현도 역시 아주 오랜 시간이 소요될 것이라고 생각한다(반면에 많은 미래학자들은 이 시점을 2040년으로 예측한다). 또 곤충인 개미와 포유류인 침팬지의 지능 수준 차이는 별로 없다고 생각(이 차이를 심각하게 고민하지 않는다는 표현이 옳을 것 같다)하지만, 보통 사람과 아인쉬타인의 지능 수준은 많은 차이가 있다고 생각한다.

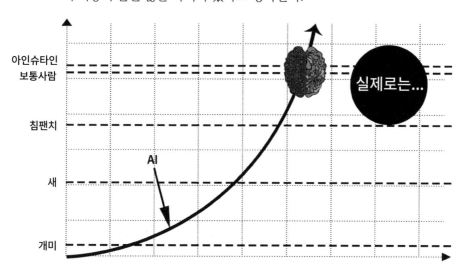

그림-30. 인공지능의 발전

하지만, 곤충과 침팬지의 차이만큼 아인쉬타인과 보통 사람의 지능 차이는 생각보다 크지 않다. 그리고 앞에서 언급했던 것처럼 '무언가 나타나는 순간' 인공지능의 발전은 특이점을 맞이하여 상상을 초월한 발전을 하게 된다. 아인쉬타인의 지능을 넘어서는 강 인공지능이 등장하게 되면 '지능 폭발(Intelligence Explosion)'로 초 인공지능에 도달하는 시간은 약 인공지능에서 강 인공지능으로 발전하는데 걸린 시간보다 훨씬 짧게 되고, 이 시기가 됐을 때 우리는 초 인공지능의 수준을 가늠할 수 없게 된다.

마치 기차역에서 기차를 기다릴 때 아주 멀리 보이는 곳에서 오는 기차는 천천히 오고 있는 것처럼 느껴지지만, 기차가 역에 가까이 다가올수록 속도가 빠르게 느껴지고, 그 기차가 무궁화호가 아니고 KTX라면 엄청 빠른 속도로 역을 통과한다. 마찬가지로 지금은 약 인공지능만 경험해봤기 때문에 강 인공지능이라는 기차가 오기를 기다리는 역에서 기차가 다가오는 속도를 제대로 느낄 수 없지만, 강 인공지능 기차가 보이는 순간 아주 빠른 속도로 접근하고, 접근한다고 느끼는 순간 미처 손을 쓸 시간도 없이 초 인공지능이 역을 지나갈 것이다.

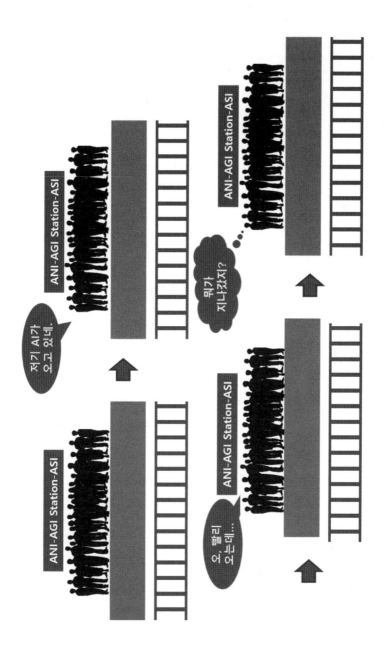

그림-31. ANI to ASI 발전

지능 계단

그림-32. 동물의 지능 수준 차이

이런 초 인공지능은 빠른 계산 속도보다 사고하는 방식이 중요하다. 새나 침팬지의 뇌 계산 속도를 높인다 한들 절대 인간같이 생각을 못하고, 인간 세계의 존재조차 알지 못한다. 얼마 전 펭귄의 생활을 담은 영상을 시청하는 데, 이해가 안 되는 부분이 있었다. 펭귄의 생활을 자세히 관찰하기 위해 펭 귄 모양의 인형에 카메라를 장착하여 펭귄 무리 속에 집어넣지만, 펭귄들은 전혀 눈치채지 못한다. 내가 볼 때 펭귄 인형은 움직이는 동작이 부자연스러 워 펭귄이 금방 눈치챌 것이라고 생각했는데, 끝내 눈치채지 못한다. 그 방송을 보면서 펭귄 인형의 동작이 실제 펭귄의 동작과 다르기 때문에 아주 잠깐 실제 펭귄들의 주의를 끌지만, 펭귄들의 뇌 속에서 인형이라는 개념이 있을 리 없기 때문에 펭귄 인형에게 관심을 두지 않는 것이라고 생각했다. 즉 생각할 수 없는 것이 실재로 존재할 때 제대로 인식하기 어렵다.

인간에게도 마찬가지다. 1980년대 초에 '부시맨(The Gods must be Crazy)'이라는 영화가 있었다. 실제로 아프리카 칼라하리에 살고 있는 부시맨족의 에피소드를 촬영한 영화로 3편의 영화가 만들어질 정도로 많은 인기가 있었다. 이 영화는 비행기를 몰고 가던 조종사가 콜라를 마시고 콜라병을 비행기 밖으로 던지면서 시작된다. 그 콜라병이 마침 부시맨들이 살고 있는 마을로 떨어지고, 부시맨들은 처음 본 콜라병을 신의 물건이라고 생각하여 땅끝으로 가서 신에게 돌려주기 위한 여정을 그리고 있다. 영화 속 주인공 카이는 실제 부시맨인 니카우로, 한국에도 왔었다. 한국에 도착한 니카우는 많은 곳을 구경하고 선물도 많이 받았는데, 한국을 떠날 때 기자들의 질문에 그가 답한 내용을 듣고 그 당시의 나는 이해를 못했었던 기억이 있다. 질문은 "많은 곳을 구경했는데, 가장 기억에 남는 것이 무엇이냐?"였고, 대답은 "많은 물건을 한 번에 옮기는 게 신기했다"였다. 이에 대해 "한국의 많은 건물과 자동차는 어떻게 생각하느냐?"라는 질문이 이어졌는데, "본 적이 없다"라는 대답을 했다. 니카우는 건물과 자동차 등 새로운 모습을 많이 봤음에도 그런 사물에 대한 개념이 없기 때문에 그냥 자연물의 일부라고 생각하여 보고도 인식을 못하면서, 리어카에 많은 짐을 싣고 이동하는 모습을 보고는 아마도 짐을 옮기는 데 관심이 있었기 때문에 충격을 받은 것이 아닌가 생각한다.

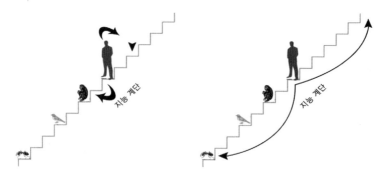

그림-33. 인간과 AI의 지능 수준 차이

침팬지와 인간의 지능 수준 차이를 그림 상에서 2계단 정도의 차이로 표시했는데, 광화문에 서 있는 이순신 장군 동상을 본 사람의 생각과 침팬지의 생각 차이로 비교하면, 사람에게는 이순신 장군 동상이 많은 것을 생각하게 하지만, 침팬지에게는 그냥 사물일 뿐이다. 동상을 만들 수 있고, 만든 이유가 있으며, 과거 역사적 의미까지 있다는 것을 침팬지에게 아무리 학습을 시켜도 침팬지 입장에서는 그냥 사물일 뿐이다. 동일하게 인간보다 2계단 위에 인공지능이 있다고 하면, 사람이 아무리 학습을 한다한들 인공지능을 올바르게 이해할 수 있을까? 침팬지가 인간의 사고 방식을 이해하지 못하듯 사람도 인공지능의 사고 방식을 이해하지 못한다. 하물며 개미와 인간의 차이(그림 상에서 7계단)만큼의 위치에 인공지능이 존재한다면 어떻게 되겠는가? 베르나르 베르베르의 소설 '개미'에는 '분홍색 공'이라는 표현이 나온다. 개미들은 갑자기 나타나는 분홍색 공에 깔려 죽기 때문에 개미들에게 공포의 대상이다. 분홍색 공은 사람의 손가락 끝이다. 개미에게 사람은 너무 크기 때문에 존재하는 의미가 없지만, 사람의 생물학적으로 가장 말단부인 손가락 끝은 자신들을 죽이는 공포의 대상인 것이다.

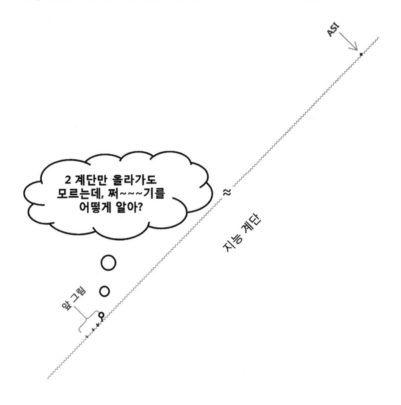

그림-34. 초 인공지능 수준 차이

사람 수준의 강 인공지능을 넘어서게 되면 초 인공지능은 순식간에 사람의 상상력 밖의 위치에 존재할 것이다. 이때가 되면 초 인공지능이 무엇을 할지, 인간에게 어떤 영향을 미칠지 알 수 없다(지능 계단의 2계단만 건너 뛰어도 알지 못한다). 이렇게 초 인공지능의 시대가 오게 되면, 우리는 IQ 200을 넘지 못하는 아인쉬타인을 천재라고 하는데, 과연 IQ 20,000 또는 그 이상 될 수도 있는 초 인공지능을 뭐라고 불러야 할까?

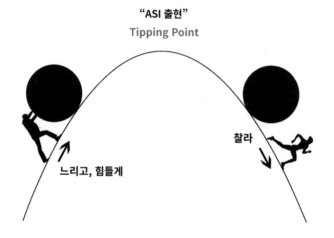

"ASI 출현"
Tipping Point

찰라

느리고, 힘들게

그림-35. 초 인공지능의 티핑포인트

과학계에서는 인간이 초 인공지능을 만들 수 있을 만큼 충분히 똑똑하기 때문에 초 인공지능이 출현하는 티핑포인트(작은 변화들이 어느 정도 기간을 두고 쌓여, 이제 작은 변화가 하나만 더 일어나도 갑자기 큰 영향을 초래할 수 있는 상태가 된 단계)가 분명히 오는데, 그 시점이 "언제일까?" 가 이슈다.

인공지능 관련 아이디어를 널리 알린AI연구원이자 작자인 엘리에셀 유도코우스키는 "지능 폭발(Intelligence Explosion)의 가장 순수한 경우는 인공지능이 자체 소스 코드를 다시 쓰는 것일 것이다. 중요한 것은 만약 당신이 지능을 조금이라도 향상할 수 있다면, 그 과정은 가속화된다는 것이다. 그것이 티핑포인트다. 마치 펜의 한쪽 끝의 균형을 맞추려고 하는 것과 같다. 펜이 조금이라도 기울어지면 나머지 부분은 빠르게 떨어진다"라고 지능 폭발에 대해 언급했다.

지능 폭발에 대한 그의 전망은 초 인공지능의 위험성을 지적한 철학자이자 AI 사상가인 닉 보스트롬의 유명한 '초 인공지능 : 경로, 위험, 전략(Superintelligence : Paths, Dangers, Strategies)'에 큰 영향을 미쳤다. 닉 보스트롬은 "최초의 초 인공지능 기계는 기계가 어떻게 그것을 통제할 수 있는지 말할 수 있을 만큼 충분히 온순하다면, 이제껏 만들어낼 필요가 있는 마지막 발명이다"라고 말한다. 초 인공지능 기계가 만들어진 이후부터는 초 인공지능 기계가 다 알아서 할 테니 인간이 직접 무언가를 발명할 필요가 없어질 것이라는 이야기다. 이렇게 되면 얼마나 편해질까 생각해보지만, 한편으로는 걱정이 앞서는 것도 사실이다. 만약에 초 인공지능 기계가 온순하지 않다면, 즉 불순한 생각을 하게 된다면 어떻게 될까?

이에 대한 대답은 과거 영화(터미네이터, 매트릭스 등)나 최근 개봉된 영화(에일리언 커버넌트, 업그레이드 등)에서 많이 다룬 내용과 크게 다르지 않을 것이다. 인류의 영생 아니면 멸종일 테니 말이다. 닉 보스트롬의 이야기는 '컴퓨터가 인간보다 똑똑해진다면 무슨 일이 벌어질까?'라는 TED 강연(유튜브에서 '닉 보스트롬'을 검색하면 번역 자막이 있는 영상이 바로 나온다)을 통해서도 확인할 수 있다. 지금까지 지구상에 출현했던 생물종 중의 99.99% 종이 멸종했다. 그만큼 멸종은 자연스러운 현상이다. 멸종 후에는 다시 돌아올 수 없다. 그런데 닉 보스트롬에 의하면 초 인공지능의 출현은 지구 역사상 최초로 생물종의 영생 가능성을 가져올 수 있다고 한다. 단지 방법을 모르고 있을 뿐이라고 한다. 지금의 우리는 알 수 없지만, 확실한 것 하나는 바로 지능이 힘이라는 사실이다.

자, 이제 인공지능에 대한 이야기를 정리할 시간이다. 인공지능에 대해 잘못된 생각 2가지와 내 나름대로 느낀 AI에 대한 단상 또는 에필로그라고 할 수 있는 5가지에 대해 이야기해 보겠다. 먼저, 잘못된 생각부터 시작하겠다. 우리는 인공지능이라고 하면 인간의 모습을 닮은 로봇을 떠올리게 된다. 산업 현장에서 많이 쓰이는 산업 로봇은 그냥 기계로 생각한다. 물론 인공지능을 영화 소재로 사용하기 위해 사람에게 친숙한 모습으로 표현했을 것이다. 이제부터는 이런 생각을 버려야 한다. 강 인공지능에 해당하는 알파고의 형태를 상상해 보라. 알파고를 대신해서 바둑돌을 실제 바둑판에 놓기 위해 사람이 대신하고 있지만, 알파고의 모습은 무형이라고 할 수 있다. 이처럼 지금도 인공지능은 다양한 형태의 모습과 방법으로 나타나고 있다. 인공지능이 인간처럼 사고하고 판단할 것이라고 생각하면 안된다. 하물며 인간같이 생명이 붙어 있다고 생각해서도 안된다. 지금 수준의 인공지능은 우리가 상상할 수 있지만, 강 인공지능을 넘어서는 순간 우리의 상상을 초월하기 때문이다.

두 번째는 미래를 예측하는 방법이다. 영화계에서 천재로 통하는 스티븐 스필버그가 1980년에 만든 '백 투 더 퓨처(Back to the future)2'는 2015년의 세상을 그리고 있다. 개봉 당시 이 영화에 등장하는 많은 신기술(공중을 날 수 있는 스케이트보드, 버튼만 누르면 자동으로 몸에 맞게 크기가 조절되는 옷, 양방향 대화가 가능한 TV 등)은 정말 상상 속의 기능을 선보였다. 하지만 여기까지다. 영화 어디에서도 이런 기능이나 기술로 인해 형성되는 문화나 사회상은 없다. SNS 문화같은 것은 없었다. 사람은 미래를 예측할 때 경험을 통해 뇌 속에 축적된 기억에 의존해서 미래를 상상한다. 뇌 속의 저장 장치에 없는 것, 즉 기억이 없으면 상상하지 못한다. 기억의 역할은 미래를 가상적으로 구성하기 위해 과거의 정보를 제공하는데 있다. 이때 기억이 나지 않는 부분은 자신이 가지고 있는 주관적인 생각으로 채운다. '생각에 관한 생각'을 쓴 심리학자로 인간의 비합리성과 그에 따른 의사 결정에 관한 연구로 2002년 노벨경제학상을 수상하고, 고전 경제학 프레임을 뒤엎은 '행동경제학' 창시자인 대니얼 카너먼은 "보통 사람들은 특정 사건에 대해 처음부터 끝까지 전 과정을 상세하게 기억하지 못하고 그 사건의 정점과 결말을 통해 기억한다"라고 했다. 인간의 뇌는 간결함을 좋아하기 때문에 전체를 한두 줄 또는 한두 단어로 축약시키면서, 과거에 관찰한 트렌드를 바탕으로 미래를 예측하는 데 상당한 시간을 소비하고 있다. 과거에 있었던 일이 다시 일어날 것이라고 가정한 채 먼 미래를 예측하려고 한다. 이 때문에 자신이 현재 기억하고 있는 것이 과거의 기억에 영향을 주는 사후 인지 편향(어떤 결과가 나왔을 때 "내가 그럴 줄 알았어"라고 말하며, 과거에도 이런 사실을 알고 있었다고 생각하는 현상)이 발생하기도 한다. 누구도 먼 미래를 예측할 수는 없다. 경영학자이며 작가로 현대 경영학을 창시한 학자로 평가받는 피터 드러커는 "미래를 예측하는 가장 좋은 방법은 미래를 창조하는 것이다"라고 했다. 그래서 풍부한 상상력을 위해 인문학을 강조하는 것도 그 이유가 아닌가 생각한다.

인간의 조상은 약 20만 년 전에 출현한 호모 사피엔스로 알려져 있다. 그 조상들은 인간의 조상이기 때문에 지금의 인간과 비슷한 생각과 생활을 했을 것이라고 생각할 수 있다. 지금처럼 발달한 문명은 아니겠지만, 일정한 문명 생활을 했을 것이라고 생각하기 쉽다. 실제로 그랬을까? 미국의 대표적 진화생물학자로 '지울 수 없는 흔적 : 진화는 왜 사실인가'의 저자인 시카고대 생태진화학부 제리 코인 교수는 이와 관련된 흥미로운 이야기를 하고 있다. 지금까지 호모 사피엔스 출현 이후 인간이 살아온 시간을 1년으로 환산하면, 인간은 364일 22시간 동안을 문명과는 동떨어진 싸움, 짝짓기, 사냥을 하는데 사용했고, 2시간 정도만 문명 생활을 했다고 한다. 2시간은 약 5,000년 정도의 시간에 해당한다. 이처럼 인간의 조상들은 거의 대부분을 동물과 같은 삶을 살아왔다. 아니, 동물이었다. 최초 인류의 조상인 오스트랄로피테쿠스가 출현한 750만 년 전(학자마다 조금씩의 이견이 있다)부터 살아왔다. '삶은 왜 짐이 되었는가'를 쓴 서울대 인문학 박찬국 교수는 "인간의 유전자에 새겨진 생존 버릇들이 그렇게 쉽게 사라질 수는 없다"라고 했다. 그럼에도 불구하고 인간은 고작 2시간 동안의 문명 생활을 인간의 모든 삶에 투영시키고 있는데, 이것은 많은 문제와 오해를 불러 일으킬 수 있다.

한 가지 예를 들면, 깨끗하게 살균된 바퀴벌레와 더러운 땅콩 중에 한 가지만을 먹어야 된다면 여러분은 어느 쪽을 선택하겠는가? 아마 땅콩을 선택했을 것이다. 펜실베니아대 심리학 교수 폴 로진이 실시한 실험 결과 사람은 땅콩을 선택한다. 만약 인간을 제외한 포유류를 대상으로 이 실험을 했다면, 대부분의 포유류가 바퀴벌레의 살균 여부와 관계없이 바퀴벌레를 선택했을 것이다. 인간은 진화를 거듭하면서 생존을 위해 본능적으로 부정적인 정보에 더 민감하게 반응하는 부정 편향(Negativity Bias)이 발생한다. 이로 인해 수많은 긍정적인 정보가 있음에도 불구하고, 한 가지 부정적인 정보에 더 민감하게 반응한다. 인간의 그릇된 판단은 부정 편향 이외에 행동경제학과 진화심리학 등을 통해 무수히 많은 실험에서 밝혀졌다.

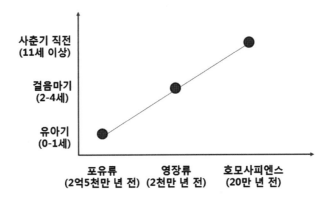

그림-36. 인간의 사회적 관계 발달 과정

또 하나 고려해야 할 것이 있다. 인간은 어떻게 타인의 마음을 읽을 수 있을까? 인간은 사회적 동물로 타인과의 관계를 위한 공감 능력을 가지고 있다. 진화 과정에서 인간의 뇌는 타인과 끊임없이 관계를 맺고 유지하려 한다. 그 결과 인간의 뇌는 사회적 관계를 유지할 수 있는 방향으로 진화했다. '사회적 뇌 : 인류성공의 비밀'을 쓴 캘리포니아대 생물행동과학 매튜 D. 리버먼 교수는 "인간의 사회적 뇌는 인류의 진화적 선택이다"라고 했다. 이 때문에 자신이 생각한 상상의 세계를 설명할 때 사회 구조상 많은 역학 관계를 의식하여 제대로 설명하지 못하는 경우가 많다. 내 경험으로는 많은 기업이나 조직에서 해마다 많은 인력과 시간을 투입하여 예측을 하고 있으나, 제대로 안 맞는 이유 중 가장 대표적인 이유가 아닐까 생각한다. 올바르게 미래를 예측하기 위해서는 반드시 고려해야 될 사항이다.

이제부터는 AI에 대한 5가지 에필로그를 이야기할 시간이다. 첫 번째 에필로그는 클라우드 기반의 빅데이터를 통해 AI의 빠른 발전 영향으로 산업계의 패러다임이 변했다(2017년에 이 문장을 쓸 때는 '변하고 있다'라고 썼었다). 이제 제품을 잘 만드는 제조기술 중심에서 고객 경험을 강화할 수 있는 서비스 중심으로 무게 중심이 이동하고 있다. 이전까지는 각 산업간 구분이 분명해서 생산하는 제품이 산업별로 상이하고 각 제품과의 상관성도 크지 않았으나, AI 시대에는 이런 산업간의 차이가 무의미해진다. 예를 들면, 스피커를 만드는 회사에서는 최고의 품질이나 가성비를 타겟으로 제품을 생산했으나, 이제는 그 스피커가 '고객을 위해 무엇을 해줄 수 있는' 서비스를 생산해야 한다. 즉, 경쟁 우위를 위해 유지해야 할 스피커의 음질, 디자인, 가격 등의 명사 중심에서, 스피커가 해줄 수 있는 일기예보 통보하기, 약속 시간 알려주기, 영화 예약하기 등의 서비스를 해주는 동사로 바뀐다.

두 번째 에필로그는 구글에 관한 것이다. 지금도 구글은 막강한 영향력을 갖고 있지만, 그 영향력은 지속적이고 지수적으로 증가하여 조만간 AI 기반의 '막강한 구글제국'이 탄생할 것이다. 이 시간에도 전 세계 수억 명이 구글 AI를 강화시키기 위해 24시간 365일 매달리고 있다. 구글의 AI에 대한 생각과 관련한 유명한 일화가 있다. 구글 초창기에 유명 학자들을 대상으로 사업 설명회를 할 때 참석자 중 한 명(인에비터블의 저자 케빈 켈리)이 "검색 엔진은 많은데 지금 또 검색 엔진 관련 사업을 하려는 이유가 무엇입니까?"라는 질문에 구글 창업자 래리 페이지는 "구글은 검색 엔진이 아니라, AI입니다"라고 대답했다고 한다. 이를 위해 구글은 수십 개의 자회사를 소유하고 있다. 각 회사의 기술 수준을 보면 정말 엄청나다. 혹시 여러분은 숫자의 단위에 대해 얼마나 알고 있는가? 내 주위 사람들에게 물어보니 대부분 일(一 또는 壹), 십(十), 백(百), 천(千), 만(萬), 억(億), 조(兆), 경(京), 해(垓)까지 알고 있었다. 억은 10의 8제곱, 조는 10의 12제곱, 경은 10의 16제곱, 해는 10의 20제곱이다. 해 다음은 자(秭), 양(穰), 구(溝), 간(澗), 정(正), 재(載), 극(極), 항하사(恒河沙), 아승기(阿僧祇), 나유타(那由他), 불가사의(不可思議), 무량대수(無量大數), 대수(大數), 업(業)의 순이다. 조금 희한한 것은 극 다음의 항하사부터는 불교 용어를 쓰고 있다는 점이다. 항하사는 상상 속의 숫자(10의 52제곱)이기 때문일 것이다. 여기서 '항하'는 인도에 있는 갠지스강을 뜻하며, 항하사는 그 강의 모래알 수를 의미한다. 이 숫자는 우주가 멸망할 때까지 셀 수 없는 크기의 숫자라고 한다. 불교에서 불가사의는 '말로 나타낼 수도 없고 마음으로 헤아릴 수도 없는 오묘한 이치나 가르침'을 뜻하고, 무량대수는 '아미타불과 그 땅의 수명이 한량이 없는 것'을 뜻한다. 마지막의 업은 10의 76제곱이다. 이게 끝이 아니다. 1938년 미국의 수학자 에드워드 케스너와 그의 조카 밀톤 시로타는 이 세상에서 가장 큰 수에 대해 생각하면서 '구골(googol, 10의 100제곱)'과 '구골플랙스 (googol plex, 10의 구골제곱)'를 만든다. 구글의 원래 명칭은 '구골'이었으나, 잘못 사용해서 구글이 됐다는 이야기는 잘 알려져 있다. 래리 페이지가 구글은 AI라고 이야기한 것이 이해가 된다.

세 번째 에필로그는 AI 시대에는 남녀노소의 구분이 없다는 것이다. 시대에 적응하기 위해서는 끊임없이 배워야 한다. 2018년 말 경에 TV 방송에서는 '나이거참!'이라는 방송을 했다. 노인과 어린이가 같이 나와서 세대 차이에 관한 에피소드를 이야기하는 예능 방송이었다. 첫 회 방송 예고편에 노인(탤런트 변희봉)이 어린이가 사용하는 신조어를 이해 못해서 황당해 하는 모습과 스마트폰을 손에 든 어린이는 신조어를 모르는 노인을 보고 이해하지 못한다는 표정을 짓고 있는 모습이 나왔다. 불과 얼마 전까지만 해도 나이가 많다는 것은 경험도 많고, 노하우도 많은 것으로 여겨져 존경의 대상이었으나, 이제는 스마트폰도 제대로 사용하지 못하는 존재로 여겨지기도 한다. 과거 지식의 저장고에서 지식 습득의 무능력자로 전락했다고 볼 수 있다. 단지 서글픈 현실로만 치부하면 안 된다. 끊임없이 발전하고 변하는 세상에서 시대에 적응하지 못하면 도태되는 세상이다.

그럼에도 불구하고 1958년 영국 물리학자이자 수학자인 로저 펜로즈와 그의 아들이 같이 만든 펜로즈 삼각형(3차원의 세계를 2차원의 평면에 그

려놓은 것으로, 삼각형의 각 부분에서는 오류를 발견할 수 없으나 실제로는 존재할 수 없다)처럼 시작과 끝이 없는 상태로 딱히 원하는 목적지 없이 그냥 흘러 온 것은 아닐까? 실제로 주변에서 많이 볼 수 있는 상황은 어떤 문제를 만나게 되면, 이리저리 고민하다가 해결책(간혹 포기를 하는 경우도 있음)을 찾아내게 되고, 문제는 종료가 되는데, 조금 지나면 이 해결책에 문제가 있음을 발견하게 되고, 또 이리저리 고민하다가 그 문제를 해결하게 되고, 또 문제가 생기면….다시 굴러 떨어질 걸 알면서도 산 위로 바위를 밀어 올려야 하는 형벌을 받은 시지프스 신화를 보고 있는 듯하다. 반드시 목적을 세우고 달성하기 위한 전략, 즉 합리적인 목표를 정하고 그 목표를 달성할 수 있는 수단을 강구해야 한다.

네 번째 에필로그는 '주객전도(主客顚倒)'다. 주인은 손님처럼, 손님은 고객처럼 바뀐 상태를 뜻한다. 불과 5년 전만 해도 생각조차 못했던 일이 벌어지고 있다. 단지 어떤 사건이 발생했다는 의미보다 사회적 역할이 바뀌고 있다. 이제 소비자는 단순히 생산자가 제공하는 제품이나 서비스를 구매하는 수동적 입장이 아니라, 능동적으로 소비자 자신이 원하는 제품과 서비스를 생산자에게 요구한다. 교육 현장에서도 이런 일이 생기고 있다. 과거 학교에서는 선생님이 주체가 되어 객체인 학생(학생에게는 자율권이 거의 없었다)들 전체를 대상으로 수업을 진행했다. 예를 들면 초등학교에서 구구단을 배울 때 선생님은 학생 개개인의 수준을 고려하지 않고, 계획된 수업 진도를 나갔다. 5단을 가르친 다음에는 6단을 가르치는 식이다. 학생들 중에는 이미 구구단을 다 외우고 있는 학생도 있고, 아직 3단을 못 외우고 있는 학생도 있는데, 6단을 가르치는 것은 아무리 좋게 생각해도 비합리적이고 비효율적이라는 생각이 든다. 2019년 초에 EBS 방송에서 외국 선진 교육 현장을 방송했는데, 태블릿 PC를 이용하여 각 학생의 구구단 수준에 맞춰 배울 수 있도록 하는 모습을 보았다. 선생님은 단지 구구단을 외워야 하는 이유와 방법을 알려줄 뿐이다. 학생들이 스스로 구구단을 외우는 과정에 절대 개입하지 않았다. 상대적으로 보수적인 교육 현장에서도 주체와 객체가 바뀌고 있다.

마지막 에필로그는 AI 이전에 기본적인 토대가 이루어져야 하는데, 아직 미흡하다는 것이다. 지금과 같이 클라우드의 소극적 활용과 빅데이터 활용 수준이 낮은 상태에서 AI를 추진한다는 것은 이치에 안 맞는다. 기본 토대 없이 짓는 집은 사상누각이다. 많은 기업과 조직에서 디지타이제이션과 디지털라이제이션은 얼추 해 놨지만, 그 후의 디지털 트랜스포메이션을 추진한 곳은 찾아보기 힘들다. 앞에서 이야기했듯이 AI는 그냥 하나의 로봇을 만드는 작업이 아니다. 국내 일부 공항이나 호텔에 가면 로봇들이 서비스하는 것을 볼 수 있는데, 그것은 진정한 AI의 구현이 아니라, 기존의 컴퓨터에 움직이는 기능을 추가한 컴퓨터일 뿐이다. 반드시 클라우드와 빅데이터 기반의 토대가 있어야 한다.

혁신기업들은 각 산업 분야에서 디지털 신기술을 빠르게 적용시키는 디지털 트랜스포메이션을 통해 혁신적인 고객가치를 제공하고 효율적인 프로세스를 적용하여 새로운 마켓과 고객 경험을 창출하고 있어 기존 사업자의 역할은 축소되고 있다. 기존 방식을 혁신한 유통업의 출현, 자동차 산업의 서비스 분야로 변신, 전자·제조업 영역의 무한 확장, 디지털금융의 비즈니스 모델의 혁신 등 전통사업자가 영위해 온 버티컬(Vertical) 산업을 뛰어넘는 혁신 기업의 등장이 더욱 가속화되고 있다. 앞에서 소개했던 테슬라의 완전 자동화 공장은 시행 착오를 거쳐 2017년 말 모델3를 출시했고, 출시 3일 만에 사전 예약 25만 대라는 놀라운 성과를 달성했다. 새롭고 열린 기회가 낮은 진입 장벽과 열린 문 안에 있다. 담을 넘고 문 안으로 들어가야 한다. AI의 반대말은 사람이 아니라 영원한 뒤처짐이다. 실천이 필요하다. 그 실천의 중심에 디지털 트랜스포메이션이 있다. 디지털 트랜스포메이션으로 조직이나 조직원들의 움직임이 가벼워지고 조직이 슬림해지며, 프로세스가 단순해져 단위 조직이 작아지는 것처럼 보이지만 전체 조직은 커진다. 물론 디지털 트랜스포메이션 추진을 위해 디지털 역량은 필요충분조건이다.

2. 디지털 트랜스포메이션 사례 연구

2.1 GE의 디지털 트랜스포메이션

GE는 1892년 천재 발명가 토마스 에디슨이 설립하고, 1896년 새로 구성된 다우지수(다우존스산업평균지수, Dow Jones Industrial Average)에 회사명이 등재된 12개 회사 중 하나다. 다우지수는 뉴욕증권거래소에 상장된 우량기업 30개 주식을 기준으로 산출된다. 1907년부터 2018년 현재(2018년 6월 19일 다우지수에서 퇴출)까지 111년 동안 다우지수에 남아 있던 제너럴 일렉트릭(General Electric)은 항공엔진, 발전기 등 대형 산업용 기계를 만들며 직원 수가 무려 33만 명이나 되는 세계적인 제조업체로 잘 알려져 있다. 그러나, 지금은 디지털 산업 기업으로 변모했다. 인터넷 검색 결과에서도 GE의 많은 사업 종류 중에 디지털이 제일 앞에 나온다. 전통적인 제조업체였던 GE가 이렇게 변모한 것은 최근의 일이다.

GE는 2016년 7월 산업인터넷 소프트웨어 플랫폼인 프레딕스(Predix Platform)를 선보였다. 프레딕스는 확장 가능한 자산 중심의 데이터 기반으로 디지털 산업 솔루션을 실행하고 확장할 수 있는 포괄적이고 안전한 응용 프로그램 플랫폼으로 자산 연결성, 최첨단 기술 분석 및 기계 학습, 대용량 데이터 처리 및 자산 중심의 디지털 트윈과 같은 산업 애플리케이션에 필요한 공유 기능을 제공한다.

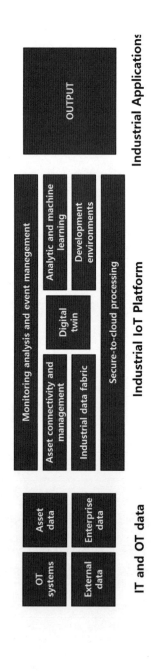

그림-37. 프레딕스 플랫폼

또한 분산 애플리케이션 플랫폼으로 설계되어 대용량, 낮은 대기 시간, 통합 집약적인 데이터 관리 및 분석 중심의 결과에 최적화되어 있다. 프레딕스는 마이크로소프트의 애저에서 구동되며, 화웨이와 프레딕스 기반의 '산업인터넷' 전략을 공동 추진하고 있다. 프레딕스의 주요 기능은 다음과 같다.

- 자산 연결 : 센서, 게이트웨이, 소프트웨어 정의 시스템을 신속하게 공급할 수 있도록 글로벌 통신사와 손잡고 독자적인 기술을 결합해 산업 자산을 '서비스로써 연결'로 제공한다.
- 머신 데이터 확장성 : 머신 데이터를 실시간으로 저장하고 분석하며 관리할 목적으로 개발됐다. 수천 대 기관차의 시계열 데이터 수집과 분석부터 3D 의료 이미지 같은 대형 오브젝트 데이터를 의사에게 전달하는 것까지 산업용 데이터의 다양성, 대용량, 속도에 맞게 개발됐다.
- 보안 및 규제 준수 : GE는 지난 수십 년간 운영 보안과 정보 보안의 경험을 담아 산업 사업자와 개발자를 위한 적응형 보안 솔루션을 포함하여 사용 가능하고 가장 안전한 프로토콜로 설계했다.
- 거버넌스 : 전 세계 60개 이상의 지역에 대한 GE의 글로벌 네트워크와 전문성을 활용해 거버넌스를 간소화하고, 국가별 데이터 주권 규제를 따르면서 개발 사용자들의 컴플라이언스 비용을 줄일 수 있도록 만들어졌다. 이는 GE, 협력사, 개발자가 항공, 에너지, 의료, 교통 등 고도의 규제를 받는 산업에 대한 서비스를 구축하고 배포할 수 있도록 해준다.
- 상호운용성 : 기업이 기존 솔루션과 호환해서 관리하면서 자사의 최적

화된 보안과 데이터 구조 제공에서 혜택을 얻을 수 있도록 클라우드 환경의 넓은 스펙트럼에서 작동하는 애플리케이션과 서비스를 원활하게 운영한다.

· 폐쇄형 커뮤니티 : 클라우드 사용 기업이 산업 생태계에 속하도록 하기 위해 '폐쇄형 커뮤니티' 모델을 기반으로 한다.

· 개발자의 통찰력 : 개발자는 작업 환경 및 이와 연결되어 있는 모든 역량에 대한 가시성을 가지게 된다. 이는 기업이 업무 효율을 위해 필요한 보안과 가시성을 제공하면서 지속적으로 물리적 및 디지털 세계에서 새로운 수요를 조율하여 원하는 위치에서 시스템의 응용 프로그램을 확장하고 감시할 수 있다.

· 온디맨드 가용성 : 확장형 온디맨드를 통해 제공되고 종량제 가격 모델을 적용할 수 있다.

프레딕스의 이런 주요 기능들은 산업 인터넷 사용상에서 필요한 모든 것이 가능하게끔 지원한다.

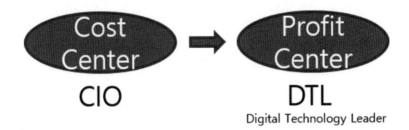

그림-38. DTL 신설

GE는 프레딕스의 개발뿐만 아니라, '디지털 산업 기업(Digital Industrial Company)'으로 변신하기 위해 디지털 트랜스포메이션 추진을 담당할 조직으로 기존의 CIO 조직 역할을 축소시키고 DTL(Digital Technology Leader) 조직을 새로 신설했다. DTL 조직을 중심으로 각 사업 본부별(GE는 각 사업 본부 단위가 하나의 회사와 같다)로 구성된 사일로(Silo) 조직과 문화를 '디지털'이란 키워드로 연결하고, 각 사업본부의 디지털 혁신 활동을 CDO(Chief Digital Officer, 최고 디지털 혁신 책임자)가 결정할 수 있도록 했다. 사일로는 원래 곡식 저장창고를 의미했으나, 회사 내에서 성이나 담을 쌓고 외부와 소통하지 않는 부서를 뜻한다.

CDO의 또 다른 뜻으로 피터 드러커와 함께 현대 경영의 창시자로 평가받는 톰 피터스가 '경영 혁명'에서 제시한 CDO(Chief Destruction Officer, 최고 파괴혁신 책임자)가 있다. 톰 피터스는 미래의 경영에서 문제점을 조금씩 개선해 나가는 관리자보다 파괴를 통한 급진적인 혁신이 필요하다는 취지로 CDO의 중요성을 언급했다. CDO는 2가지 뜻 모두 일맥상통한다고 볼 수 있는데, GE의 CDO(Chief Digital Officer)는 목표와 수단이 디지털이라는 점이 차별화되어 있다고 볼 수 있다. GE는 DTL을 중심으로 새로운 비즈니스 기회를 모색하고, 중후장대한 하드웨어 기반의 제조 업체에서 소프트웨어 중심의 디지털 기업으로 변신했다.

GE는 2011년 10억 달러를 투자하여 실리콘밸리 북쪽에 30명 수준의 소프트웨어 인력으로 소프트웨어 리서치센터를 설립한다. 소프트웨어 인력은 2017년 현재 기준으로 15,000명으로 확대되었다. 약 5년여 만에 소프트웨어 전문인력이 500배 증가한 셈이다. 이와 함께 2015년에 GE의 모든 사업 영역에서 디지털 혁신을 책임지고 수행할 'GE Digital'을 설립했다. GE Digital은 GE 내에서 가장 GE같지 않은 조직이다. 마치 스타트업같은 조직으로 데이터 분석과 이를 통해 도출한 인사이트를 기반으로 하는 서비스를 제공한다. 그리고 산업용 클라우드 프레딕스를 개발했다. 프레딕스는 스마트 팩토리를 위한 PaaS(Platform as a Service) 시스템으로 GE 자체적으로 적용하여 사용하고 있으며, 외부 고객 대상으로도 클라우드 서비스를 제공하고 있다. GE는 프레딕스를 통해 2020년까지 세계 10대 소프트웨어 기업으로 성장하는 것을 목표로 하고 있으며, 프레딕스의 매출 목표를 150억 달러로 잡았다. 과거 ERP 소프트웨어 SAP과 같이 앞으로 모든 제조 현장에 프레딕스가 적용될 수도 있을 것이다.

GE는 지난 10년간 전통적 IT 서비스 업체의 '글로벌 톱 5'에 드는 가장 큰 고객 중 하나로, 각 사업 본부별로 독립된 IT 조직을 운영하고 있었으며, 사업 특성에 따라 다양한 IT 시스템을 본부별로 적용하고 있었던 전통적 사일로 조직이었다. 하지만 2000년대 후반에 각 사업에 적용되는 수많은 IT 시스템과 소프트웨어 중 40~60%가 근본적으로 동일하다는 것을 인지하기 시작했다. 이때부터 GE 내부적으로 디지털 트랜스포메이션이 필요하다는 컨센서스가 형성되었다. 각 사업부서에 공통적으로 적용할 수 있는 IT 플랫폼을 만들 필요에 대한 의견을 수렴하여, 마침내 2011년 GE글로벌 소프트웨어센터를 설립했다. GE 내 각 사업의 운영 효율성을 개선할 수 있는 애플리케이션에 주력하여 1차적으로 GE라는 기업 내부에 존재하는 비효율을 제거하는 데 집중했다. 그리고 GE가 생각하는 디지털 산업 기업으로 올바른 디지털 트랜스포메이션을 제대로 하려면 GE뿐만이 아니라 산업계 전체적으로 변화가 필요하다고 판단하여 GE Digital을 설립하게 된 것이다. GE Digital은 GE의 지능형 플랫폼을 기반으로 기존 GE 내 IT 조직을 흡수하고 캐나다 보안 업체인 Worldtech을 인수하고 GE 글로벌 소프트센터를 통합했다. GE Digital 설립 이전에는 개별 애플리케이션 개발 위주였으나, 이후에는 데이터 관리 및 분석 플랫폼 개발에 집중하게 됐다.

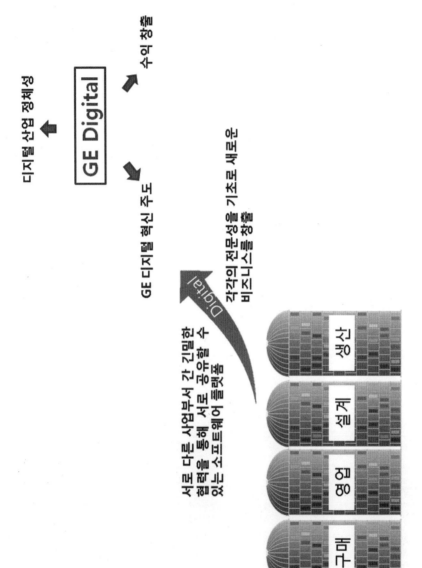

디지털 산업 정체성

GE Digital

수익 창출

GE 디지털 혁신 주도

각각의 전문성을 기초로 새로운 비즈니스를 창출

서로 다른 사업부서 간 긴밀한 협력을 통해 서로 공유할 수 있는 소프트웨어 플랫폼

Digital

구매   영업   설계   생산

그림-39. GE Digital의 역할

GE Digital은 디지털 기술을 통해 사일로 조직과 같았던 각 사업 본부별 IT 부문을 통합했을 뿐 아니라, 서로 다른 사업부서 간 긴밀한 협력이 가능하도록 서로 공유할 수 있는 소프트웨어 플랫폼을 적용함으로써 각각의 전문성을 기초로 새로운 비즈니스 창출을 가능하게 했다. GE Digital은 GE 각 사업 본부의 디지털 혁신을 주도함과 동시에 자체적으로 독립된 사업 부문으로써 수익 창출을 하고 있으며, GE가 디지털 산업 기업으로 정체성을 구체화할 수 있도록 하고 있다. 국내의 재벌 기업들도 모두 GE Digital과 같은 형태와 역할을 하고 있는 IT 전문 서비스 회사가 있다. 이런 회사의 설립 이유도 GE Digital과 유사하다. 그럼에도 불구하고 GE Digital과 같은 역할을 하지 못하고 효과를 나타내지 못하는 가장 큰 이유는 GE Digital과 같은 힘이 없기 때문이다. GE Digital은 GE 내 Digital 혁신을 주도할 수 있는 힘을 확보하고 있지만, 국내 IT 서비스들은 그런 힘이 없다. 힘이 없다 보니 디지털을 통한 혁신을 추진할 기술력 확보에도 관심이 적어질 수밖에 없다. 자연스럽게 서비스 대상 회사보다 디지털 트랜스포메이션 능력이 뒤떨어지는 것이 사실이다. 그 이유는 다들 알 것이다. 눈앞의 이익을 쫓는데 급급한 실정이다. 나도 이런 회사에서 20년을 넘게 근무했었는데, 불편한 진실이 존재하는 것이 사실이다.

GE 는 GE Digital을 중심으로 2020년까지 전 세계 500여 개 공장을 스마트 팩토리인 '브릴리언트 공장(Brilliant Factory)'으로 만들 계획을 갖고 있다. 이를 위해 각 사업부가 추구해야 할 가장 이상적인 비즈니스 모델은 무엇인지, 가장 효율적인 인력 배분 방식과 협업 모델은 무엇인지 등에 대해 일일이 정의하는 작업부터 시작하고 있다. 정말 제대로 하고 있다는 생각이 든다. 실제로 이렇게 하고 있는 브릴리언트 공장을 살펴 보자.

일본 도쿄 근처 히노시에브릴리언트 공장인 GE 헬스케어 공장이 있다. 이 공장은 타 공장과 비교하여 예기치 못한 낭비, 중단, 오류 등이 적게 발생하고 생산 속도는 더 빠르게 운영되어 매우 효율적이다. GE 관계자에 따르면 여러 첨단 기술을 적용하기 때문만은 아니고, 각 요소 기술들을 활용하는 특별한 접근법 때문이라고 한다. 바로 생산 현장에서 즉각 조치가 가능한 디지털 트랜스포메이션과 제조 공정의 낭비를 제거하는 린 생산(Lean Production) 방식 때문이다. 이 방식은 도요다가 개발한 방식으로 각 생산 단계에서 인력이나 생산 설비 등 생산에 필요한 만큼만 유지하면서 생산 효율을 극대화하는 방식이다. 이 결과로 기업 투자의 효율을 극대화하는 효과를 창출하여, 일부 생산품의 경우 리드 타임을 65%까지 절감했다. CT 스캐너 갠트리(도넛 모양의 CT 촬영 기계) 생산 라인은 1982년 공장 설립 당시 갠트리 한 대를 제조하는 데 일주일의 리드타임이 걸렸으나, 지금은 동일 과정에 소요되는 시간은 단 몇 분이다. 이 공장에서는 비콘을 통한 작업자의 이동 경로 추적과 스마트 글래스를 통해 원격 지시나 교육이 이루어지고, 디지털 트랜스포메이션를 위해 정확하게 정의하는 것을 목표로 삼고 있다. GE 관계자는 정확하게 정의하는 예로 "간단한 솔루션을 통해 이곳에서 30초를 줄이고, 저곳의 5단계를 없앤다"라는 식으로 표현한다고 한다.

GE는 설립된지 100여 년이 훌쩍 넘은 전통적인 제조업체에서 디지털 산업기업으로 전환하는데 제프리 이멜트 회장의 역할이 결정적이었다. 이멜트 회장은 공개 석상에서 조직원들에게 "30년 넘게 GE에 있으면서 저질렀던 가장 큰 실수는 과거 헬스케어 사업의 CEO였을 때 기존 헬스케어 사업을 오랫동안 해왔던 사람들 위주로 소프트웨어 사업을 추진하려 했던 것이다"라고 이야기했다. 그는 2009년부터 추진했던 'Healthymagination' 사업의 초기 아이디어를 가지고 있었고, 헬스케어 사업 내에서 소프트웨어 사업을 모색했지만, 의료장비를 파는데 익숙한 기존 사업부는 모든 의사결정을 당시 돈이 되는 하드웨어 사업 위주로 내렸고, 돈벌이가 되지 않는 소프트웨어 사업은 등한시했다. 그 결과 20여 년 전에 추진했던 소프트웨어 비즈니스는 실패로 돌아갔던 것이다. 평소 이런 경험을 통해 디지털 산업기업으로 변신할 수 있는 디지털 트랜스포메이션을 성공시키기 위해서는 개별 사업부서의 한계를 넘어 전사적으로 추진해야만 한다고 생각했다. 이를 실천하기 위해 이멜트 회장은 금융 및 미디어 사업으로부터 방향 전환을 시도했다. 전력 및 항공사 고객들의 커넥티드 기기 확산으로 장비 관리를 개선하기 위해 데이터의 수집과 분석의 필요성이 지속적으로 증가하자, 2020년까지 2,250억 달러의 가치가 있을 것이라고 예상하고 2015년 독립법인 GE Digital을 설립했다. 이어서 이 사업 분야의 성장 가능성을 확신한 이멜트 회장은 2016년 클라우드 기반의 현장서비스관리 회사인 서비스 맥스(Service Max)를 9억 1,500만 달러에, 자산 성능 관리 및 서비스 자동화 업체인 메리디움(Meridium)을 4억 9,500만 달러에 각각 인수하는 등 공격적인 사업 확장을 이어 나갔다.

이멜트 회장은 시스코 시스템즈 부사장이었던 빌 루(Bill Ruh, '윌리엄 루'라고도 표현)를 GE Digital CEO로 임명했다. 그러나 2011년 처음 GE로부터 러브콜을 받은 빌 루의 반응은 차가웠다. 그는 "GE는 소프트웨어의 'S'도 모르는 회사로 조직문화도 소프트웨어 회사와 전혀 맞지 않다"라고 하며 거절 의사를 밝혔었다. 이멜트 회장은 "디지털제조업의 과정이 50단계쯤 된다면, 나는 1~2단계 정도밖에 모른다. 당신이 도와줘야 그 길을 갈 수 있다"라는 말로 빌 루를 설득했고, 마침내 GE로 자리를 옮긴 그는 2015년 GE Digital CEO가 됐다.

이멜트 회장은 2011년 디지털 제조업 선언 이후 1~2년 동안 변화를 주도할 소프트웨어 조직을 구성하는데 가장 큰 공을 들였다. 새로 온 빌루가 자유롭게 조직을 구성할 수 있도록 이멜트 회장은10억 달러를 지원했다. 하지만 GE의 기존 하드웨어적인 이미지 때문에 우수한 소프트웨어 인재들은 GE로 오지 않았다. 빌 루가 캘리포니아 샌라몬에 구글 분위기의 사무실을 만들고 보상패키지를 새롭게 설계하자 관심을 보이기 시작했다. 빌 루는 "GE는 항공, 기차, 헬스기기 등 다양한 기계들이 이해하는 새로운 언어(A New Language for Machines)를 만들 것이다"라는 TV 광고도 대대적으로 했다. 이렇게 해서 우수한 소프트웨어 인재를 영입하면서, 새로운 디지털기술 인력들과 기존 사업부들 간의 협업을 강조했다.

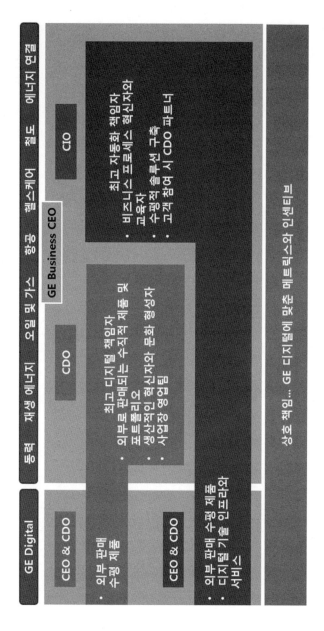

그림-40. GE의 디지털 조직 프레임워크

GE의 각 산업본부별 전문 지식과 소프트웨어 지식이 융합되어야 의미 있는 제품과 서비스 개발이 가능했기 때문이다. 각 사업 본부에는 디지털 책임자가 생겼고, 이들은 샌라몬과 사업 본부를 연결하는 연결 고리 역할을 했다. 주요 성과 지표도 조정하여 디지털사업에서 발생하는 수익을 함께 공유하도록 하였다. 수많은 각 사업부 인력들이 샌라몬에 있는 소프트웨어 센터 사무실로 출장을 와서 소프트웨어센터 직원들과 교류하고 협업을 했다. 이렇게 사업부와 긴밀히 협업하며 GE 소프트웨어센터는 프레딕스 개발에 집중했고 2013년 연말 무렵 마침내 프레딕스 초기 버전이 개발되었다.

이렇게 형성된 GE의 디지털 조직 프레임의 핵심은 GE Digital CDO가 GE 각 사업 본부의 CDO를 총괄한다는 것이다. 즉, 전사적 디지털 트랜스포메이션의 중심에 GE Digital CDO가 있어, GE가 전사적으로 디지털 트랜스포메이션을 추구할 수 있는 원동력으로, 디지털 트랜스포메이션을 향한 이멜트 회장의 강력한 리더십 표현이라고 할 수 있다. 실제로 각 사업부 CDO들은 해당 사업부 CEO에게 직접 보고하는 라인(direct report line)과 동시에 GE Digital CDO에게 보고(dotted report line)하는 이중보고 체계를 운영하고 있다. 만약에 이중 보고 체계에서 이해가 상충될 때 이멜트 회장은 "각 사업부에서 내리는 의사 결정과 GE Digital의 의견이 상충될 경우 언제나 GE Digital의 손을 들어주겠다"고 공언했다.

GE에서 CIO 역할은 점점 축소되었다. GE CIO 짐 파울러는 "전통적 CIO

는 지원 업무를 책임지는 IT 리더로 곧 사라질 것이며, 경영진 회의에서 '비즈니스를 지금보다 성장시키기 위한 비즈니스 프로세스와 이를 개선할 방법'을 제시하는 사람만이 필요하다"라고 역설한다. 또 "향후 기업의 기술 리더는 과거의 CIO가 아니라 기업의 이익을 추구하는 리더로, 그렇지 못한 경우 다른 직능에 흡수되거나 자신의 존재 가치를 정당화하기 어려울 것이다"라고 강조한다. 그는 향후 IT 인력들을 지난 데이터에 대응하는 단순 지식종사자에서 미래의 결과를 모델링하는 모델링 종사자로 탈바꿈시키기를 원한다. 이를 위해서는 프로세스를 자동화하고, 직접 처리해야 하는 불필요한 반복 작업을 없애는 '더 좋은 방식(Better way of working)'을 구현할 수 있도록 직원의 생각을 변화시키는 조력자의 역할로서 CIO가 필요하다. 앞에서 언급했던 선생님의 역할이다. CIO의 역할이 줄고 있는 것이 사실이지만 짐 파울러는 "GE의 30여 년 넘게 굳어진 프로세스를 변화시킬 수 있는 IT 문화를 재정립하여, IT가 현업의 중요 영역에 가치를 전달할 수 있다"라고 IT 중요성을 강조하기도 했다.

마침내 GE는 2017년 2월 CIO 조직을 폐기하고 IT 조직을 디지털 기술 조직으로 변화시켜 DTL 조직을 신설하고, 역할도 변경했다. GE Digital 출범 후 각 사업부별로 기존 CIO를 CDO 밑에 두고 1년 반 동안 IT 인력들이 단순 관리 역할에서 새로운 서비스를 창출하는 데까지 역할을 확장하도록 유도하였는데, 여기에는 변화에 저항하거나 변화의 필요성을 못 느끼는 인력의 교육에 상당한 인내심이 필요했다고 한다. 이러는 사이 외부의 전문 소프트웨어 인력을 공격적으로 영입하여 현재 임원의 90% 이상을 차지하고 있다. 2000년대 후반부터 주어진 예산을 가지고 생산성을 높이거나 새로운 사업 기회를 창출하기보다는 기존 설비를 관리하는 비용 관리 대상 조직(Cost Center)으로 전락한 CIO 조직은 새로운 시대 변화에 맞춰 변화하지 못했고, 비용이 훨씬 저렴한 클라우드의 등장으로 IT 시설을 내부에서 직접 담당할 필요도 없게 되어 사실상 용도 폐기됐다고 볼 수 있다.

이멜트 회장이 디지털 산업 기업으로 변신을 선언했던 2011년부터 꾸준히 상승하던 GE의 주가가 2016년부터 급격하게 하락하기 시작했다. 급기야 2001년 이멜트 회장 취임 당시 40.98달러였던 주가가 2016년 6월 28달러로 떨어지면서 GE Digital에 대한 투자의 관리 필요성이 대두되기 시작했고, 마침내 2017년 11월 이멜트 회장이 물러났다(개인적으로5년 정도만 더 이멜트 회장이 GE를 이끌었다면, FANG(Facebook, Amazon, Netflix, Google)같은 IT 기업 중심보다 산업 현장 중심의 디지털 비즈니스 생태계가 구축됐을 것이라고 생각한다). 이멜트 회장은 잭 웰치 전임회장의 후계자로 화려하게 등장하여 무려 16년간 GE 수장으로 미국 S&P 500대 기업의 최장수 CEO를 역임했다. 하지만, GE는 잭 웰치 회장이 역점을 두었던 금융산업에서 손쉽게 발생되는 이익에서 빠져나오지 못하고, 제조업의 경쟁력이 약해지면서 추락하는 주가를 감당하지 못하게 되자, 이멜트 회장에게 책임을 물어 불명예 퇴진을 시켰다. 이멜트 회장은 전임 잭 웰치 회장과 비교되며 저평가되기도 했다. 잭 웰치는 1980년대 경제 호황기 시절 1,700여 건의 인수 · 합병을 통해 명성을 쌓으며, 주가를 끌어올렸으나, 이 과정에서 생긴 많은 문제점을 이멜트 회장이 떠안게 되어 취임 때부터 위기를 맞았었다. 결국 이멜트 회장은 수익성 나쁜 기업들에 대한 고강도 구조조정을 해야만 했고, "내가 물려받은 회사의 3분의 2 정도를 팔았다"라고 한탄하기도 했다고 한다. 이런 와중에도 새로운 사업을 발굴해야 되는 문제를 안고 있었다. 이 과정에서 새로운 성장 동력으로 디지털 · 신재생에너지 · 생명과학 등을 선정했고, 2016년 GE 매출의 90% 이상이 항공엔진 · 에너지 · 헬스케어 · 재생에너지 등의 신사업에서 나오면서 굴뚝 기업에서 하이테크 기업으로 이미지를 바꿨다. 그러나 추락하는 주가로 인해 주주들의 압력에 굴복할 수밖에 없었다. 뉴욕타임즈는 "이멜트 회장은 요란했던 잭 웰치의 광채에 가려 재임 기간 내내 저평가됐지만, 그가 더 단단한 GE를 만들었다"라고 평가했다.

이멜트 회장의 후임으로 GE 헬스케어 부문 대표인 존 플래너리가 새로운 GE 회장이 되었다. 그는 경영학 석사를 받고 GE에 입사하여 GE 캐피탈에서 기업 구조조정과 인수 · 합병에 두각을 나타냈다. 2013년에는 GE 역사상 가장 큰 규모인 179억 달러의 프랑스 알스톰 전력 사업을 인수하기도 했다. 2014년 GE 헬스케어 CEO가 된 후 의료기기 판매 중심이던 회사를 종합 의료 컨설팅 회사로 변신시키기도 했다. 그래서 '해결사'라는 별명을 갖고 있는 존 플래너리는 CEO 임명 발표 직후 "회사 전체를 새로운 시각을 갖고 절박한 심정으로 검토하기 위해 직원 · 투자자 · 파트너를 만나는 일부터 시작하겠다"라고 밝히면서, 취임하자마자 GE Digital의 인원을 줄이고 사업을 크게 축소시키면서 다른 산업을 지원하는 사업보다는 기존 고객과 핵심 비즈니스를 위한 소프트웨어에 중점을 두겠다고 밝혔다.

존 플래너리는 2018년 초에 프레딕스의 매출이 지난 해에 비해 두 배 증가한 10억 달러가 될 것이라고 예상하면서도 2020년까지 GE Digital 사업을 중단하기 원한다고 하면서 GE Digital의 매각 의사도 밝혔다. 그러나 GE는 2017년 프레딕스를 포함한 GE Digital 사업 매출은 40억 달러로 2016년 대비 12% 성장했다고 발표했고, GE가 항공 및 전력 고객에 대한 소프트웨어와 서비스 사업은 계속 유지할 것으로 보이기 때문에, 이 사업 전체가 매각되지는 않을 전망이 우세하다. 존 플래너리는 GE의 새로운 수장으로 오면서 "우리는 여전히 '디지털'에 전념하겠지만 좀 더 집중적인 전략을 원한다. 업계 성과 관리를 중심으로 하는 소수의 애플리케이션에 중점을 두겠다"라고 밝혔다. 취임 후 200억 달러 규모의 자산을 매각하고 항공 · 전력 · 헬스케어 3개 부문 위주로 사업을 재편했다. GE의 주가는 2017년 45%, 2018년 35% 정도 하락했고, 2018년 9월 텍사스주 발전소에서 GE가 납품한 가스터빈의 장애로 발전소 운전이 정지되기도 했다. 이 가스터빈은 많은 발전소에 공급된 상태로 향후 상당한 비용이 발생할 전망이다. GE 이사회는 전력 사업에서 약 230억 달러를 손실 처리하기로 하고, 존 플래너리를 경질했다. 취임 1년여 만의 일이다. 존 플래너리의 경질 소식이 전해진 날 뉴욕 증권거래소에서 GE 주가는 장중 15%가 급등하기도 했다. GE 이사회는 첫 외부인 출신인 로런스 컬프를 후임으로 발표했다. 로런스 컬프는 의료기기 회사 다나허 CEO 출신으로 2018년 4월 GE 이사회 멤버를 합류했다. 이날 GE의 주가는 12% 이상의 상승세를 기록했다. 발명의 천재 에디슨이 설립한 GE는 전구, 기관차 등의 사업으로 산업화 시대를 이끌며 세계 최대 제조업체로 성장했지만, 문어발식 사업 확장에 따른 수익성 악화로 고전 중이다. 한때 미국 제조업의 아이콘이었던 GE는 오랜 경영실적 부진과 시가총액 감소로 2018년 6월 다우지수 구성 종목에서도 빠지는 수모를 겪었다.

이처럼 최근의 GE는 많은 어려움을 겪고 있으나, 내가 꼽는 디지털 트랜스포메이션 사례 중 GE의 디지털 트랜스포메이션 사례는 가장 유명한 사례 중 하나다. 이멜트 회장의 적극적인 지원 아래 장기간의 계획과 실천으로 이제 성공의 열매를 맛볼 때쯤 주가 하락으로 인한 주주들의 압력에 굴복하고 이멜트 회장이 물러난 것은 너무나 아쉽다. 이멜트 회장은 GE를 물러나면서 하버드 비즈니스 리뷰지와 인터뷰에서 16년 간의 회장 재임 기간을 회고하며, "GE는 이제 디지털 기업이 되었으며, 사람들은 GE를 '125년 된 스타트업'이라고 부른다"라고 밝히기도 했다. GE의 디지털 트랜스포메이션 사례에는 다른 사례에서 찾아보기 힘든 3가지 특징이 있다. 지금까지 이야기한 것을 정리해보면, 첫 번째로 항공엔진과 대형 기계 장비 등을 125년 동안 만들어 왔던 전통적 제조 기업에서 디지털 기업으로 과감하게 변신하기 위한 강력한 추진력이다. 두 번째로 GE는 전 세계에 걸쳐 33만 명의 직원을 보유한 초거대 공룡기업으로, 각 사업 본부마다 전통적인 사일로 조직이 형성되어 있던 문화를 디지털을 중심으로 통합한 스타트업 기업으로의 변신을 들 수 있다. 세 번째는 IT 기술과 디지털 기술을 산업의 보조 수단으로만 여기던 전통적 CIO 조직과 역할을 DTL 조직과 역할로 변신시켜 기업의 중추적 역할을 담당하게 전환시킨 점이다.

하지만, GE의 디지털 트랜스포메이션 전략이 완벽한 것만은 아니었다. 특히 운영 및 유지보수를 통제하기 위한 클라우드 소프트웨어를 자체 개발한 것은 큰 무리가 따르는 것이었다. 여기에 2016년 한 해에만 분석 소프트웨어와 머신러닝 소프트웨어 개발에 40억 달러 이상을 쏟아부었다. 게다가 이미 시장에 나와 있는 마이크로소프트와 같은 클라우드 공급업체, 인터내셔널 비즈니스 머신과 같은 비즈니스 소프트웨어 공급업체, 업테이크 테크놀로지와 같은 사물인터넷 디바이스를 공급하는 스타트업 기업들과도 경쟁이 치열했다. 나중에는 클라우드 소프트웨어의 운영을 위해 아마존이나 마이크로소프트 등과 손을 잡았으나, 처음부터 협업을 했었다면 어땠을까 하는 생각이 들어 더욱 아쉬운 마음이 남는 대목이다. 이 점에 대해 포레스터 리서치의 애널리스트는 "GE가 아마존이나 마이크로소프트와 같은 전문 기업들처럼 낮은 비용으로 효과적으로 수행할 수 있는 자체 클라우드 인프라를 구축하기는 어려웠을 것이다"라고 지적하기도 했다.

2.2 GE 사례가 주는 교훈

지금까지 GE의 디지털 트랜스포메이션 사례를 살펴보았는데, 2016년 이멜트 회장이 한국을 방문했을 때 질의 응답한 내용과 GE 관계자의 응답에서 배울 점이 많다고 생각되어 내용을 요약해 보았다.

질문 1. 어떻게 하드웨어 기업이 소프트웨어 기업으로 바뀔 수 있었나?

응답 : 솔직히 당장의 매출만 생각하면 불가능한 일이다. 각 사업부서에서는 "엔진 하나만 팔아도 1,000억 원을 벌 수 있는데, 소프트웨어 100만 원씩 팔아서 언제 1,000억 원을 버냐?"라고 한다. 이런 고정 관념을 깨기 위해 IT 시스템이 범용화된 것처럼 언젠가 엔진도 범용화되는 시대가 올 것이라는 도발적인 질문을 하며, 그런 미래에 대비하기 위해 우리는 지금 무엇을 해야 하는지에 대한 그림을 하나씩 그려나간다.

질문 2. 디지털산업 기업으로서 GE의 현재 수준은 어떠하며 다음 행보는 무엇이냐?

응답 : 디지털산업 기업이라는 최종 목적지까지 도착하려면 총 50단계를 거쳐야 할 것이라 생각하고, 현재 GE는 대략 15단계까지 올라와 있는 것 같

은데, 그다음 단계는 어떤 모습일지 정확히 모르겠다. 한국 기업들은 각 단계별로 1부터 50까지 구체적인 계획이 서 있지 않으면 임원진에게 보고조차 되지 않고 일개 부서에서 의견이 묵살되기 쉽다. 하지만 GE는, 지향점이 분명하다면 구체적인 실행 계획이 완벽하게 마련돼 있지 않다 하더라도 수많은 시행착오를 각오하고 막대한 투자를 하며 목표를 향해 한 단계, 한 단계씩 전진해 나간다. 그 과정을 통해 바로 다음 단계의 모습은 무엇이 될지에 대해 끊임없이 토론하며 청사진을 그려나간다. 한국적 시각에서 보면 비효율적이라 느껴질 정도로 많은 시간이 소모되고, 쓸데없는 데 시간 낭비, 돈 낭비하는 것처럼 보일 수도 있지만 그게 바로 GE의 방식이다. 더욱이 디지털 산업 기업이라는 비전은 현재 우리의 지식과 경험 수준에서 고정시켜 놓고 갈 수 있는 수준이 아니다.

질문 3. GE가 생각하는 스마트 팩토리의 정의와 현재 도입 현황은 어떤가?

응답 : 단 하나의 정의가 존재한다고 생각하지 않지만 GE Digital에서 추구하는 스마트 팩토리는 전문 지식의 데이터화, 프로세스화, 시스템화라고 요약하고 싶다. 스마트 팩토리하면 지금보다 더 많은 수의 로봇을 투입하고, 3D프린팅같은 신기술을 도입하면 구현된다고 생각하는데, 큰 착각이다. 핵심은 눈에 보이는 기계나 생산라인이 아니라 '보이지 않는' 정보와 지식의 흐름이다. 공장 시설과 컴퓨터가 산업인터넷을 통해 실시간으로 대화하고, 정보를 공유함으로써 품질을 유지하고, 돌발적 변수로 인해 공장 가동이 멈춰서는 일을 예방하기 위한 의사결정을 내림으로써 단순히 공장뿐만 아니라 공급방법과 서비스, 유통망 등이 모두 인터넷을 통해 연결돼 최

적화된 생산을 유지하는 게 진정한 지능형 공장이다. 따라서 중요한 것은 제품을 생산하는 과정에서 발생하는 유무형의 모든 지식과 정보를 DB로 만들어 체계화하고 그 정보와 지식이 공장 전체에 물 흐르듯 흘러가는 프로세스를 만드는 작업이다. GE가 산업인터넷 운영체제 플랫폼인 프레딕스를 만든 이유가 여기 있다. 프레딕스는 실제 제조 현장에서 발생하는 공통 업무들을 플랫폼화해놓은 툴이다. 각 사업 분야별 공장에서 벌어지는 작업을 처리하는 데 있어서 데이터 분석 및 관리를 위해 공통적으로 쓸 수 있는 소프트웨어와 IT 시스템을 플랫폼화했다. 플랫폼이 모든 것을 다 해결해주는 것은 아니기 때문에 산업별로 구체적인 애플리케이션이 필요하지만 시스템이 중복을 막고 정보 처리 속도와 업무 효율성 및 생산성을 높일 수 있다는 점에서 큰 의미가 있다.

GE Digital 출범 후 지금까지 전 세계 500여 개 공장 중 총 17곳을 대상으로 도입하고 있는데, 각 공장의 특성에 따라 지능화의 초점은 다르다. 엔진 제작 공장은 많은 부품 협력사들이 존재하기 때문에 SCM(Supply Chain Management, 공급망 관리) 측면에서의 최적화를 가장 중시하고, 인도 푸네 공장은 혼류 생산(multi-model production)이 목적으로 공장 라인을 자유자재로 움직일 수 있는 유연 생산 시스템 구축에 초점을 맞췄다.

질문 4. 클라우드 플랫폼에 대한 심리적 거부감에 대해서는?

응답 : 실제 기업들이 기밀이라고 말하는 데이터의 90%는 분석 자체가 의미 없는 쓰레기 데이터인 경우가 많다. 산업인터넷을 통해 수집하는 데

이터의 양은 어마어마하게 많지만 고장이나 오작동 등 중요한 사건이 실제로 발생하는 경우는 매우 드물기 때문이다. 예를 들어 GE가 만든 엔진을 탑재한 항공사에서 엔진 보수 점검이 필요하다고 판단하는 계기가 될 만한 사건은 100만 번 비행하는 동안 30번도 채 안 될 것이다. 산업과 기기 특성에 따라, 제품 특성에 따라 차이가 있긴 하지만 통상적으로 10% 정도의 데이터를 가지고 분석이란 걸 해볼 수 있고, 실제 의미 있는 통찰을 이끌어 낼 수 있는 데이터는 불과 1~1.5% 수준에 그친다. 산업인터넷을 통해 새로운 비즈니스를 창출할 때 방대한 규모의 빅데이터 분석과 클라우드 기술이 필요한 이유다. 불과 1~1.5% 정도의 데이터로 의미 있는 비즈니스 모델을 도출해내기 위해선 그만큼 샘플 규모가 커야 하기 때문이다. 클라우드에 대한 불안감이 존재하기는 하지만 5년 전과 비교해보면 많이 개선됐는데, 빅데이터 열풍이 불었을 때 기업들이 무조건 자체적으로 시스템을 구축하려 하다 낭패를 본 경험 때문이다. 당시 많은 기업들이 빅데이터가 뭔지는 모르지만 일단 빅데이터 분석을 하려면 하둡시스템이라는 것이 있어야 한다고 생각하여 많은 돈을 들여 시스템을 구축했으나, 빅데이터를 분석할 역량이 부족해 투자 대비 효율이 형편없었다. 당시 기업들이 클라우드 기반의 하둡서비스를 도입하지 않고 자체적으로 모든 것을 해결하려 했던 이유는 간단하다. "우리의 데이터는 소중하기 때문에 절대 외부로 유출해선 안 된다"라는 논리였다. 하지만 여전히 한국 내 주요 대기업들은 스마트 팩토리 솔루션을 자체적으로 개발하는 방안에 대해 고민하고 있다. 자체 MES(Manufacturing Execution System, 제조실행시스템)를 개발해 운영 중이기 때문이다. 자체적으로 모든 것을 해결하기에는 기술 변화 속도가 너무 빠르다. 또 모든 시스템을 내재화하려면 규모 측면에서 타당성이 있어야 한다. 경쟁력이 확실한 부분을 차별화해야 한다.

질문 5. 한국 스마트 팩토리에 대한 평가는?

응답 : 스마트 팩토리를 공장 자동화의 극대화 정도로 해석하고 있다. 공장 자동화 측면에서 한국 대기업의 수준은 뒤떨어지지 않는다. 공장 자동화가 스마트 팩토리의 전부는 아니다. 아직도 공장 자동화를 추진하면서 스마트 팩토리를 구현하고 있다고 이야기하는 곳도 있다. 궁극적으로 스마트 팩토리 도입 목적은 기존 제조업 공장의 운영 노하우를 데이터화, 프로세스화, 시스템화함으로써 새로운 비즈니스 기회를 창출하는 데 초점이 맞춰져야 한다. 특히 스마트 팩토리가 기업 보안에 위해가 된다거나 근로자를 감시하기 위한 수단으로 악용될 것이라는 등의 오해를 불식시켜야 한다. 스마트 팩토리는 기본적으로 데이터 시각화를 통해 각각의 공정에서 어떤 일이 벌어지고 있는지를 투명하게 파악하는 데에서부터 출발해야 한다. 즉, 데이터 가시성을 확보해야 한다. 보안을 이유로 이를 막아서는 결코 스마트 팩토리가 될 수 없다.

질문 6. 스마트 팩토리 도입을 위해 가장 중요한 점은?

응답 : 무엇보다 CEO의 마인드가 가장 중요하다. GE의 각 사업 CEO들은 30%의 시간을 디지털 테크놀로지 교육을 위해 투자한다. 스스로 디지털 분야에 대한 역량을 갖춰야만 직원들에게 뭐라고 이야기할 수 있는 자격이 있다. 전문 용어부터 새로운 기술 트렌드까지 배워야 할 것이 끝도 없

기 때문이다.

　마지막으로 개인적인 사족을 붙이면 "디지털 트랜스포메이션은 혁신의 화려함을 추구하기보다는 매우 구체적으로 설계하고, 실행하고, 검토하고, 보완하는 과정을 거쳐야 된다. 이 과정에서 많은 파트너들과의 협업은 필수적이다. 이를 위해서는 디지털 역량을 갖춰야 된다"라는 점을 꼭 이야기하고 싶다.

2.3 디지털 비즈니스 진화

디지털 트랜스포메이션의 필요성은 디지털 비즈니스의 진화에서도 살펴 볼 수 있다. 디지털 비즈니스에서는 고객의 지위가 바뀌어 더 이상 B2B, B2C, B2B2C와 같은 용어는 의미가 없다. 디지털 비즈니스 이전에는 고객이 기업과 직접 커뮤니케이션은 물론이고 간접적인 커뮤니케이션도 쉽지 않았다. 고객-기업 커뮤니케이션은 언제나 기업 입장에서 필요에 의해 이루어졌다. 대표적인 것이 마케팅을 위한 설문 조사와 홍보용 광고다. 요즘 젊은 세대들이 이런 이야기를 듣는다면 이해하지 못할 수도 있다. 디지털 기술의 확산에 따라 다양한 스마트 기기를 활용하여 자신의 주장을 직·간접적으로 기업에 전달할 뿐만 아니라, 소셜미디어라는 막강한 커뮤니케이션 공간에서 얼마든지 알릴 수 있기 때문이다. 더 나아가 자신이 원하는 방법, 시점, 위치와 용도까지 기업에 요구한다. 그리고 이런 자신들의 경험을 최우선으로 한다. 기업들도 이런 고객 경험을 확대하기 위해 많은 노력을 하고, 구체적인 방법으로 디지털 트랜스포메이션을 추진한다. 이를 통해 기업은 고객이 실제로 무엇을 사려고 하는지, 어떻게 참여하고 싶은지 등 고객이 실제로 원하는 것에 대해 더 많은 관찰과 통찰을 할 수 있기 때문이다.

이렇게 디지털 트랜스포메이션을 추진하는 각각의 기업이나 조직의 수준은 저마다의 산업적 특성이나 처해진 환경의 특성상 다양한 수준을 나타낸다. 즉 디지털 트랜스포메이션 성숙도 수준을 5단계로 구분할 수 있다.

• 1단계 : 디지털 저항자

비즈니스와 IT간의 디지털 이니셔티브는 연결이 끊기고, 전사 차원의 전략과 잘 맞지 않으며 고객 경험에 초점을 맞추지 않는다. 비즈니스는 정체되어 고객 만족도가 떨어지고 디지털 기술의 단순 기능만을 사용하여 임기응변적으로 대처한다.

• 2단계 : 디지털 탐험가

기업은 디지털 방식으로 강화된 고객 중심 비즈니스 전략을 개발할 필요성을 확인했지만, 실행은 이벤트나 이슈 중심의 프로젝트 기반으로 진행한다. 진행상황은 예측 가능하지도 않고, 반복 가능하지도 않다. 디지털 방식으로 지원되는 고객 경험 및 제품은 일관성이 없고 제대로 통합되지 않는다.

• 3단계 : 디지털 플레이어

비즈니스-IT 목표는 디지털 제품과 고객 경험의 창출과 관련하여 기업 차원에서 조정되지만, 아직 디지털 이니셔티브의 파괴적 잠재력에 초점을 맞추지는 않는다. 비즈니스는 일관되지만 진정으로 혁신적인 제품, 서비스 및 경험을 제공하지는 못한다.

• 4단계 : 디지털 트랜스포머

　통합되고 시너지를 내는 비즈니스-IT 관리 부문은 디지털 방식으로 지원되는 제품과 서비스 환경을 지속적으로 제공한다. 비즈니스는 세계 최고 수준의 디지털 제품과 서비스 및 경험을 제공하는 시장 선도업체다.

• 5단계 : 디지털 파괴혁신자

　시장에 영향을 미치는 새로운 디지털 기술과 비즈니스 모델의 사용에 기업이 적극적으로 영향을 미친다. 디지털 비즈니스 생태계를 인식하고, 피드백이 비즈니스 혁신에 지속적으로 투입되고 반영된다. 비즈니스는 기존 시장을 재창조하고 새로운 시장을 기업에게 유리하게 만들고 경쟁 우위를 점하기 위해 빠르게 목표를 설정한다.

　기업의 디지털 트랜스포메이션 성숙도에 따라 디지털 기술에 익숙한 고객과의 상호작용이 실시간으로 개인화되어, 참여를 이끌어 내는 고객경험이 제대로 제공되면서 기존의 구매채널 및 구매방식이 변화하고 있다.

　대표적인 것이 옴니채널(Omni-Channel)이다. 옴니채널은 소비자가 온라인 · 오프라인 · 모바일 등 다양한 경로를 통해 제품이나 서비스를 검색하고 구매할 수 있는 서비스다. 각 유통 채널의 특성을 결합해 소비자가 원하는 다양한 채널에서 구매해도 하나의 매장을 이용하는 것처럼 하는 쇼핑 환경이다. 국내 TV 광고에도 소개되고 있는 것처럼 백화점 온라인몰에서 구입한 상품을 백화점 오프라인 매장 또는 근처 편의점에서 받을 수 있는 '스마트픽(Smart Pick, 온라인에서 주문하고 매장에서 찾아가는 서비스)'이 옴니채널의 대표적인 방식이다. 이런 스마트픽 개념은 기성 세대에게는 다소 어색하게 다가올 수도 있지만, 1980년대 후반과 1990년대 후반 사이에 태어나 경제 저성장기에 성인이 된 세대로, 사회에서 선택 받기 위해 치열하게 경쟁해야 하는 세대들에게는 익숙한 개념이다. 이들은 스마트 기기와 인터넷 사용이 삶의 일부가 되어 SNS 상에 자신이 경험한 것을 공유하는 문화를 선도하며, 유명 브랜드보다 가성비(가격 대비 성능)를 따져 실속 있는 소비를 하고, 현재의 행복을 위해 소비하는 라이프스타일을 갖고 있다. 서울대 서비스아동학부 김난도 교수는 이들을 '픽미(Pick me) 세대'라고도 한다.

또 하나의 변화는 다양한 ICT 인프라를 통해 소비자의 수요에 맞춰 즉각적으로 맞춤형 제품이나 서비스를 제공하는 온디맨드(On-demand) 서비스다. 개인이 원할 때 즉각적으로 개인의 위치, 성향 등을 분석해 맞춤형 서비스를 제공하는 온디맨드 서비스 이용이 공유 경제와 더불어 증가하고 있다. 국내에서는 자전거와 자동차를 사용하고 싶을 때, 소유하지 않고 공유하는 서비스가 대표적이다. 필요할 때 필요한 만큼만 사용하는 온디맨드 서비스 개념의 디지털 비즈니스는 광범위한 디지털 기술의 보급으로 더욱더 확산되어 가는 양상이다.

디지털 비즈니스 생태계는 점진적인 변화가 아닌 기존과 다른 방식의 경영, 비즈니스 모델, 협업, 고객관계 등의 전 분야에서 대대적인 디지털 트랜스포메이션의 필요성을 요구하고 있다. 이에 대해 포레스터 리서치(Forrester Research)는 "2020년까지 모든 기업은 디지털 포식자(Predator) 또는 디지털 먹이(Prey)가 될 것이다"라고 이야기한다. 이렇듯 산업 내 디지털화가 급격히 진행되면서 컨스터레이션 리서치는 "기업 수명이 1960년대에는 60년, 지금은 15년, 2020년에는 12년에 불과할 것이며, 디지털 트랜스포메이션으로 인해 포춘 500대 기업 중 52%가 사라질 것이다"라고 지적한다. 모두가 알고 있는 찰스 다윈의 어록으로 1809년 다윈이 말한 "생존하는 종은 가장 강한 종도, 가장 지적인 종도 아니라 변화에 가장 민감한 종이다(It is not the strongest of the species that survives, nor the most intelligent, but the one most responsive to change)"라는 말은 되새겨볼 만한 가치가 있다.

2018년 마이크로소프트가 디지털 트랜스포메이션의 성과에 대해 IDC에 연구를 의뢰했다. 연구 제목은 '디지털 트랜스포메이션의 경제적 효과 실현(Unlocking the economic impact of digital transformation)'으로 아시아 태평양 지역 15개국의 1,560명의 응답자를 대상으로 했다. 대상자는 제조, 금융 서비스, 교육, 의료, 정부와 소매업에 종사하는 중견 및 대형 회사와 공공 부문의 대표자다. 연구 결과 가장 포괄적인 내용 중 하나는 아시아 태평양 경제가 2021년까지 디지털 트랜스포메이션을 통해 총 GDP에 1조 1천억 달러를 추가로 부과한다는 평가다. 중국, 일본 및 인도가 디지털 트랜스포메이션 성과에 가장 큰 잠재적 기여자로 나타났고, 한국과 호주, 인도네시아 순이었다. 한국은 선진국과의 비교뿐만 아니라 아시아 내에서도 디지털 비즈니스에 그렇게 빠르게 움직이지 못하고 있다는 생각이 든다.

디지털 비즈니스에는 2가지 중요한 키워드가 있다. 바로 디지털 고객 경험(DCX, Digital Customer eXperience)과 디지털 운영적 우수성(DOX, Digital Operational eXcellence)이다. 디지털 비즈니스는 이 2가지를 기반으로 전개된다. 먼저 디지털 고객 경험은 고객이 신뢰할 수 있는 인프라 환경(스마트 기기를 포함하여 관련 기계의 높은 신뢰도를 가진 환경)을 통해 디지털스럽게 제품과 서비스가 강화되고, 고객 경험의 시작과 끝까지 모든 사이클이 디지털화되어 있는 것을 의미한다. 디지털 운영적 우수성은 기업 자체만을 위한 효율적인 운영을 넘어 고객에게 효과적인 결과를 줄 수 있는 역량을 디지털화하여, 고객 중심의 빠른 적용을 통해 관련 파트너들과 협업하고 혁신할 수 있도록 새로운 운영 역량을 종합적으로 운영하는 것을 의미한다. 디지털 비즈니스는 기업이나 조직의 생산성 향상과 업무 자동화를 위한 내부 디지털화만을 위한 것이 아니라, 협력 업체를 포함한 기업과 고객간의 모든 연결 사이클이 디지털스럽게 이루어지는 것이다. 아직도 많은 기업이나 조직에서 모바일 앱을 디지털 트랜스포메이션으로 오해하고 있는 곳이 실제로 존재하고 있다. 디지털 비즈니스를 위한 디지털 트랜스포메이션은 기존 비즈니스에 또 하나의 디지털 터치 포인트를 부여하는 것이 절대 아니다. 디지털 트랜스포메이션은 훨씬 더 큰 개념으로, 고객의 가치를 창출하고 수익 성장을 도모하는 방식을 근본적으로 재구성하기 위해 디지털 고객 경험과 디지털 운영적 우수성을 추구하는 멀고도 험난한 여정이다.

여정의 목적을 달성하기 위해서는 비즈니스 전략을 디지털화해야만 한다. 대부분 비즈니스 전략보다는 디지털화를 위한 전략을 수립한다. 이런 전략은 구본신참(舊本新參)이다. 구본신참은 구한말 시대에 서구 열강들과 문물들이 끊임없이 밀어닥치자 대원군의 쇄국정책을 폐하고, 1887년 대한제국 선포 후 펼친 광무개혁에서 서양 문물을 올바르게 수용하기 위해 '옛 것을 기본으로 하여 새로운 것을 받아들인다'라는 논리로, 논리적으로는 문제없어 보이지만, 디지털 비즈니스 전략으로는 안 맞는다. MIT대 교수였던 마이클 헤머가 하버드 비즈니스 리뷰지에 처음 발표한 리엔지니어링처럼 기존 것을 인정하지 말고 백지 상태에서 다시 생각해야 한다. 리엔지니어링은 종래의 리스트럭처링이 인원 삭감이나 조직의 부분적인 폐쇄 등에 의존해 온 것에 비해 리엔지니어링은 기업 전략에 맞춰 업무 프로세스를 완전히 재설계하는 것이다.

디지털 트랜스포메이션은 근본적으로 고객과의 관계를 변화시키는 것으로, 앱이나 사이트를 추가하는 디지털화 전략으로 이러한 변화를 해결할 수 없다. 경쟁력을 유지하려면 디지털 비즈니스 생태계에서 고객의 가치를 창출할 수 있는 방법의 재설계를 통해 디지털을 사용하여 고객이 원하는 결과를 달성할 수 있도록 해야 한다.

기업 중심에서 고객 중심으로

내부 프로세스 중심	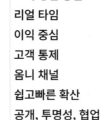	고객 경험 중심
대기 또는 장시간		리얼 타임
비용 중심		이익 중심
기업 통제		고객 통제
멀티 채널		옴니 채널
어렵고 느린 확산		쉽고빠른 확산
완고한 정책		공개, 투명성, 협업
개별적인 통계		KPIs 위한 통합 기능

그림-41. 변화의 방향

비즈니스를 일련의 제품 또는 서비스 중심이 아닌 고객 자신의 필요와 희망에 따라 고객이 모으는 개인적 가치 생태계의 일부로 재구성할 필요가 있다. 고객의 개인 가치 생태계에서 회사의 역할을 확장하고 가치를 높이는 세상이 디지털 비즈니스 세상이다.

그것은 디지털 비즈니스 플랫폼으로 우리에게 다가온다. 디지털 비즈니스 플랫폼은 고객 경험 플랫폼, 사물 플랫폼, 디지털 생태계 플랫폼, IT 시스템 그리고 데이터와 분석 플랫폼을 통해 데이터에서 지혜까지 아우르는 지능형 플랫폼으로 구성된다. 현재까지 이 모두가 통합된 디지털 비즈니스 플랫폼이 완벽하게 구현된 곳은 없지만, 앞으로 많은 합종연횡을 거쳐 결국 이러한 플랫폼의 형태를 갖출 것이다.

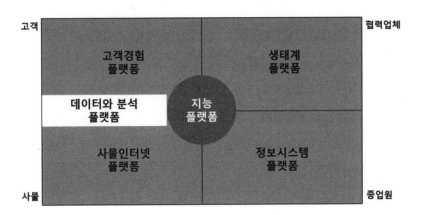

그림-42. 디지털 비즈니스 플랫폼의 구성

즉, 지금까지는 특정 영역에만 치우친 플랫폼을 구축하는데 치중했다면, 이제는 전체 디지털 비즈니스를 고려한 통합 환경에서의 플랫폼을 구축 또는 활용할 수 있는 지혜가 필요하다. 이 플랫폼에서 진정한 디지털 포식자와 피식자가 구분될 것이다.

3. 디지털 트랜스포메이션 4가지 키워드

3.1 고객 여정

　야구 경기 중계 방송을 시청하다가 문득 디지털 비즈니스 플랫폼이 야구장과 같다는 생각이 들었다. 야구장도 기차역(플랫폼)과 같은 역할을 하기 때문에 야구와 관련된 선수와 관중, 운영 요원 등 모든 이해당사자들이 참여하는 곳이다. 야구장이라는 플랫폼에서는 플랫폼 오우너(홈팀)가 플랫폼 이용자(원정팀)보다 플랫폼 사용에 대해 더 많은 권한(팬 응원 규모, 경기장 상태 등)을 갖고 있으며, 경기장 운영에 대한 이해력도 높다. 그래서 정규시리즈가 끝나고 최종 우승팀을 가리기 위한 플레이오프전부터 상위팀에게 어드밴티지를 주기 위해 상위팀의 홈경기부터 시작한다. 실제로 프로야구에서는 홈경기 승률이 원정경기 승률보다 높다. 한국의 경우 2017년 8월 16일 기준으로 545 경기가 치러진 가운데 홈경기 승률은 284승 254패 7무로 52.5%의 승률을 나타내고 있다(스포츠 조선, 노재형 기자, 2017. 08. 17). 일본 프로야구의 경우도 홈경기 승률이 약 60% 정도라고 한다. 홈경기 승률이 높은 이유는 홈 관중의 일방적 응원과 홈이라는 안정감이 작용하는 반면에 원정팀은 규칙상 먼저 공격을 해서 불안한 심리 상태로 경기를 치르게 되기 때문이라고 한다. 그렇다면 야구장 플랫폼과 마찬가지로 디지털 비즈니스 플랫폼도 플랫폼 오우너의 어드밴티지가 있을 것이다.

야구 경기는 홈팀이 3루석 벤치에, 원정팀이 1루석 벤치에 앉는다. 각 팀의 응원단도 해당팀의 위치에 자리잡고 경기를 지켜본다. 야구 경기는 투수가 차지하는 비중이 큰 게임이다. 투수에 따라 승패가 정해진다고 할 정도다. 그래서 그런지 경기장을 찾은 관중들은 지루한 투수전보다는 화끈한 타격에 의한 경기를 더 선호한다. 당연히 내야에 떨어지는 공보다는 외야를 향하는 타선에 환호한다. 그리고 야구의 꽃이라고 하는 홈런을 바란다. 여기서 약간 무리라고 할 수도 있겠으나, 나는 내야 땅볼을 디지타이제이션, 내야를 넘어가는 안타를 디지털라이제이션, 외야 깊숙한 곳에 떨어지는 장타를 디지털 트랜스포메이션이라고 생각한다. 프로야구는 관중들의 적극적인 참여(경기장 응원)에 의해 운영된다고 볼 수 있기 때문에 관중들에게 재미있는 경험을 심어주어야 한다. 그래서 과거에는 승리를 위한 번트 작전이 많았지만, 지금은 많이 사라졌다. 관중이 더 많이 찾아올 수 있도록 다양한 이벤트를 운영하기도 한다. 결국 야구는 야구장이라는 플랫폼에서 관중(고객)의 경험을 이끌어 내기 위한 운영 프로세스를 극대화시키는 비즈니스 모델이라고 할 수 있다. 여기서 홈1루석쪽을 홈팀의 외부, 3루석쪽을 홈팀의 내부로 대체할 수 있다. 내부 관중은 홈팀의 경기 성적에 따라 관중 숫자가 달라지지만, 항상 일정 수의 고정 팬들이 확보되어 있다. 내부 고객 이외의 관중들은 외부팀의 경기 수준과 경기의 중요도에 따라 모여드는 관중 수가 변한다. 야구장 내 매점도 많은 경험과 데이터를 통해 경기 성격에 따라 준비하는 음식 종류와 양이 달라진다. 야구장 플랫폼을 운영하는 입장에서는 이 모든 변화(음식의 양이 많아지면 야구장 청소 담당자의 숫자도 변한다)에 따라 준비가 달라진다. 야구를 디지털로 바꾸면,

디지털 비즈니스 플랫폼 운영 프로세스에 따라 다양한 고객 경험이 쌓여 디지털 비즈니스 모델이 형성된다고 볼 수 있다. 그리고 우리 주변을 살펴보면 각각의 비즈니스에 따라 약간의 비즈니스 특성의 차이만 있을 뿐 모든 비즈니스 모델이 이런 디지털 비즈니스 모델과 흡사하다는 것을 알 수 있다.

이렇듯 언제부터인가 우리가 사는 시대는 디지털 시대(Digital age)가 됐다. 얼마 전까지만 해도 기업 내부에서 운영 프로세스를 개선하거나 여유가 있다면 협력업체까지 포함하여 원활한 공급망을 확보하기 위한 관리 프로세스 개선이 당면 과제였는데, 디지털 시대가 되면서 모든 것이 디지털 비즈니스 플랫폼에 의한 디지털 비즈니스로 바뀌었다. 이런 변화의 가장 중심에 있는 것은 고객의 모든 행동과 니즈가 디지털 흔적으로 쌓이고 있었기 때문이다. 고객의 디지털 흔적을 수집하고 분석해서, 고객의 원하는 것을 제일 먼저 찾아내는 기업이 디지털 포식자가 되고 있다.

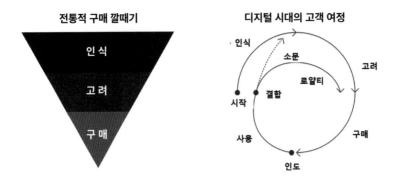

그림-43. 고객 구매 주기에 따른 가치

디지털 시대에는 새로운 소비자를 꾸준히 확보하기보다는 고객 로얄티와 유지력을 키워, CLV(Customer Lifetime Value, 고객 구매주기 가치)를 높일 수 있도록 고객과의 개인적이고 독특한 관계를 구축할 수 있는 기회를 창출해야 한다. 고객은 일관성 있고 끊김이 없으며 가치 있는 경험을 기대한다. 기업이 고객에게 이런 경험을 제공하지 못하면 고객은 아주 쉽고 눈치채지 못할 정도로 빠르게 경쟁사로 옮겨간다. 그뿐 아니라 소셜미디어를 통해 그 기업의악평을 하는 것은 물론이다. 이러한 고객의 행동을 파악하기 위해서는 고객의 터치 포인트를 이해하고 관리해야 한다. 수많은 터치 포인트 중 하나의 부정적인 포인트가 고객에 의해 발견된다면 지금까지의 모든 고객 경험은 무용지물이 되고 만다. 하지만 많은 연구에 의해 밝혀졌듯이 개별 터치 포인트에만 주의를 기울이면 안된다. 고객 경험은 일정 기간 동안에 다양한 채널을 통해 여러 비즈니스 기능이 발생한다. 이것을 고객 여정(Customer Journey)이라고 부른다.

예를 들면 고객이 특정 이벤트에 등록할 때, 고객은 인쇄물, 웹사이트, 입소문, 소셜미디어 등 여러 채널을 직접 탐색한다. 여기서 발생하는 터치 포인트는 기업 내 여러 부서에 걸쳐 관련이 있음에도 불구하고, 각 부서는 고객과의 상호 작용에 대해 서로 다른 목표와 성과 측정 방법을 사용한다. 이런 방식에서 탈피해야 한다. 고객의 터치 포인트는 개별적인 것이 아니라 고객 여정 동안에 각 터치 포인트가 다른 터치 포인트에 영향을 준다. 이점을 고객 중심적인 시각에서 분석해야 하기 때문에 각 부서에서 개별적인 터치 포인트 분석 데이터를 합친 양보다 고객 여정 관점의 데이터가 훨씬 크고 분석이 어렵다. 하지만 이 과정이 고객 여정을 분석하고 개선하는 시발점이 된다.

고객 여정 분석과 관련하여 시계열같은 경로는 존재하지 않는다. 고객의 터치 포인트는 여러 가지 이유로 다이나믹하게 움직이기 때문에, 기존의 마케팅 깔때기 이론(Marketing Funnel Theory)을 더 이상 적용하려 들면 안 된다. 디지털 시대에는 고객 여정에 관련된 모든 터치 포인트에서 연결 고리를 유지하는 것이 매우 중요하다. 고객 여정 지도를 작성할 때 중요한 점은 고객을 유도하여 당초에 고객이 원했던 목적지가 아닌 곳에서 내릴 때를 발견하는 것이다. 고객은 이런 자신의 새로운 경험을 다양한 SNS를 통해 기꺼이 주변의 모든 사람들에게 추천하는 로열티를 보여주기 때문이다. 고객 여정 지도를 작성하기 위해서는 고객에 대해 5가지를 알아야 한다.

• 목표 고객

목표 고객을 선정할 때 기존 고객을 제로화해야 한다. 선입견을 갖지 않은 채로 고객의 문제를 이해하고, 그 문제에 대한 해결책이 있음을 알려야 한다.

필요한 질문

1. 고객의 문제가 무엇인가?
2. 업계 동향은 무엇인가?
3. 보유 콘텐츠 중 문제에 도움되는 것을 선별할 수 있는가?
4. 시장 조사를 위한 전문 툴을 갖고 있는가?

• 스토리텔링

고객은 신뢰성을 중시한다. 고객 경험을 효율적으로 최적화할 수 있는 스토리를 만들어야 한다.

필요한 질문

1. 고객을 정의할 수 있는가?
2. 고객이 왜 당신을 선택해야 하는가?
3. 선택을 도울 수 있는 사례가 있는가?
4. 고객 문제를 해결할 수 있는 방법이 있는가?

• 터치 포인트 연계

고객의 중요한 터치 포인트를 발견할 수 있어야 한다. 고객 여정을 통해 발생하는 교차 터치 포인트를 식별하고 연계할 수 있어야 한다.

필요한 질문

1. 목표 시장을 정의할 수 있는 기준이 있는가?

2. 목표 시장이 정해졌는가?

3. 터치 포인트보다 고객 여정 최적화에 초점이 맞춰져 있는가?

4. 잠재 고객이 계속 여정에 참여할 수 있는 적절한 채널이 있는가?

• 고객 적응 시간

디지털 시대에는 고객의 요구가 수시로 바뀌기 때문에 고객이 지속적으로 모니터링하고 적응할 수 있는 시간이 필요하다.

필요한 질문

1. 고객의 요구는 항상 변한다는 사실을 이해하고 있는가?

2. 변화하는 요구에 대응할 수 있는 방법이 있는가?

3. 고객의 의견을 지속적으로 듣기 위한 방법이 있는가?

4. 고객의 미래 행동을 예측할 수 있는 도구가 있는가?

• 데이터 수집과 분석

고객 여정의 시작부터 어디로 가고 있는지, 방향 전환에 영향을 준 콘텐츠가 무엇인지, 전체 여정 시간이 얼마나 걸리는지 등의 데이터를 수집하고 분석할 수 있어야 한다.

필요한 질문

1. 고객의 시작점을 알고 있는가?

2. 방향 전환의 이유를 알고 있는가?

3. 최적의 방문 경험을 제공하기 위한 기술 요소를 확보하고 있는가?

4. 고객들이 다시 찾아오는 이유를 발견할 수 있는가?

고객 여정 분석은 특정 목적지에 관한 것이 아니라 여정 자체에 관한 것이다. 기업의 입장에서는 제품과 서비스의 판매가 고객 여정의 최종 목적지라고 생각하는 경우가 많은데, 고객 여정 지도를 작성할 때 중요한 것은 고객이 최종 목적지에 도달하기 전에 취하는 모든 행동(Deeds)을 조사하고 분석할 수 있는 데이터를 수집하는 것이다. 디지털 트랜스포메이션 추진 과정에서 고객 여정이라는 말을 쓰는 이유가 있는데, 보통 특별한 목적지가 정해지지 않은 여행을 여정이라고 한다. 즉 고객 여정은 언제 시작해서 언제 끝난다는 시작과 끝이 없는 고객의 모든 과정을 담고 있다.

3.2 고객 경험

미국 시사 주간지 타임은 2006년 '올해의 인물(Person of the year)'로 '당신(You)'을 선정하며, 2006년 가장 큰 변화는 사용자가 내용을 채우는 백과사전인 위키피디아(Wikipedia)와 영상 파일을 공유하는 유튜브 (YouTube) 등의 개인 미디어 확산 영역에서 큰 활약을 펼친 '당신'을 선정 이유로 들었다. 특히 "글로벌 미디어 영역을 파고들며, 디지털 민주주의의 기초와 틀을 세우고, 대가 없이 좋아서 하는 일임도 불구하고 전문가보다 나은 실력을 발휘했다"라고 선정 이유를 설명했다.

이미 개인들은 2006년에도 미디어가 소화해서 주는 뉴스를 일방적으로 받아들이는 수동적 입장에서 직접 세계 곳곳의 생생한 뉴스를 능동적으로 접할 수 있게 되어, 소극적으로 다른 사람이 만든 영상을 보는 대신에 자신의 애완동물을 직접 촬영하여 영상으로 만들어 공유할 수 있었다. 타임지는 그 당시 이러한 개인 미디어의 확산을 혁명 또는 생산성과 혁신의 폭발로 정의하면서 "이는 단순히 세상을 바꾸는 것에 멈추지 않고 세상이 변화하는 방식마저 바꿔놓을 것이다"라고 밝혔다. 이어 타임지는 "지금까지의 세계 역사는 위대한 인물의 전기와 다름없었으나, 2006년에는 이런 이론이 깨졌다. 이제 사람들이 존경하는 아인슈타인이나 에디슨과 같은 유아독존형 천재도 보통 사람(당신)들과 어울려 지내는 법을 터득해야 하는 시대가 왔다"라고 의미심장한 표현을 썼다. 비즈니스적으로 바꾸면 기업 위주의 경제에서 고객 위주의 경제로 바뀌었다고 할 수 있다. 디지털 시대는 아주 최근에 갑자기 온 것이 아니라 최소한 2006년 이전부터 시작됐고, 그 변화의 영향이 2006년에 확실하게 증명됐다는 것을 알 수 있다. 또한 디지털 시대의 주인공은 바로 미디어 영역을 장악한 '보통의 우리들', 즉 기업 입장에서 '고객'이라는 사실도 알 수 있다.

고객(顧客)의 사전적 의미는 '상점 따위에 물건을 사러 오는 손님'이다. 하지만, 한자에서 고(顧)는 '돌아볼 고'로 '지난 날을 생각하다'라는 의미를 갖고 있고, 객(客)은 '손 고'로 '손'은 손님을 뜻한다. 즉, 고객은 '되돌아 보아야만 될 가치가 있는 손님'의 뜻이라고 할 수 있다. 여기서 손님을 되돌아보는 이유는 무엇일까? 보통 뜨내기 손님을 고객이라고 부르지는 않는다(물론 요즘에는 거의 기계적으로 어디를 가도 모두 고객이라고 부르기는 한다). 한 번 상점을 찾아온 손님이 다시 찾아오는 '단골 손님'이 되었을 때의 손님을 고객이라고 부른다. 재차 찾아오는 손님이 많을수록 장사가 잘 된다. 처음 손님을 끌어들이기 위한 비용보다 단골 손님을 맞이하는 비용이 훨씬 적게 들고, 단골 손님은 또 다른 처음 손님을 몰고 오기도 한다. 상점 주인의 입장에서는 보통 손님을 고객으로 전환시키기 위해, 보통 손님에서 고객으로 전환되는 접점(터치 포인트)을 찾기 위한 노력을 한다. 전환되는 터치 포인트에는 많은 요소가 작용하겠지만, 손님이 가장 원하는 터치 포인트를 찾은 상점에는 고객이 많아질 수밖에 없다. 무수히 많은 손님의 터치 포인트에서 고객으로 전환되는 터치 포인트를 발견하기는 쉽지 않다. 하지만 고객이 많은 상점의 주인은 이 점을 잘 알고 있다. 월마트의 창업자 샘 월튼은 "우리의 보스는 오직 고객 하나뿐이다. 고객은 다른 상점에서 물건을 구매함으로써 회사 회장뿐만 아니라 모든 사람을 해고할 수 있다"라고 강조하기도 했다.

고객 경험(CX, Customer eXperience)은 고객의 모든 터치 포인트인 디즈(Deeds, 행동)를 분석해서 잠재적인 소비자의 니즈(Needs, 욕구)를 이끌어 내 새로운 가치와 시장을 창출하는 활동을 뜻하며, 기업과 고객이 연결됨에 따라 고객이 경험하는 모든 것을 일컫는다. 흔히들 사용자 경험(UX, User eXperience)과 혼동하기도 하는데, 사용자 경험은 사용자가 제품이나 서비스를 이용할 때의 사용자 인지 반응을 의미하는 것으로, 고객 경험의 일부분에 해당한다. 따라서 고객 경험을 효과적이고 효율적으로 관리할 필요가 있다. 고객 경험 관리는 고객 관점에서 기업과 고객간의 상호 작용에서 발생하는 모든 데이터를 추적하여 수집하고 분석할 수 있는 프로세스를 구성하는 것이다. 이를 통해 고객과의 상호 작용에 유연하게 반응하거나 고객의 기대를 초과하여 고객 로열티를 확보하기 위한 수단이다. 실제로 고객 경험 관리를 통해 긍정적인 피드백을 장려하여 고객 로열티를 확보하고, 부정적인 피드백은 줄일 수 있다. 이러한 고객의 피드백은 기업의 여러 징후를 감지할 수 있는 아주 효과적인 신호로 디지털 데이터 형태로 제공된다. 이 데이터 속에는 고객 경험을 측정하고 분석하여 정의할 수 있는 요소들이 포함되어 있고, 고객 경험 사이클 프레임워크(Awareness-Discovery-Interest-Purchase-Utilization & Service-Repurchase & Advocacy, 인식-발견-흥미-구매-활용 및 서비스-재구매 및 지지)를 참조하면 도움이 된다. 물론 일반적인 고객 경험 사이클 프레임워크는 각 고객의 상호 작용 사이클의 차이를 모두 반영할 수 없지만, 사용 경험에 따라 성숙도를 높여 나갈 수 있다. 고객 경험 관리는 고객의 단순한 터치 포인트 행위에 대한 평가 이상의 영역을 포함하기 때문에 고객 경험 사이클 중에서 눈에 잘 띄는 것에 대한 평가도 중요하지만, 고객이 필요한 서비스를 찾지 못하거나 구매 결정을 내리지 못하게 하는 요인을 찾아서 정의하는 것도 필요하다. 만약 이런 점을 발견하게 된다면 시장 조사나 고객 설문 조사 등의 다양한 조사를 통해 고객 경험상의 특이점을 밝힐 수 있다. 하지만 고객 여정에 대한 명확한 지도와 이해가 없다면 고객 경험 관리는 쉽지 않다. 전체 고객 여정을 이해한 상태에서 각각의 고객 터치 포인트를 분석해야 한다.

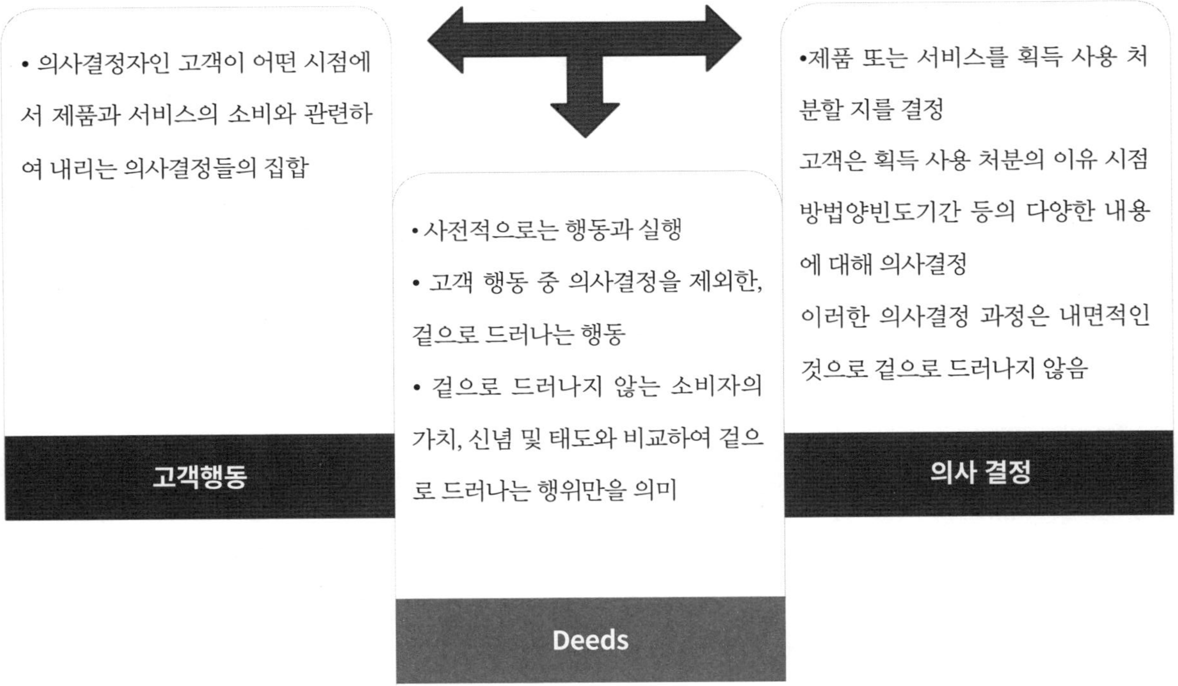

- 의사결정자인 고객이 어떤 시점에서 제품과 서비스의 소비와 관련하여 내리는 의사결정들의 집합

고객행동

- 사전적으로는 행동과 실행
- 고객 행동 중 의사결정을 제외한, 겉으로 드러나는 행동
- 겉으로 드러나지 않는 소비자의 가치, 신념 및 태도와 비교하여 겉으로 드러나는 행위만을 의미

Deeds

- 제품 또는 서비스를 획득 사용 처분할 지불 결정
- 고객은 획득 사용 처분의 이유 시점 방법양비도기간 등의 다양한 내용에 대해 의사결정
- 이러한 의사결정 과정은 내면적인 것으로 겉으로 드러나지 않음

이사 결정

그림-44. 고객 디즈(Deeds)

앞에서 언급했지만, 특히 중요한 것은 고객 여정 상의 터치 포인트에 해당하는 기업 내부의 사일로 조직에 의한 분석 결과를 종합적으로 판단할 수 있는 분석 역량을 확보해야 한다는 점이다. 그러나 조직 내에서 형성되는 사일로화 현상을 완벽하게 막을 수는 없기 때문에, 이를 해결하기 위해서는 고객 디즈(Deeds)를 관찰하고 분석해야 한다. 보통 고객의 니즈는 존재하는 니즈와 숨겨진 니즈로 구분한다. 존재하는 니즈는 고객이 마음 속에서 원하는 욕구로 표현이 가능하다. 하지만 숨겨진 니즈는 고객 자신도 알지 못하는 욕구로 표현할 수도 없다. 대부분의 고객의 소리, 고객 설문조사 등의 조사를 통해 파악할 수 있는 정보는 고객의 마음 속에 존재하는 니즈 중심일 수밖에 없다. 이런 조사 방법만으로 숨겨진 니즈를 찾아낼 수는 없다. 이처럼 존재하는 니즈와 숨겨진 니즈를 찾기 위한 개념이 디즈다. 디즈는 '겉으로 드러나는 고객의(보통 아주 좋거나 아주 나쁜) 행위 자체'만을 지칭하는 개념이다. 속내를 잘 드러내지 않는 고객을 올바르게 이해하기 위해서는 고객의 디즈를 이해하고 디즈를 행하는 고객의 문화와 정서의 맥락을 이해해야만 한다. 이런 맥락을 파악하기 위한 3가지 방법을 소개한다.

1. 소비자가 왜 그런 디즈를 하는지 끊임없이 질문하라

고객 디즈 관찰을 통해 정보를 획득할 때 핵심은 그저 고객을 바라보는 것이 아니라 면밀히 관찰하는 것이다. 면밀히 관찰하기 위해서는 고객이 어떤 디즈를 할 때 단순히 받아들이는 것이 아니라, 왜 그런 행동을 하는가를 끊임없이 자문하는 것이 필요하다. 서로 다른 조건에 놓인 고객을 충분히 관찰해 고객이 직면할 수 있는 모든 잠재적 문제점을 파악할 수 있어야 한다. 고객 디즈 관찰에서 정상적인 환경과 비정상적인 사용 환경을 구분하는 데도 충분히 시간을 투자해야 한다. 서로 다른 부서의 직원을 고객 디즈 관찰에 투입해 서로 다른 지식과 경험을 가진 사람들이 더 다양한 사항에 주의를 기울이고 찾아낼 수 있도록 하는 것도 좋은 방법이다.

2. 고객을 가르치지 말고, 공감을 얻어라

연구대상자에 대한 공감이 그들을 이해하기 위해 필요하다. 다른 사람의 상황을 이해하고 인정하는 것이 필요하다. 보통 기업 담당자와 함께 관찰 조사를 하면 특정한 유형의 행동을 공통적으로 한다. 자신이 개발한 제품 또는 자기 회사 제품을 출시할 때 의도한 방식대로 사용하고 있지 않거나, 잘못 이해하고 있을 때 이를 가르치려 들거나, 이러한 디즈를 하는 고객들을 비정상적인 고객으로 치부하고 만다. 관찰 조사를 하면서 연구대상자에게 그들을 이해하기 위한 질문을 하는 것이 중요하다. 왜 그런 방식으로 사용하고, 그렇게 하는 목적은 무엇이며, 상품을 사용할 때 왜 그렇게 사용하는지 등과 같은 다양한 상황을 고려해 다양한 행동의 원인과 조건에 대한 인사이트를 도출해야 한다.

3. 관점을 상품에서 상황, 즉 맥락으로 전환하라

맥락 연구의 핵심은 소비자 디즈 관찰의 초점을 상품에서 '상황'으로 전환하는 것이다. 여기서 상황은 관련된 사람, 행동, 프로세스, 각 행동의 원인과 결과, 연결된 다른 제품, 기타 환경조건 등을 포함한다. 상품에만 집중하는 것은 새로운 기능을 추가하거나, 색상을 바꾸거나, 비용을 줄이는 등 점진적 개선에만 적합하다. 상품 자체는 혁신에 대한 새로운 정보를 제공할 수 없다. 점진적 개선이 가치를 갖는 경우도 있지만, 점진적인 개선만으로는 새로운 제품을 창출하거나 새로운 시장을 만들 수 없다. 상황 중심의 관점은 제품 혹은 서비스와 관련된 환경으로 시야를 넓혀준다.

여기서 세 번째 방법인 '상품에서 상황으로' 관점을 전환하는 것은 고객 니즈 관찰에 있어서 매우 중요하다. 이렇게 고객 니즈의 맥락을 파악하기 위해 특별한 장치를 꾸미고 활동을 하는 기업으로는 애플이 대표적인 사례라고 생각한다. '애플스토어'는 제품의 홍보에도 크게 기여하고 있지만, 이곳을 찾아오는 모든 고객(잠재 고객 포함)의 니즈를 효과적으로 관찰할 수 있는 최적의 장소다. 실제 애플이 애플스토어를 고객 니즈 파악을 하기 위해 만들었는지 조사할 수는 없었지만, 애플스토어를 기획할 때 최고의 서비스를 제공하는 호텔을 벤치마킹해서 만든 것은 유명한 이야기다. 처음부터 제품 판매를 위한 장소가 아니라 고객으로 하여금 최고의 서비스를 경험할 수 있도록 고안된 곳이다. 즉, 아이폰의 기술과 디자인, 콘텐츠 플랫폼 등 기능적인 제품 소개뿐만 아니라 고객이 충분히 제품에 대한 다양한 경험을 축적할 수 있게 했다. 철저하게 고객 중심의 접근 방식이라고 할 수 있다. 이러한 환경에서 모든 고객 니즈를 파악하고 분석하는 것은 효율적인 방법임에 틀림없다.

고객 중심의 접근 방식으로 기업을 이끌기 위해 협업을 통해 움직이고 건설적인 내부 경로를 만드는 일은 중요한 요소로, IT 부서는 이 변화 과정에서 핵심적인 역할을 담당하지만, 많은 경우에 IT 부서보다 전사 차원의 모든 비즈니스 부문의 참여가 필요하다. 단편적인 또는 IT 중심적 접근은 디지털 통합 기반의 문화에 직면해 있는 고객 기대, 선호도 및 가치에 대한 지식 기반 문화의 창조를 간과할 가능성을 내포하고 있다. 진정한 변화는 디지털 기술의 사용이 기업 운영 방식의 변화, 특히 고객과의 상호 작용 및 그들이 창출하는 고객 경험 가치에 변화를 가져올 때 발생한다. 조사 결과 50% 정도의 기업이 고객 여정을 연구하여 로드맵을 작성하는 경우, 20% 정도만이 모바일로 특징되는 '마이크로 모멘츠(Micro moments)'에 초점을 맞추고 있다고 한다. 마이크로 모멘츠는 구글이 사용한 용어로 'do · buy · learn 순간을 모바일로 수행하는 것'을 의미하는데, 스마트폰의 생활화로 순간적인 욕구 충족을 바라는 소비자의 라이프스타일을 나타내는 신조어다. 기업이 이 순간에 접근하려면 소비자가 만드는 매 순간의 디지털 데이터 족적을 즉각 캐치할 수 있는 능력이 있어야 한다.

    마이크로 모멘츠를 구현한 대표적 사례로 도미노피자 사례를 들 수 있다. 도미노피자는 2016년 피자 주문 앱인 '제로 클릭(zero click)'을 선보였다. 말 그대로 클릭없이 피자를 주문할 수 있는 앱이다. 스마트폰에서 앱을 터치만 해도 피자 주문이 시작된다. 앱의 실행과 동시에 화면 속 타이머는 10초 카운트다운을 시작한다. 이 10초는 주문을 처리하는 데 걸리는 시간이 아니다. 고객이 선호하는 피자(고객이 미리 선택해 놓은 피자) 이외의 피자를 주문할 때 미리 선택한 피자를 변경할 수 있는 시간이다. 제로 클릭은 피자를 주문하는 데 걸리는 고객의 시간과 수고를 최소화하기 위한 고객 경험 창출을 위해 만들어졌다. 이 앱이 출시되기 이전에는 도미노의 인터넷 홈페이지에서 25단계를 진행해야 주문을 할 수 있었다. 마이크로 모멘츠 개념에 따르면 상당히 길고 복잡한 과정이다. 실제로 이런 경험을 한 고객이 다시 인터넷 홈페이지를 찾는 경우는 많지 않았다. 도미노피자는 온라인 주문에 대한 고객 경험을 개선할 필요를 인식하기 시작하여, 2013년에 5번의 클릭만으로 주문이 가능한 시스템을 개발했다. 단순하게 공정 수로 계산하면 무려 80%를 절감했다. 이를 위해 고객이 기본적으로 입력하는 정보를 데이터화하여 자동화한 것으로, 인터넷 구매를 할 때 기본적으로 정보를 재활용하는 수준이다. 이것만으로도 주문 과정이 단축되자 온라인으로 주문하는 고객 수도 늘었다. 도미노피자는 여기서 그치지 않고 2015년에는 트위터를 통해 피자 이모티콘을 보내면 주문이 접수되도록 했다. 그런데 이 방법마저 귀찮아하는 고객들이 생기기 시작했다. 고민 끝에 도미노피자는 클릭이 전혀 필요 없는 제로 클릭을 만들었다. 현재 주문의 60%가 온라인으로 접수되고, 그중 50% 이상이 모바일 기기를 통해 이뤄진다고 한다. 더 나아가 영국 도미노피자는 드론을 활용해 배달에 걸리는 시간까지 줄였다. 드론 배달서비스는 뉴질랜드, 파키스탄 등 여러 지역으로 확대되고 있다. 도미노피자의 이런 노력은 기존의 일반 피자 회사에서 고객 경험을 최우선시하는 기업으로 변모하며 고객 경험 창출을 통한 디지털 비즈니스 혁신기업이라는 평가를 받는다.

구글 분석에 따르면 스마트폰을 통해 '당일 배송', '민원처리 소요 시간',

'놀이공원 대기 시간' 등과 같이 원하는 결과를 얻기 위해 기다리는 시간을 검색하는 수가 2015년 대비 2017년에는 120%가 증가했다고 한다. 이런 결과가 의미하는 것은 '고객은 빠르고 간편한 방법을 선호한다'라는 점이다. 즉, 욕구가 생기는 즉시 충족을 원한다. 이런 고객 경험을 만족시키기 위해서는 디지털 트랜스포메이션 없이는 불가능하다.

IDC 조사에 따르면 도미노피자와 같이 고객 경험 창출을 위한 디지털 서비스를 위해 전 세계에서 지출되는 금액은 2016년 기준 2.4억 달러에서 2020년 2.7억 달러로 증가할 것으로 예상하고 있다. 이 금액의 대부분이 클라우드, 모바일 및 빅데이터에 투자되고 있고 디지털 트랜스포메이션 프로세스를 발전시키는 회사에서 발생하고 있는 것으로 나타났다. 디지털 트랜스포메이션은 현재 기업 진화의 주요 촉매로 새로운 기술 및 정보 시스템을 뛰어넘어 비즈니스 문화, 프로세스 및 비즈니스 모델의 현대화로 확대되고 있다. 게다가 고객은 물론이고 기업 내 직원들도 회사가 적응할 수 있는 것보다 훨씬 빠르게 변화하고 있다는 사실도 간과해서는 안된다.

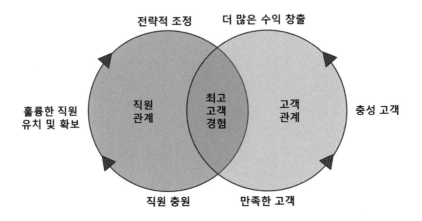

그림-45. 직원-고객 관계

　디지털 트랜스포메이션은 시장의 요구 사항을 조사하고 분석하여 디지털 기술을 활용해서 비즈니스의 전반적인 오퍼링을 재정립하고 재정의하는 프로세스를 의미하기 때문에, 이러한 맥락에서 기업의 디지털 트랜스포메이션 과정에서 고객 경험과 직원 역량(직원 경험은 내부 프로세스이므로 역량으로 표현했다)에 대한 관심이 더욱 중요해지고 있다. 고객 경험은 고객에게만 한정된 것이 아니라 직원 역량에 크게 의존하기 때문이다. 독자들도 가끔 제품이나 서비스에 문제가 있음을 발견하고 고객센터를 방문할 때 겪게 되는 불만은 물론이거니와 해당 제품의 회사 직원의 언행에 따라 구매 의사 결정에 영향을 받은 적이 제법 많을 것이다. 고객-직원의 경험은 뫼비우스의 띠처럼 끊김없이 이어진다. 하지만, 디지털 트랜스포메이션 가치를 측정할 수 있는 데이터나 ROI 결과의 부족으로 직관적으로 다가

오는 고객 경험에 비교해서 직원 역량을 향상시키는 데 들어가는 금액에 대해서는 인색한 것이 사실이다. 그럼에도 불구하고 CEO의 69%가 1순위 과제로 디지털 트랜스포메이션을 강조하고 있다. 이런 현실은 디지털 비즈니스 관련한 성장을 억제시킨다.

이처럼 디지털 역량 부족으로 많은 기업이나 조직들이 데이터 수집과 통찰력을 통한 계획 활동에 어려움을 호소하고 있는 것이 사실이다. 전통적인 측정 항목으로는 더 이상 새로운 패러다임 · 채널 · 경험 · 콘텐츠 기술을 전체적으로 측정할 수 없다. 이에 따른 위험은 모든 조치가 통합 측정이 필요한 포괄적인 전략에 포함되어야 한다는 것을 이해하지 못한 상태에서, 제공되는 개별적 노력을 모니터링하여 에너지를 낭비하는 결과를 낳는다. 이러한 유형의 측정과 각 지표들의 연계를 위해 부서별 공통 로드맵을 추적하고 고객 경험과 직원 역량 및 비즈니스 성과 지표를 통합해야 하는 디지털 트랜스포메이션 성숙 단계의 진화로 발전이 필요하다. 통합을 위해 가장 필요한 것은 이해당사자들 사이의 커뮤니케이션임을 굳이 강조하지 않아도 익히 알고 있는 사실이다.

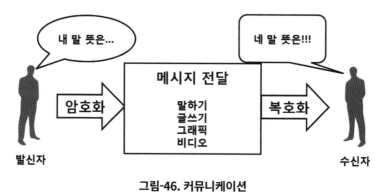

그림-46. 커뮤니케이션

위 그림은 커뮤니케이션의 정의를 언급할 때 내가 자주 사용하는 그림이다. 커뮤니케이션에 대해 미국 FRB(연방준비제도이사회) 의장을 네 번이나 역임하고 경제 대통령으로 불리웠던 엘런 그린스펀은 "당신이 제가 한 말을 이해한다고 생각하시는 건 알지만, 들은 것이 제 말뜻이 아니라는 걸 아시는지 모르겠네요(I know you think you understand what you thought I said, but I'm not sure you realize that what you heard is not what I meant)"라고 의미심장한 이야기를 했다. 커뮤니케이션은 당연히 기업중심의 커뮤니케이션이 아닌 고객 중심의 경험을 강화하기 위해 커뮤니케이션이 되도록 디지털 트랜스포메이션 프로세스를 구현해야 한다. 기업이 보유하고 있는 모든 고객접점에서 고객이 기대하는 경험이 무엇인지 상세히 파악하여 고객 중심의 관점에서 서비스와 커뮤니케이션을 제로베이스에서 재설계를 할 필요가 있다. 디지털 기술을 통해 고객 관심, 제품 및 서비스의 활용 등에 관련한 각종 데이터를 체계적으로 분석하여 실시간으로 고객의 니즈에 대응할 수 있어야 한다. 기업이 보유한 온오프라인 채널에서 동일한 경험을 제공할 수 있도록 통합된 채널 운영 전략을 고려하고, 이를 운영할 수 있도록 직원 역량을 강화할 수 있는 내부 운영 프로세스를 구축해야 한다.

3.3 운영 프로세스

　지난 30여 년 동안 IT 인프라를 적극 활용하여 기업 내 조직, 프로세스 등에 거버넌스 체계의 도입으로 의사결정 속도를 높이기 위한 활동은 꾸준히 발전하였다. 그 결과 전통적인 방식의 수직적인 통제 방식이 아닌 직원에게 권한을 부여하는 유연한 방식의 사고에서 판단하여 업무를 처리하고 커뮤니케이션할 수 있도록 운영과 관리 프로세스를 혁신해왔다. 한 걸음 더 나아가 데이터 분석을 통한 문제점 파악과 함께 운영과 관리 프로세스에 모바일, 클라우드, 빅데이터, 인공지능 등의 다양한 디지털 기술을 결합한 디지털라이제이션 사례는 제법 많아졌다.

　하지만, 내부를 살펴보면 이슈 해결을 위한 이벤트와 경영층의 성향 또는 관심에 따라 진행되어 온 것이 사실이다. 마치 시지프스 신화같이 열심히 돌을 언덕 위로 옮기지만, 얼마 못 가고 제자리로 돌아오는 식이었다. 많은 기업과 조직들이 디지털라이제이션만을 수행하고 나면, 디지털 트랜스포메이션을 추진한 기업과 비교하며, "왜 우리는 저렇게 안될까?"라고 생각한다.

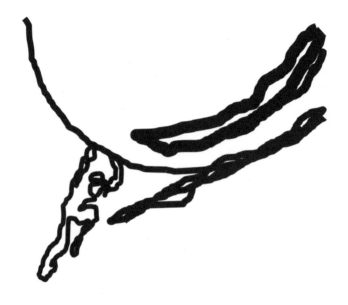

그림-47. 시지프스 신화

내가 신입 사원 시절 부서에서 개인용 컴퓨터 도입의 필요성에 따라 컴퓨터 도입 품의가 진행될 때, 거부 반응을 보인 부장이 있었다. 우여곡절 끝에 컴퓨터가 사무실에 설치되자 그 부장은 내가 대학 때 배웠던 교재인 공업수학(Engineering Mathematics, 저자Erwin Creyszig) 책을 가져와 임의의 페이지를 펼치면서 "이 문제 풀어 봐"라고 했던 일이 있었는데, 이것과 같다는 생각이 든다.

과거(지금으로부터 약 10 년 전쯤)에 수행됐던 ISP(Information Strategy Planning, 정보 전략 기획)에 의한 정보화 전략은 대부분 좋은 제품을 만들기 위한 프로세스와 이를 운영하기 위한 IT 관리 시스템에만 초점을 맞췄다. 고객이 중요시하는 서비스와 경험에 대한 개념은 거의 없었기 때문에 반영이 안 되어 있을 가능성이 높다. 하지만 오늘날과 같은 경험 경제에서는 고객이 의미 있다고 판단하는 전반적인 경험이 중요하다. 또 하드웨어와 소프트웨어의 경계가 모호해져 혁신 제품이나 솔루션의 이면에는 서비스가 포함되어 있다. 게다가 산업의 성숙도에 따라 제품 차별화가 줄어들고 사용 가능한 기술이 보편화 됨과 동시에 경쟁이 치열해지면서 고객의 기대치를 높이고 있다. 이제 고객 서비스와 이를 경험하는 일은 매우 경쟁력 있는 차별화 요소가 되었다. 이에 따라 ISP에 대한 접근 방법의 변화가 필요하다.

지금까지 발표된 ISP에 대한 정의를 살펴보자. 1968년 크리벨(Kriebel)이 정의한 ISP는 최고경영자가 기업 성장 전략의 수립, 자원 배치, 컴퓨터 시스템을 위한 조직 관리의 세 분야에 대한 의사 결정을 내리고, 시스템 개발에 따른 현 조직의 위치를 파악하는 계획 과정이라고 했다. 1979년 커너(Kerner)는 구현 가능한 정보 시스템 중에서 현재와 미래 조직의 목표를 가장 충실히 충족시킬 수 있는 애플리케이션을 선택하는 과정이라고 ISP를 정의했다. 1983년 파슨스(Parsons)는 경쟁자에 대한 기업의 이점과 장점을 창출할 수 있는 새로운 애플리케이션의 발견을 구체화하는 과정이라고 했다. 1988년 레더러와 세디(Lederer & Sethi)는 경영 전략을 수행하여 경영 전략의 목적을 달성하기 위해 조직에 적합한 컴퓨터 기반의 애플리케이션 포트폴리오를 정의하는 과정이라고 했다. 1994년 킹(King)은 정보시스템 사용을 통한 조직의 전략적 경영계획의 지원과 효율적이고, 효과적인 정보시스템 유지관리를 위한 기회를 정의하는 과정과 관련된 모든 계획을 ISP로 정의했다. 1995년 베이커(Baker)는 정보시스템의 구현을 위해 필요로 하는 자원(인간, 기술, 재정), 변화 관리, 통제 절차, 조직 구조의 고려를 통해 효율적, 효과적, 전략적으로 우선화된 정보시스템의 정의라고 했다.

모두 정보시스템의 구축을 타겟으로 한 계획 수립에 치우쳐 있다는 느낌을 받는다. 물론 그 당시에는 디지털화(대부분 디지타이제이션 수준) 자체가 중요했기 때문에 ISP 정의가 디지털화를 통한 정보시스템 구축에 집중돼 있는 것이 타당해 보이기도 한다. 여기서 주의할 점은 ISP는 정보화 계획, 초점을 더 집중하면 정보시스템 구축을 위한 중기(약 5년 정도) 계획에 대한 로드맵이었다. 이러한 관점은 그때는 맞았지만 지금은 틀린다. 지금은 '무슨 정보시스템을 구축하느냐'에 대한 관심보다는 '왜 구축해야 되느냐'에 대한 관심이 필요하다. 따라서 정보화에 대한 전략 수립으로 알려진 ISP를 수행할 때 이제는 과거와 다르게 BPR(Business Process Reengineering)과 PI(Process Innovation)뿐만 아니라, 구체적이고 상세한 디지털 비즈니스 프로세스를 구축하기 위해 새로운 DTSP(Digital transformation Strategy Plan, 디지털 트랜스포메이션 전략 계획)까지 검토가 필요하다.

ISP는 중장기 계획을 고려하기 때문에 전사적 차원의 정보시스템 모델을 기본으로 단계별 개발 전략을 도출하여, 현재 방식 또는 현행 시스템 평가를 통해 개선된 시스템 적용을 위해 IT 전문가의 도움을 받는 반면에, BPR은 단기 성과에 집중하여 특정 프로세스(가장 비즈니스 성과가 큰 프로세스) 중심으로 'as-is'와 'to-be' 프로세스 간의 격차를 제거하기 위해 IT 전문가보다는 실제 프로세스 경험자 또는 경영학적 경험자로부터 컨설팅을 받는다. BPR은 마이클 헤머 교수가 제임스 캠피와 공동으로 집필한 저서 '리엔지니어링 기업'에서 영업 실적을 나타내는 현대적인 척도인 비용과 품질, 그리고 서비스 속도 등의 극적인 혁신을 실현하기 위해 모든 비즈니스 프로세스를 제로베이스 상태에서 근본적으로 재설계하는 과정이라고 정의했다. 재설계 과정을 통한 프로세스 혁신은 단기적으로 고객 만족도 증가와 장기적으로 조직의 목적 달성도를 높여 기업 경쟁력 제고에 기여한다. 이러한 BPR의 장점을 얻기 위해서는 현상을 타파하기 위한 제로베이스 사고와 근본 원인을 제거하기 위한 재설계와 함께 경영층의 적극적인 지원 하에 IT 기술을 접목하는 것이 필요하다.

　프로세스 재설계 과정에서 정보시스템의 도입 및 적용이 비즈니스적으로 효과적일 때 해당 프로세스를 정보화하기 위해 PI 과정이 필요해진다. 즉 BPR 과정에서 PI 요소를 도출해야 한다. PI는 BPR 전문가인 토마스 데이븐포트가 1995년 집필한 저서에서 PI라는 용어를 사용하면서 알려졌다. PI와 BPR을 동일한 것으로 간주하기도 하는데, 엄격하게 둘 사이에는 차이가 있다. PI는 BPR의 일부분이다. BPR은 비즈니스의 전반적인 운영을 개선하기 위해 프로세스 중복과 기업의 비용을 줄이는 것을 주요 목표로 한다. PI는 이런 BPR의 목표를 달성하기 위해 정보화가 필요한 부분에 정보시스템 구축을 위한 '정보화 프로세스 혁신'을 의미한다. 토마스 데이븐포트의 저서 제목 '프로세스 혁신-정보 기술을 통한 리엔지니어링(PI-Reengineering work through Information Technology)'이 PI와 BPR의 차이를 잘 나타내고 있다.

이렇게 ISP, BPR, PI가 완료되면 ISMP(Information System Master Plan, 정보시스템 종합 계획)가 진행하게 된다. ISMP는 특정 SW 개발사업에 대한 상세한 분석과 RFP(Request For Proposal, 제안 요청서)를 작성하기 위해 업무 및 정보기술에 대한 현황과 요구사항을 분석하고 기능점수 도출이 가능한 수준까지 상세하게 기능적 · 기술적 요건을 기술하고 구축 전략과 이행 계획을 수립하는 활동을 의미한다. 과거 ISP, BPR, PI 컨설팅 후 바로 정보시스템 구축으로 이어져 목표하는 정보시스템이 제대로 구축되지 않았고, 이로 인해 기대 효과를 얻지 못하는 일이 비일비재했는데, 가장 큰 원인으로 RFP 내용의 부실이 지적되었다. ISMP는 프로세스 혁신을 위해 필요한 기능과 기술뿐만 아니라, 정보시스템의 사용에 관한 것부터 이를 구축하기 위해 투입되는 협력업체의 요건과 역할까지 정의한다. 즉, ISMP는 정보시스템 구축에 필요한 모든 요건을 상세하게 작성한 RFP를 통해 리스크를 제거하기 위한 방편이다.

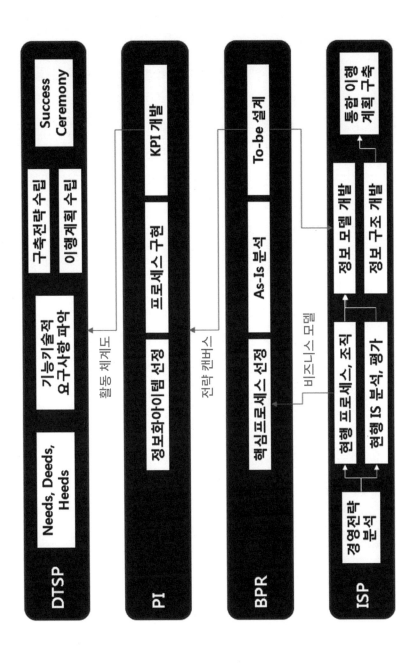

DTSP

| Needs, Deeds, Heeds | 기능기술적 요구사항 파악 | 구축전략 수립
이행계획 수립 | Success Ceremony |

PI

| 정보화아이템 선정 | 프로세스구현 | KPI 개발 |

BPR

| 핵심프로세스 선정 | As-Is 분석 | To-be 설계 |

ISP

| 경영전략 분석 | 현행 프로세스, 조직
현행 IS 분석, 평가 | 정보 모델 개발
정보 구조 개발 | 통합 이행 계획 구축 |

활동 체계도

전략 캔버스

비즈니스 모델

그림-48. ISP-BI-PI-DTSP 관계

그렇다면 디지털 트랜스포메이션 전략을 기획할 때 이러한 흐름을 적용하면 좋지 않을까? 정보화를 위한 전략과 디지털 트랜스포메이션 전략을 만드는 방식은 거의 유사하다. 차이점은 정보화와 디지털 여정에 대한 인식 차이다. IT용어로 표현하면 데이터웨어하우스와 빅데이터의 차이라고 할 수 있다. 따라서 모든 요건을 상세하게 정의하는 ISMP를 DTSP로 용어를 바꾸고, 디지털 비즈니스 생태계와 (디지털) 여정의 의미를 반영한 항목을 프레임워크 구축 시 추가해야 한다. 위 그림에 있는 비즈니스 모델에 대해서는 이 책의 1권 격인 '프로세스의 힘(책의 제목은 아직 미정이다)'에서 자세하게 설명했다(당초 한 권 분량으로 집필하였으니, 1,000페이지 정도 분량이 되어, 어쩔 수 없이 두 권으로 나누었다). 비즈니스 모델에 대해 이해가 부족하다고 생각되면, '프로세스의 힘'을 참고하길 바란다. 전략 캔버스와 활동 체계도에 대한 설명은 5.4 비즈니스 모델에서 다룬다.

그림-49. 이원적 IT 관리

디지털 트랜스포메이션은 확실한 계획과 예측가능한 계획이 필요했던 정보시스템을 구축하고 유지하는 것과는 달리, 요구 사항이 명확하지 않기 때문에 혁신적인 애플리케이션을 개발하려면 새로운 접근 방식을 테스트할 수 있는 민첩성이 필요하다. 디지털 트랜스포메이션 전략에서는 해결해야 할 문제와 변화 정도를 구분하고 비즈니스 경쟁력을 차별화시킬 수 있는 애플리케이션을 명확하게 구분할 수 있어야 한다. 가트너가 제시한 기업의 IT 조직 모델 발표에 따르면, 최고 실적을 낸 회사의 68%가 이원적 IT(Bimodal IT)를 보유하고 있으며 후발 업체의 경우 17% 정도 보유하고 있다고 한다. 가트너에서는 아날로그 방식의 매출이 둔화되고 있는 상황에서 디지털 비즈니스를 통한 디지털 매출로의 전환을 추진해야 한다고 하며, 이원적IT 도입을 추천하고 있다. 이원적 IT는 안정성과 정확성 등에 초점을 두고 있는 기존의 전통적인 아날로그 비즈니스(모드1)와 병행하여 새로운 디지털 비즈니스(모드2) 프로젝트를 진행하는 형태다. 전통적인 기업들은 모드1 플랫폼에서 디지털 비즈니스를 구현하는 경우 속도가 너무 느려질 것이 예상되기 때문에 이원적 IT 조직을 구성하여 기존과는 완전히 다른 측면에 비중을 두고 새로운 모드2 플랫폼을 도입하는 것이다.

디지털 트랜스포메이션 전략을 실행하는 것은 단지 새로운 기술을 적용한다는 의미 이상이다. 확장성있고 혁신적인 방식으로 기업을 변화시키기 위해서는 로드맵이 필요하다. 로드맵을 따라 스크럼팀(Scrum team)은 핵심 비즈니스 운영을 위험에 빠뜨리지 않으면서 새롭고 혁신적인 애플리케이션을 신속하게 구축해야 한다. 스크럼팀은 럭비 경기에서 한 팀의 선수들이 서로 팔을 건 상태에서 상대 팀을 앞으로 밀치는 대형으로, 필요에 따라 만들어지고, 해체된다. 스크럼팀은 목표 달성을 위해 동기 부여가 되어 함께 일하는 각 개인들이 의사 결정을 내릴 역량과 권한을 가지고 있다. 이를 위해서는 애플리케이션 개발에 대한 접근 방식을 재고해야 한다. 가트너는 기업이 이러한 문제를 해결할 수 있도록 이원적IT 개념을 만들었다. 모드1은 확실하고 명확한 목표와 예측 가능한 계획이 있는 기업 내부 영역을 위한 정보시스템의 구축과 유지에 관한 것이다. 모드2는 기업의 외부 영역에서 요구 사항이 명확하지 않고, 수시로 변경되어 불명확하게 이해된다는 것을 기본으로 한다. 이원적 IT는 하나 또는 명확히 정의할 수 있는 명제가 아니며 두 모드가 공존하고 있음을 나타낸다. 그러나 제어 기능을 갖춘, 보다 빠른 개발을 수행하려면 프로세스, 인력 및 포트폴리오를 지원하는 최적의 플랫폼 및 아키텍처 원칙이 필요하다. 중요한 점은 일차원적인 새로운 정보시스템을 구축하는 것이 아니라, 디지털 비즈니스 생태계를 반영하는 이원적 IT 개념을 인식하는 것이다.

기업이나 조직 내에서 성공적인 이원적 IT 기능을 구현하는 것은 복잡한 작업으로 많은 베스트 프랙티스를 참조하여 시행 착오를 최소화하기 위한 실행 로드맵을 작성할 필요가 있다. 간단한 실행 로드맵은 일단 작고 빠르게 시작하여 성과를 나타내는 것이다. 이제는 화려한 프레젠테이션보다 눈앞에 보이는 결과를 믿기 때문에 30일 이내에 클라우드 플랫폼을 활용하여 비즈니스에서 사용 가능한 앱을 제공할 수 있어야 한다. 실제 비즈니스와 IT의 협업으로 모드2 접근 방식을 통해 혁신을 실현할 수 있는 가능성을 가시화해야 한다. 그리고 이 성과를 조직 내에 전파하는 것을 잊어서는 안 된다. 이를 기반으로 혁신을 확대할 수 있는 디지털 트랜스포메이션 프레임워크를 구축해야 한다. 즉, 첫 번째 시도의 경험을 바탕으로 모드2 애플리케이션 포트폴리오를 확대할 수 있는 체계적인 프레임워크를 만들어야 한다. 혁신 팀을 구성하고 교육 요구 사항 및 소싱 전략을 파악하여 적합한 인재를 빠르게 배치하면 더 많은 애플리케이션 프로그램을 만들 수 있다. 이렇게 프레임워크의 각 블록을 순차적으로 수행해 나가면서, 더 나은 포트폴리오 관리, 지속적인 통합 및 구성 요소 기반 아키텍처로 여러 수준에서의 관리 수준을 향상시켜 나간다. 이렇게 되면 모드1과 모드2의 조정을 통해 올바르게 프로젝트화 되고, 성공 시 모드1 작업으로 빠르게 확장된 모드2 이니셔티브가 전환된다. 이러한 전사 차원의 성과를 발굴하고 계속 전파해야 한다.

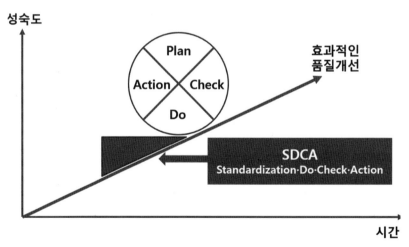

그림-50. 프로세스 혁신에서 SDCA

이렇게 모드2에서 모드1으로 전환하는 것은 PDCA(Plan, Do, Check, Action)와 SDCA(Standardization, Do, Check, Action) 프로세스 관계를 살펴보면 이해하기 쉽다. 비즈니스 및 IT 팀의 협업을 통해 전사 차원의 프로세스를 발굴하여 지속적인 혁신(PDCA)이 발생하도록 함과 동시에, 혁신된 프로세스가 지속될 수 있도록 표준화할 수 있는 SDCA 루틴을 실행할 필요가 있다. 혁신된 프로세스는 시지프스 신화의 돌처럼 관심이 줄어들게 되면(힘을 계속 주지 않으면) 다시 혁신 이전의 상태로 돌아온다. 따라서 혁신된 프로세스를 표준화시켜 모드1으로 전환해야 한다. 이런 프로세스를 구축할 수 있도록 각 프로세스 분야에서 비즈니스 및 기술에 능통한 인력을 파악하여 스크럼팀을 구성해야 한다. 이 팀은 신속한 개발을 위한 프로세스를 수립하여 새로운 기능을 발표하고 사용자 피드백을 통해 개선하는 작업을 지속적으로 반복해야 한다. 마지막으로 레거시 시스템과 관련된 제약 조건을 제거하고 기존 애플리케이션과 신속하게 통합할 수 있는 최신의 코드로 구성된 클라우드 기반 플랫폼 아키텍처를 채택해야 한다. 디지털 비즈니스 플랫폼은 디지털 트랜스포메이션을 추진하는 애플리케이션 포트폴리오를 개발하기 위해 통제할 수 있고, 다양한 파트너들과 협업 관계를 유지하면서 빠르게 인력 및 프로세스를 통합할 수 있어야 한다.

3.4 비즈니스 모델

여기서는 일반적인 비즈니스 모델보다 디지털 비즈니스 모델에 대해 다룬다. 지금의 디지털 기술은 급속도로 증가하는 고객 경험과 제품 사용에 따른 데이터를 생산해내고 있다. 유니콘 기업부터 FANG에 이르기까지 많은 선진 디지털 비즈니스 기업들은 이런 데이터를 디지털 비즈니스에 적용하기 위한 노력을 이미 시작했고, 엄청난 성과를 나타내고 있다. 디지털 비즈니스를 지향하는 다른 기업들도 선진 기업들을 벤치마킹하여 디지털 비즈니스에 도전하고 있으나, 뚜렷한 성과를 내고 있는 곳은 딱히 없는 실정이다. 오히려 스타트업 기업에서 디지털 비즈니스에 성공하는 경우가 더 많다.

그 이유는 기존 비즈니스 사고 패러다임에서 완전히 벗어나 새로운 관점의 비즈니스 모델을 창출하기 때문이다. 스타트업 특성상 빠른 의사 결정과 실행이 가능하기 때문이기도 하다. 이렇게 디지털 비즈니스에서 성공적인 기업의 비즈니스 모델을 살펴보면 의외로 단순하다. 먼저 비즈니스적으로 관심있는 목표 생태계를 선정한다.

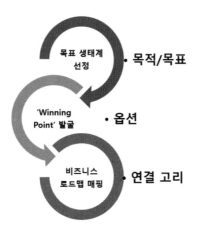

그림-51. 디지털 비즈니스 모델 3단계

이때 이미 목표 생태계의 문제점이나 고객의 니즈가 아직 채워지지 않은 '위닝 포인트(Winning Point)'를 확보한 상태로, 대부분 물리적 구현을 위한 다양한 기술과 플랫폼 활용을 위한 여러 대안을 고려한 옵션을 선별한다. 다양한 옵션의 ROI를 계산하여 최적의 비즈니스 모델을 만들 수 있는 연결 고리를 형성하기 위한 로드맵을 작성한다. 실제로 내가 스타트업을 구상하는 학생들을 지도할 때도 이렇게 3단계 방식으로 쉽게 디지털 비즈니스 모델을 구성한다. 이 작업을 할 때 앞에서 설명을 미뤘던 비즈니스 모델 캔버스, 전략 캔버스, 활동 체계도와 같은 도구를 사용하면 가시적이면서 보다 효율적으로 실행할 수 있다. 비즈니스 모델 캔버스에 대한 설명은 '프로세스의 힘'에서 충분히 다루어졌기 때문에 여기서는 전략 캔버스와 활동 체계도에 대해서 간략히 설명하겠다.

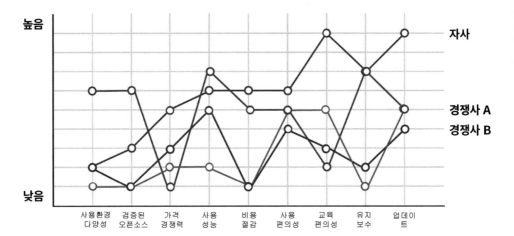

그룹-52. 전략 캔버스 예시

2005년 김위찬 교수와 르네 마보안 교수가 공동 집필한 '블루오션 전략'에 소개되기도 했던 '전략 캔버스'는 사업 전략을 수립할 때 다양한 전략(목표보다는 수단)에 대해 고객의 입장에서 가치를 기반으로 경쟁사의 전략과 비교하여 열세와 우세에 대한 전략을 한눈에 보여줄 수 있는 유용한 도구다. 위 사례는 실제로 내가 지도하는 학생들과 작업했던 것으로, 2018년 소프트웨어 의무 교육 실시에 따라 필요한 하드웨어를 만들기 위한 전략을 수립할 때 고객에게 가치 있는 항목을 경쟁 제품과 비교한 것이다.

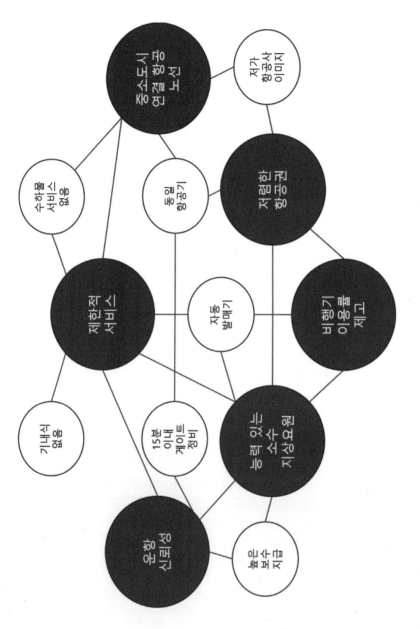

그림-53. 활동 체계도 예시

중소도시 연결 항공 노선

자가 항공사 이미지

수하물 서비스 없음

동일 항공기

저렴한 항공권

제한적 서비스

자동 발매기

비행기 이용률 제고

기내식 없음

15분 이내 게이트 정비

능력 있는 소수 지상요원

운항 신뢰성

연수 보수 지급

전략 캔버스 작성 이후에 만들어지는 활동 체계도(Activity System Map)는 조직의 경쟁우위를 확인하는 진단도구로 조직의 가치 제안과 조직의 활동을 연결하여 경쟁사보다 가치 있는 제안을 효과적으로 전달하기 위한 방법이다. 위 사례는 사우스웨스트항공 사례로 저가 항공사의 전략이 잘 표현되어 있다. 활동 체계도를 그리는 것은 쉽지 않으나, 매우 통찰력이 있는 전략적 도구임에는 틀림없다. 이 도구를 사용하여 전략 캔버스에 의해 선정된 새로운 아이디어 또는 기회가 전략에 부합하는지 여부를 점진적으로 결정할 수 있다. 새로운 아이디어가 활동의 다른 측면을 훼손하지 않으면 모든 기능과 정책이 조직 전략에 어떻게 기여하는지 가시적으로 알려준다. 또한 이것을 사용하여 조직의 KPI를 계단식으로 연결하여 BSC(Balanced Score Card, 균형 성과지표)와 연결할 수도 있다.

이러한 도구들을 활용하여 작성하고자 하는 것은 새로운 비즈니스와 전통적인 비즈니스를 디지털 비즈니스로 전환하는 것이다. 디지털 비즈니스에서는 물리적 및 디지털 세상에서 급증하는 디지털 데이터를 이용하여 새로운 디지털 가치 제안을 만들기 위해서다. 디지털 비즈니스는 전통적인 제품 가치 제안보다 더 많은 비즈니스 모델 옵션을 제공한다. 이런 차이가 발생하는 것은 데이터 중심의 가치는 더 많이 사용할수록 더 가치 있게 되어 전통적 가치 제안보다 큰 이점을 제공하기 때문이다. 생성된 데이터를 통해 가설 또는 명제를 지속적으로 최적화하고 새 명제를 만들 수 있는 패턴을 식별할 수 있다. 전통적인 명제와 달리 성공적인 디지털 비즈니스는 스스로 추진력을 발휘한다. 데이터는 다양한 출처에서 얻을 수 있는 양이 증가하고 있을뿐만 아니라, 전통적인 시장 조사 데이터와 달리 디지털 데이터가 점점 더 신선하고 정확하며 '실시간'이기 때문에 가치 창출의 자산이 되고 있다. 이처럼 디지털 데이터는 타겟 고객을 이해하고 디지털 비즈니스 생태계 세계에 적용하는 데 있어 보다 신속하고 정확한 결과를 얻을 수 있다.

디지털 비즈니스 모델이 사용하는 데이터는 어디에서나 올 수 있다. 각종 데이터 포인트나 사물인터넷에서 발생하는 데이터도 얼마든지 활용 가능한 잠재적 데이터다. 궁극적인 목표는 현재 (또는 생성 가능한) 데이터 집합을 목표 고객에게 새로운 가치가 있는 정보로 전환하는 것이다. 경쟁에서 앞서가기 위해서는 고객의 변화하는 요구에 민첩하게 대응할 수 있는 가치 제안을 할 수 있도록 디지털 비즈니스 모델에 반영해야 한다. 그렇다면 디지털 비즈니스 모델을 시작하는 방법은 무엇일까? 제품이나 서비스에 관계없이 성공적인 디지털 비즈니스를 창출하는 것은 특정 데이터를 예상치 못한 방식으로 연결하여 시간이 지남에 따라 고객에게 가치를 창출하는 것이다. 즉, 새로운 가치 제안을 할 수 있는 비즈니스 모델을 발견해야 한다. 이렇게 할 수 있는 세 가지 단계가 있다.

• **생태계에서 새로운 역할 파악**
타겟 고객과 관련된 데이터와 이해 관계자 및 관련 생태계를 파악한다. 정부나 인접한 산업 분야의 플레이어를 통해 운영 영역의 맥락에서 제공되는 것을 관찰하고 이해한다. 플레이어와 잠재 데이터에 대한 포괄적인 개요를 파악한 후에 이를 연결하고 목표 생태계에서 취할 수 있는 역할을 선택한다.

• 이기는 디지털 비즈니스 모델 옵션 만들기

독특한 방식으로 목표 생태계에서 충족되지 않은 요구 사항을 처리하기 위해 데이터를 사용하는 방법에 대해 브레인 스토밍(관리자의 지적에 의한 발언이 아니라, '진정한' 브레인 스토밍을 하는 것이 중요하다)을 한다. 서로 다른 데이터 집합 간의 관계뿐만 아니라 잠재 고객의 요구 사항을 이해하고 해석할 수 있어야 한다. 또한 목표 고객이 찾을 수 있는 현재 (또는 생성 가능한) 데이터로부터 어떤 종류의 새로운 정보와 통찰력을 도출할 수 있는지, 어떤 형식으로 이를 제공할 것인지, 누가 지불(결국 디지털 데이터는 잠재적 유료 고객 대상으로 새로운 기회를 창출한다)할 것인지를 결정한다.

• 디지털 비즈니스 모델 로드맵 작성

최종 목표를 명확하게 염두에 두고 데이터 기반 비즈니스의 가치를 높이면서 단계별로 가치를 창출하고 비즈니스 작업을 수행하는 방법을 정의한다. 이때 유효한 질문서(Questionaire)를 사전에 작성해서 활용한다. 관심 있는 질문보다 비즈니스의 맥을 파악할 수 있는 핵심을 만들어라. 주요 질문은 다음과 같다. 잠재적인 파트너의 초기 역할과 역할이 목표 생태계에서 무엇이며 어떻게 발전할 것인가? 어떻게 하면 자신을 구성하고 현재와 미래의 요구 사항을 충족시키는 데 필요한 데이터를 수집할 수 있는가? 가치를 포착하는 방법, 시간 경과에 따라 출처와 채널이 어떻게 진화하는지, 그리고 확보할 수 있는 권리가 있는 사업 분야인가? 이상과 같은 질문을 통해 빅데이터 열풍이 불던 시절에 많은 기업과 조직에서 빅데이터 시스템을 구축했지만, 활용도가 극히 낮은 이유를 알아야 한다. 데이터 소스를 확보하는 것도 힘들지만, 확보할 수 있다 해도 그에 따른 권한을 얻지 못해 사용하지 못한 경우가 대부분이었다.

이러한 전략적 선택은 비즈니스에 근본적인 영향을 미친다. 디지털 비즈니스 모델을 완성했다면 마지막으로 다음과 같은 질문을 통해 다시 한 번 검증해야 한다.

디지털 비즈니스 모델을 위한 6가지 질문

- 디지털 위협과 기회는 무엇인가?
- 이 비즈니스 모델이 기업의 미래를 위해 최선인가?
- 기업의 디지털 경쟁 우위는 무엇인가?
- 모바일과 사물인터넷을 사용하여 어떻게 연결하는가?
- 기업의 차별성을 발견할 수 있는 중요한 역량이 있는가?
- 변화를 일으킬 수 있는 리더십이 있는가?

4. 디지털 트랜스포메이션 전략

4.1 수준 파악

2016년에 개봉한 영화 '갓 오브 이집트(Gods of Ezypt)'는 국내 관객수 910,345명으로 국내에서는 흥행에 성공하지 못한 영화로 알려져 있으나, 나는 개인적으로 이 영화를 매우 재미있게 보았다. 특히 피라미드를 통과해야만 하는 장면에서 피라미드를 지키는 스핑크스가 내는 수수께끼가 인상 깊었다. 스핑크스의 수수께끼를 3번만에 맞추지 못하면 죽게 되기 때문에, 주인공은 지혜의 신 토트와 동행하게 된다. 스핑크스는 이들에게 "나는 존재한 적이 없었으나, 항상 있을 것이다. 나를 한 번도 본 사람이 없고 앞으로도 없을 것이다. 그러나 나는 살아가고 숨쉴 수 있는 자신감이다. 나는 누구냐?(I never was and always to be. No one over saw me nor ever will. And yet I am the confidence if all, to live and breathe. What am I?)" 라는 수수께끼를 낸다. 이 수수께끼에 답하기 위해 지혜의 신은 "실존하지 않고 ···상상 속에 있으며 ···분명히 존재하는 것이라 ··· (What ···never was ···always to be ···in the future ···nonexistent ···imaginary ···yet exist and never was ···always to be ···)"라고 되뇌다가 답을 말하는데 3번을 틀리고 4번째만에 답을 맞춘다. 영화에서는 지혜의 신이 바로 죽지는 않는데, 나중에 뇌를 뽑히며 죽는 장면이 나온다. 독자들도 이 수수께끼의 답을 맞춰보길 바란다. 답은 이 챕터의 마지막에 있다.

스핑크스의 수수께끼같이 정성적 또는 개념적인 질문과 같이 디지털 트랜스포메이션 전략을 수립하고 추진하는 것도 이와 같다. 답을 알고 나면 이해가 되지만, 답을 명확히 모를 때는 여러 가지의 불명확한 추측성 답이 나올 수밖에 없다. 그러한 추측성 답은 명확하게 틀렸다고 하기도 모호하다. 특히 특정 시점 또는 시각에서는 아주 잘 맞기도 한다. 영화에서도 이 수수께끼의 답으로 지혜의 신은 처음에 "진실(true)"이라고 말한다. 영화를 보고 있던 나도 감탄을 하면서 '아! 맞다'라고 생각했었다.

디지털 트랜스포메이션 전략 수립과 추진도 마찬가지다. 디지털 트랜스포메이션 전략을 수립할 때 수준을 어느 정도로 해야 하는지 정확히 알 수도 없을 뿐만 아니라, 사실 질문할 곳도 딱히 없다. 더욱이 디지털 트랜스포메이션이 절실한 기업이나 조직에게 딱 맞아 참고할 만한 레퍼런스 또는 베스트 프랙티스도 없다. 물론 동종 업계 사례나 유사한 사례를 찾을 수는 있지만, 그 사례를 벤치마킹하기도 힘들뿐만 아니라, 벤치마킹을 한다고 해도 추진 배경과 문화가 다르고, 무엇보다 디지털 트랜스포메이션을 추진하기 위한 현재 수준과 달성하고자 하는 수준이 다르기 때문에 적용하기가 어렵다. 특히 디지털 트랜스포메이션 목표 수준보다 추진 전의 수준, 흔히 이야기하는 'as-is'가 저마다 틀리기 때문에 디지털 트랜스포메이션 전략을 수립할 때 주의해야 한다. 이를 위해 일단 수준(水準)에 대한 개념부터 정의할 필요가 있다.

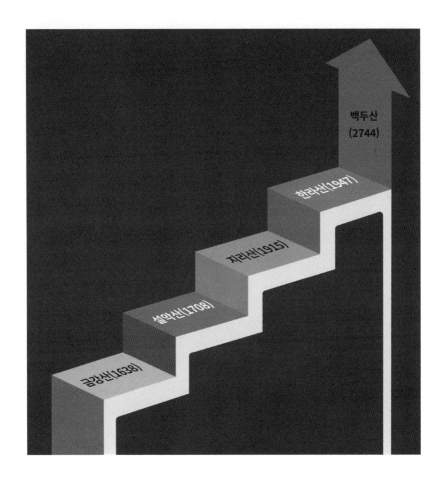

그림-54. 산 높이

　우리나라 산 높이는 가장 높은 백두산부터 한라산, 지리산, 설악산, 금강산, 덕유산(1,614), 계방산(1,577), 함백산(1,572), 태백산(1,566), 오대산(1,565) 순이다. 이렇게 각각의 산 높이는 무엇을 기준으로 정할까?

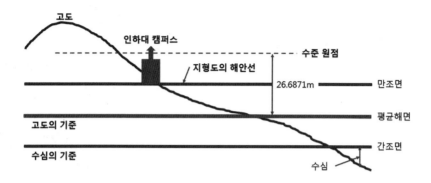

그림-55. 우리나라 수준원점

우리는 보통 산 높이를 이야기할 때 '해발 몇 미터'라고 한다. 여기서 해발은 기준면으로부터 어느 지점까지의 수직 거리를 나타내는 것으로 '고도 (高度)'라고 한다. 고도는 평균 해면을 기준으로 삼는데, 바닷물의 높이는 동해, 서해, 남해 모두 다르고, 만조와 간조에 따라 또 다르다. 바닷물의 높이는 항상 변하기 때문에 실제로 고도 0.00m는 존재하지 않아 일정한 장소에서 측정한 값을 육지로 옮겨와 고정점을 정하게 되는데, 이를 수준원점이라고 한다. 우리나라는 1916년에 최초로 인천 앞바다의 평균 해수면을 기준으로 수준원점을 정하였고, 최초의 수준원점은 인천시 중구 항동 1가 2번지에 있었다. 그러나 한국전쟁으로 기본 수준점이 모두 유실되었을 뿐 아니라, 1963년 인천 내항이 재개발되어 인하대학교 캠퍼스로 수준원점을 옮기게 되었고, 현재 인천에 있는 수준원점의 해발고도는 26.6871m이다.

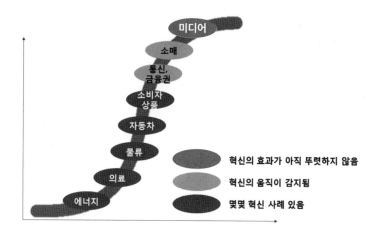

그림-56. 산업별 디지털 트랜스포메이션 수준

이처럼 무언가를 측정할 때는 기준점을 먼저 정하고 실제 측정값을 그 기준점과 대비해야 정확한 측정을 할 수 있다. 그렇다면 디지털 트랜스포메이션의 기준점은 무엇일까? 많은 유명 컨설팅기업에서 저마다의 내용을 발표하는데, 이해하기 쉬운 것은 보스톤 컨설팅 그룹(BCG, Boston Consulting Group)이 발표한 것이 아닐까 싶다. 위 그림에서 아래의 5개 산업군에서 많지는 않지만 몇 가지 혁신 사례가 발생하고 있음을 나타내고 있다. 그 위의 2개 산업군에서는 순수한 온라인 기업들에 의한 혁신의 변화가 이러한 산업에 영향을 미쳤지만, 최종적으로 확정적이지는 않다는 것을 보여준다. 최상위에 있는 미디어 산업에서 혁신적인 변화를 관찰할 수 있고 디지털화의 영향은 여전히 명확하게 알려져 있지 않지만, 전반적인 디지털 트랜스포메이션 수준과 매우 유사하다는 것을 보여준다. 각각의 산업별 디지털 트랜스포메이션 수준은 다음과 같다.

- 미디어 : 완전히 디지털화된 플레이어는 Amazon 및 Netflix와 같은 온라인 상점 및 서비스를 통해 시장을 점유한다.
- 소매 : 온라인 소매업체는 특히 전자 제품과 같은 부문에서 시장 점유율을 얻고 있다.
- 통신, 금융권 : 디지털은 온라인 거래와 같은 고객 지향 이니셔티브와 백 오프라인 개선을 위한 주요한 초점이 되었다.
- 소비자 패키지 상품 : 아직 큰 디지털 혁신은 없고, 대부분의 이니셔티브는 공급망 관리와 제품 개발에 한정되어 있다.
- 자동차 : 주로 공급망 관리 및 웹 사이트와 같은 고객 대면 솔루션을 최적화한다.
- 물류 : 운영 중단이 거의 없는 플레이어와 소포 배달 경로 최적화와 같은 일부 디지털 최적화 기능을 제공한다.
- 의료 서비스 : 사무실 및 R&D 중심 이니셔티브의 몇 가지 예와 함께 디지털화가 이제 막 시작되었다.
- 에너지 : 디지털 사용은 주로 내부 운영 위주로만 적용되고, 극히 제한적이다.

바로 앞에서 언급한 것처럼 디지털 트랜스포메이션의 수준원점으로 삼을 만한 명확한 디지털 트랜스포메이션 사례는 존재하지 않고, 실체가 분명하게 나타나지 않으면서도 계속 거론되고 있는 과정 중에 있다. 지금도 많은 기업과 조직 또는 전문가들 위주로 디지털 트랜스포메이션이라는 용어를 사용하고 있지만, 그 용어가 의미하는 바에 대해서는 제각기 해석이 상이하다. 원래 이 용어의 가치는 오늘날과 같은 디지털 비즈니스 생태계 환경에서 디지털 경향에 대응하여 생각하고, 작업하고, 관리하는 방식으로 내부 조직에 근본적인 변화가 필요하다는 것을 전달하는 것이다. 물론 디지털 트랜스포메이션을 지향하는 근본적인 변화의 필요성은 여전히 남아 있지만, 최근 몇 년간 이 용어의 남용과 오용으로 그 효력을 많이 약화시킨 것이 사실이다.

그렇다면, 과연 디지털 트랜스포메이션이란 무엇일까? 조직 내부에서 직원들이 정의된 비즈니스 프로세스를 지키지 않거나 의도적으로 변경할 수 없도록 새로운 디지털 도구나 솔루션 또는 플랫폼을 구현한 기업을 찾는 것은 어렵지 않다. 하지만 이런 기업을 디지털 트랜스포메이션 기업이라고 할 수는 없다. 디지털 트랜스포메이션이 최첨단 디지털 기술의 구현과 적용을 나타낸다고 생각하는 가장 일반적인 이해가 가장 잘못된 것일 수도 있다. 디지털 트랜스포메이션에 대한 또 다른 이해는 기업이 디지털 기술을 사용하여 새롭고 다양한 방식으로 비즈니스를 수행하는 것과 관련이 있다. 디지털 비즈니스에 대한 이러한 정의는 확실히 나아졌지만 여전히 불완전한 상태라고 할 수 있다. 예를 들어, 많은 기업들이 디지털 경향에 대응하여 새로운 인재 모델을 채택하고 있다. 몇몇 직원들을 선발해서 일정 기간 동안 하나의 프로젝트 또는 역할에 참여하게 하여 신기술들을 지속적으로 개발하기 위해 회사 내부 또는 외부에서 새로운 역할을 할 수 있도록 하고 있다. 대표적인 것이 흔히 TF팀이라고 불리는 급조된 팀을 만들어 추진한다. 이러한 노력은 기업이 빠르게 변화하는 디지털 세상에서 다양한 인재를 육성할 수 있도록 명확하고 의도적으로 설계되었지만, 새로운 기술을 구현하거나 전혀 사용하지 않는 것을 의미하기도 한다.

디지털 트랜스포메이션은 점점 더 빨리 변화하는 디지털 비즈니스 생태계에서 조직이 효과적으로 경쟁할 수 있도록 디지털 비즈니스 프로세스를 만들고 내재화시키는 것이다. 디지털 트랜스포메이션의 이러한 정의는 경영층에게 2가지 중요한 함축적 의미를 가지고 있다. 먼저, 디지털 트랜스포메이션은 근본적으로 사용자가 자기 의사와 상관없이 변화하는 디지털 비즈니스 생태계에 어떻게 대응할 것인가를 의미한다. 디지털 트랜스포메이션의 필요성 대부분은 사용자의 통제 범위를 벗어난다고 할 수 있다. 고객, 파트너, 직원 및 경쟁 업체는 디지털 기술을 사용하여 그들이 행동할 방법을 찾고, 기대하는 바를 얻기 위하여 변화하는 방법에 적응한다. 기업이 이러한 디지털 비즈니스 생태계에 응답하는지 여부는 경영층에게 직면하는 핵심 질문이다. 두 번째, 조직이 기술을 구현하는 방법은 디지털 트랜스포메이션의 일부에 지나지 않는다. 디지털 트랜스포메이션에 신기술 구현이 필요한 경우, 이 기술은 전체의 일부일 뿐이다. 당연히 전략, 인재 관리, 조직 구조 및 리더십과 같은 기술 이외의 여러 문제들은 디지털 트랜스포메이션 기술만큼 중요하다. 그러나 이러한 개념들은 디지털 트랜스포메이션으로 잘 표현되지 않는다. 조직은 하루 아침에 디지털 트랜스포메이션에 적응할 수 없다. 모든 것이 그렇듯 일정 기간 동안 디지털 트랜스포메이션의 도입, 적응, 활용, 성숙의 과정을 거쳐야 된다. 실제로 나는 디지털 트랜스포메이션이라는 용어보다 '디지털 역량(Digital Capability)'이라는 표현을 더 즐겨 사용하고 있고, 디지털 트랜스포메이션에 대한 이해가 더 빠를 수 있다고 생각한다.

더 쉬운 이해를 돕기 위한 것으로 학습 곡선(Learning Curve)이 있다. 학습 곡선은 시간이 지남에 따라 또는 반복되는 경험을 통해 무언가를 학습하는 비율을 그래프로 나타낸 것으로, 학습 과정 전반에 걸친 상대적 발전뿐만 아니라 일정 기간 동안 과목을 학습할 때 예상되는 어려움을 시각화한 것이다. 학습 곡선의 일반적인 형태는 X축에서 학습을 위한 시간(또는 경험)과 Y축에서 학습된 양을 보여준다. 그래프의 가파른 학습 곡선은 빠르게 배운 주제를 나타내는데, 어려운 과목은 학습을 끝내는데 더 오랜 시간이 걸릴 것이며, 따라서 더 얕은 곡선이 된다. 특히 조직에서 학습 곡선은 시간이 지남에 따라 꾸준하게 발전(학습)되는 양상을 보이며, 학습을 통해 점차 성숙도가 높아진다.

이렇게 경영층이 디지털 트랜스포메이션을 디지털 성숙 개념으로 초점을 맞추면 디지털 비즈니스 생태계에 적응하려는 조직에 여러 가지 이점을 제공할 수 있다. 성숙이라는 것은 시간이 지남에 따라 조직 전반에 걸쳐 전개되는 점진적 프로세스의 변화 또는 발전(디지털로의 발전)을 의미하기 때문이다. 우리가 영어를 공부할 때 특정 문법이나 단어를 배웠다고 영어를 마스터했다고 볼 수는 없다. 꾸준한 학습을 통해 점진적으로 실력이 쌓이다 보면 어느 순간 영어가 들리듯이 디지털 트랜스포메이션도 똑같다. 하지만 영어 학습을 꾸준히 해도 특정 시점에서 실력이 어느 정도 되었는지 알 수 없는 것처럼 디지털 트랜스포메이션도 기업이 디지털스럽게 성숙해질 때 어떤 모습인지 완전히 알지 못할 수도 있다. 그렇다고 특별한 목적 없이 영어 단어를 외우는 것보다 목표를 정하여 학습할 때 더 효과가 있는 것처럼 디지털 트랜스포메이션도 목표를 정하고 나아가면 더욱 뚜렷한 디지털 트랜스포메이션의 실체를 알 수 있다. 당장 효과가 있기를 바라서는 절대 안 된다. 디지털 트랜스포메이션에 따른 기업의 성숙은 자연스러운 과정이지만 자동적으로 발생하지는 않는다. 디지털 트랜스포메이션은 새로운 디지털 비즈니스 생태계의 경쟁 속에서 살아남기 위한 방법을 배우는 과정이다. 하지만 경영층과 조직 및 직원이 기본적으로 디지털 트랜스포메이션을 수행하는 방법을 알 수 있는 것도 아니다. 현재 디지털 트랜스포메이션의 선두 주자들도 디지털 트랜스포메이션을 추진하고부터 평균적으로 10여 년 정도의 시간이 흐른 뒤에야 효과를 얻기 시작했다. 따라서 경영층은 조직이 올바른 방식으로 적응할 수 있도록 디지털 경향에 대한 실무 지식을 개발해야만 한다.

2014년 1월 구글은 32억 달러를 들여 사물인터넷 전문 기업 네스트(Nest Labs)를 인수했다고 발표했다. 120억 달러에 인수한 모토롤러에 이어 두 번째로 큰 금액이다. 네스트는 사용자의 습관을 시간에 따라 학습하여 온도를 조정하는 보일러 온도조절기를 제조하는 회사다. 이 기기는 서로 대화할 수 있는 기능을 갖춘 알고리즘으로 실행되는데, 그렇게 하면 사람들의 행동을 파악하고 사용자가 알기도 전에 사용자의 요구를 예측할 수 있기 때문이다. 하지만, 일종의 보일러 온도조절기를 만드는 네스트를 거액을 들여 인수한 이유는 무엇일까? 가장 많이 회자되고 있는 이야기는 사물인터넷에서 표준에 대한 선점을 위한 것이라고들 한다. 가트너 조사에 따르면 2020년까지 260억 개의 사물인터넷이 생기고, 프로그레시브 정책(Progressive Policy) 보고서에 의하면 2025년에 미국 경제에 6,000억 달러에서 1조 3,000억 달러 정도의 가치가 있을 것으로 예상했다. 실제로 사물인터넷 기술의 발달에 따라 발생하는 부작용으로 표준화의 부족을 꼽고 있다. 사물인터넷은 컴퓨터 간에 주고받는 프로토콜을 기반으로 하는데, 간단한 예로 URL에 사용되는 https가 그것이다. 이것만으로는 모든 사물인터넷에서 사용할 수 없게 된다. 사물인터넷의 인공지능 기능까지 더하기 위해서는 더 많은 기준과 표준이 필요하다. 또한 모든 사물에 사물인터넷 기술을 접목하기 때문에 오픈 네트워크를 바탕으로 실행된다. 이로 인해 각 국가나 기업 간의 경쟁은 더욱 치열해질 전망이다. 퀄컴이 AllUoyn과 손잡자 구글은 네스트와 손잡고 Thread라는 프로토콜을 만들었다.

구글이 네스트를 인수한 또 다른 이유는 네스트를 홈오토메이션을 실현하기 위한 플랫폼 센터로 판단했기 때문이다. 구글은 소프트웨어 개발 키트(SDK, Software Development Kit)를 배포하면서 본격적으로 홈오토메이션 플랫폼 선점 작업에 들어가면서, 동작 인식 카메라인 '드롭캠(dropcam)'을 인수하여 홈오토메이션 플랫폼인 네스트에 드롭캠을 연결해 외부에서 집안의 보안을 점검할 수 있는 부가가치를 창출했다. 사물인터넷이 발전하게 되면 많은 생활 주변에서 많은 변화가 발생한다. 단순한 기능적 변화보다 스마트폰에 의한 SNS 문화와 같은 변화가 생긴다. 우선, 생활 주변의 보안 방식이 바뀐다. 외부에서 수시로 집 안을 모니터링하거나 자동 감시하는 것이 일상화된다. 에너지 사용을 합리적으로 조절이 가능해질 뿐 아니라 친환경적인 에너지 소비가 가능하게 되고 화재의 위험성을 낮출 수 있게 된다. 건강관리 방식도 크게 바뀌어 가족들의 건강 상태를 체크할 수도 있게 된다. 이런 변화에 따라 집안 어디에서나 콘텐츠를 통제할 수 있게 되고, 외부에서도 각종 스마트기기들을 통제할 수 있게 되어 자동적으로 놀이 문화도 변화한다. 경영층에서 이런 변화를 이해했기 때문에 천문학적인 숫자의 금액을 투자했을 것이다.

디지털 트랜스포메이션은 또 하나의 새로운 ICT 관리시스템을 구축하는 작업이 아니다. 디지털 트랜스포메이션은 말 그대로 디지털로의 전환을 의미하기 때문에 신기술 또는 모바일 시스템을 적용한다고 되는 것이 아니다. 고객 경험 창출을 위한 비즈니스 프로세스를 개선하고, 이를 운영할 수 있는 역량과 비즈니스 모델을 디지털 방식으로 전환하는 것이다. ICT 기술의 새로운 단계와 디지털 비즈니스 생태계의 혜택을 누리기 위해 조직은 진화를 가속화하고 비즈니스 민첩성을 높이며 모든 형태의 데이터와 정보의 역할을 강화할 준비가 되어 있어야 한다. 특히 무엇보다도 중요한 것은 디지털 트랜스포메이션 전략을 개발하고 데이터, 정보, 프로세스, 기술, 인간 측면 등과 관련된 여러 영역을 연결할 수 있는 역량을 확보할 수 있어야 한다는 점이다. 구글이 네스트를 인수하여 시너지를 낼 수 있는 역량을 갖춘 것처럼, 한국의 카카오가 단순한 무료 커뮤니케이션 도구가 아니라 카카오 사용자의 데이터와 정보를 활용할 수 있는 프로세스를 구축하고 새로운 비즈니스 기능을 추가하여 다양한 비즈니스 모델을 만들 수 있었던 것은 디지털 트랜스포메이션 성숙도가 높기 때문이다. 카카오는 2010년 모바일 메신저 '카카오톡'을 출시한 후, 2014년 포털사이트 (주)다음커뮤니케이션과 합병하여 (주)다음카카오를 출범시켰으나, 이듬해에 다시 (주)카카오로 바꾸면서 2017년 카카오뱅크 서비스를 시작하는 등 디지털 비즈니스 생태계에서 새로운 강자로 급부상하고 있다. 2018년 3월 말 기준, (주)카카오의 총 계열사 수는 80개인데, 주요 계열사로는 결제서비스 회사 (주)카카오페이, 게임 콘텐츠 개발업체 (주)카카오게임즈, 위치기반 서비스 및 대리운전 서비스업체 (주)카카오모빌리티, 음악 플랫폼 멜론(Melon)을 운영하는 (주)카카오엠, AI(인공지능) 전문 연구개발 회사 (주)카카오브레인, IP를 활용한 라이선싱 및 브랜드 스토어 사업체 (주)카카오IX, 전자 상거래 관련 서비스 업체 (주)카카오메이커스, 투자회사 (주)카카오인베스트먼트, 스타트업 전문 투자사 (주)카카오벤처스, 지도 서비스 콘텐츠 생산업체 (주)이미지온, 카카오의 주차 예약 O2O 서비스 관련 업체인 파킹스퀘어, 인터넷 서비스 운영업체 (주)링키지랩과 (주)키즈노트, (주)포도트리, (주)디케이비즈니스, (주)디케이테크인, (주)디케이서비스, (주)디케이차이나 등이 있다. 구글 제국과 비교하여 손색이 없다.

스핑크스 수수께끼의 답은 '내일(tomorrow)'이다.

4.2 디지털 트랜스포메이션 전략 수립

　디지털 트랜스포메이션 전략을 기획할 때 디지털화 시대(Digitization Age)에 사용했던 방법론을 적용하거나 ISP의 또 다른 형태, 심각하게는 아직도 ICT 시스템을 구축하는 것으로 생각하고 있는 곳을 많이 볼 수 있다. 디지털 트랜스포메이션 전략을 기획할 때는 반드시 컨설팅 방법론에 대한 검증이 필요하다. 실제로 디지털 트랜스포메이션 추진 과정을 목표가 명확하지 않은 여정으로 표현하는 이유를 이해할 필요가 있다. 목표와 계획은 다양한 이유로 수시로 바뀔 수밖에 없기 때문에, 이를 수용할 수 있어야 한다.

　이 개념을 이해하기 위해 애자일(agile) 방법론을 예로 들겠다. 애자일은 '민첩한', '머리의 회전이 빠른'이라는 뜻이다. 애자일 방법론의 가장 큰 목표는 불확실성이 높은 비즈니스 상황 변화에 대응하여 빠르게 성과를 도출하는 것으로 프로젝트 시작 전에 완벽한 분석이나 기획을 추구하는 대신 사전 분석이나 기획을 최소화하고 시제품 등을 통해 외부 피드백을 지속적으로 반영하여 업무 완성도를 높이는 것이 특징이다. 특히 협업을 위해 사일로 조직같은 부서 간 경계를 허물고 필요에 맞게 소규모 팀을 구성해 업무를 수행하는 방법을 뜻한다

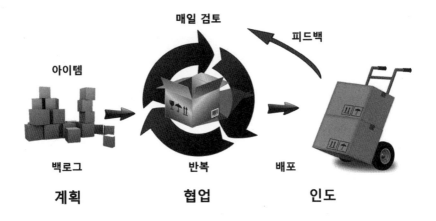

그림-57. 애자일 프로젝트 관리

　이 방법론이 유효한 이유는 사람들이 자신이 원하는 것을 정확하게 묘사하는데 어려움을 느끼지만, 원하지 않은 결과가 나오거나 잘못되었을 때는 쉽게 알아채고, 반영할 수 있기 때문이다. 목표를 달성하여 모든 사람들이 가능한 빨리 작업 모델을 수립할 수 있는 계획을 수립하는 것이 이 방법론의 목표다. 가장 중요한 점은 결국 자신이 원하는 것을 올바르게 설명하여 설계 계획에 반영하는 것이다. 설계가 완료되면 조직 내부의 팀들은 최대한 빨리 프로토타입을 제공하기 위해 협력해야 한다. 어려운 부분은 여러 프로토타입을 합의된 기능으로 제한하는 것이다. 기능 명세서에도 있고, 이미 출시된 이후에도 새로운 방향으로 나아간다고 해도 놀랄 필요는 없다. 변하는 것이 정상이다. 이것이 모든 기능을 한꺼번에 추가하지 않는 진정한 이유다. 특정 방법론에 의해 완벽한 디지털 트랜스포메이션 전략을 기획할 수 있다는 환상을 깨야 한다.

잠시 영화 이야기를 해보겠다. 영국 정치가였던 토마스 모어가 1516년에 저술한 책 제목인 유토피아(Utopia)는 '없다'와 '좋다'를 뜻하는 'U'와 '장소'를 뜻하는 'topia'로 구성된 단어다. 사전적 의미는 '이상향'으로 가장 좋은 곳이지만 존재하지 않는 곳이라고 할 수 있다. 이런 유토피아를 동경하는 인간의 바람을 나타낸 많은 영화 중 리들리 스콧 감독, 해리슨 포드 주연으로 1982년에 개봉된 '블레이드 러너'와 마이클 베이 감독, 스칼렛 요한슨 주연으로 2005년 개봉된 '아일랜드'는 인간과 복제 인간의 관계에 대한 영화로 공교롭게 두 영화 모두2019년의 세상을 배경으로 하고 있다. 블레이드 러너에서 리들리 스콧 감독은 주인공을 복제 인간으로 설정했는데, 정작 복제 인간 역할을 한 해리슨 포드는 인간이라고 생각했다고 한다. 복제 인간과 달리 인간은 호기심을 갖고 있는데, 촬영을 하면서 계속 호기심이 생겼었다고 한다. 두 영화에서 공통적으로 나타나는 인간과 복제 인간의 차이점으로 인간은 경험에 의해 추억이 쌓이는데 반해 복제 인간은 추억을 이식하고, 미래에 대해 인간은 가능성을 꿈꾸지만 복제 인간은 제한적 상황에 놓인다. 결국 인간은 죽고 복제 인간은 용도 폐기된다.

앞에서도 언급했지만, 1977년부터 1979년까지 일본 '소년킹' 잡지에 연재된 마쓰모트 레이지의 명작 만화 '은하철도 999'는 영생을 얻기 위해 기계의 몸을 장착하려는 주인공 '호시노 데츠로(국내 방송용 이름은 철이)'가 의문의 여인 메텔과 함께 기차를 타고 우주로 여행을 떠나는 여정을 담고 있다. 만화답게 이 시대의 배경은 2221년이다. 내용을 간략히 소개하면 이렇다.

기차는 정해진 역 또는 예정에 없던 역에 정차하게 되면서 많은 에피소드가 생기는데, 이렇게 수많은 역(별)을 거치면서 주인공은 마침내 기계 인간이 살고 있는 기계 제국에 다다른다. 하지만 주인공은 기계 인간이 감정 없이 사는 모습을 보고, 기계로 영원히 사는 것보다 희로애락을 느낄 수 있는 사람으로 남기로 결정하고 지구로 다시 돌아오기 위해 기차를 탄다. 여정 내내 주인공을 도와주었던 의문의 여인 메텔은 주인공과 헤어지며 "안녕, 나는 너의 소년 시절의 꿈에 있는 청춘의 환영일 뿐이야 … "라고 말한다. 메텔과 헤어지는 주인공은 이렇게 소년 시절을 지나온다(방송용 애니메이션과 달리 원작만화의 내용은 방송용으로 부적합할 정도로 충격적인 내용을 담고 있다. 특히 메텔의 역할이 그렇다).

세 편의 작품 모두 유토피아에 대한 환상을 담고 있다. 즉, 디지털 트랜스포메이션을 추진하기 위한 기업에서는 가보지 못한 곳인 유토피아는 존재하지 않는 곳임에도 불구하고 막연하게 지금의 이곳보다는 좋은 곳이라고 생각하고, 방법론을 유토피아로 안내하는 지도쯤으로 여긴다. 물론 디지털 트랜스포메이션을 위한 전략도 유토피아와 비슷하다고 할 수 있다. 유토피아를 명확하게 정의하기 어려운 것처럼 디지털 트랜스포메이션의 기나긴 여정도 명확한 목적을 정하기 쉽지 않다.

Data Ignorant

- 조직에서 데이터를 의미 있게 사용하지 않음

Data Reactive

- 조직은 데이터를 걸쳐가지만 의사 결정에 전략적으로 데이터를 사용하지 않으나, 데이터를 사용하여 대응

Data Driven

- 조직은 데이터가 가치가 있고, 항상 우수한 데이터가 한 명 또는 여러 사람의 경험보다 좋다는 것을 이해

Data Informed

- 데이터를 신중하게 이해하고 조직 내 정보화된 데이터에 입각한 의사 결정을 극대화하기 위해 프로세스를 조정

Digital Journey

- 디지털 트랜스포메이션 여정 로드맵 활용

그림-58. 디지털 트랜스포메이션 지도(성숙도)

하지만, 디지털 트랜스포메이션이 유토피아와 다른 것은 막연한 이상향을 찾아가는 것이 아니라, 목적을 향해 하나씩 목표를 정하고 달성해 나간다는 점이다. 이 과정을 여정이라고 하는 이유도 여기 있다. 여정은 귀로가 반드시 정해져 있지 않은 여행을 의미한다. 많이 인용되는 문구 중 미국의 유명 작가인 벤 스위트랜드의 "성공은 여정이지 목적이 아니다(Success is a journey not a destination)"라는 문장이 여정의 뜻을 잘 나타내고 있다. 여행 관련한 용어로 트립(Trip)은 보통 여행을 뜻하는 가장 흔한 구어로 짧은 여행을 의미하며, 목적지가 정해졌을 때 사용한다. 투어(Tour)도 여행을 나타내지만 여행의 목적을 밝히는 말이 앞에 나올 때 사용한다. 트래블(Travel)은 교통 수단에 의한 여행으로 일정한 속도로 이동할 때를 의미한다. 여행 용어와 뉘앙스가 다른 여정을 위한 방법론은 존재하지 않지만, 목적을 향해 나아가기 위한 지도는 필요하다. 디지털 트랜스포메이션 전략은 디지털 비즈니스 생태계에 적응하기 위한 일종의 지도라고 할 수 있다. 이 지도의 중간중간의 목표에 해당하는 이정표는 디지털 데이터의 활용 수준, 즉 디지털 트랜스포메이션 성숙도라고 할 수 있다.

디지털 트랜스포메이션 추진을 위해서는 경영층의 강력한 디지털 비전을 기반으로, 기존의 경영혁신, 전략수립과는 차원이 다른 조직, 프로세스, 비즈니스 모델 등의 총체적인 거버넌스에 대한 단계별 접근이 필요하다. 따라서 디지털 트랜스포메이션 전략을 수립하기 위해서 외부의 도움을 받는 것은 바람직하나, 아무 준비없이 컨설팅 업체 선정부터 시작하는 것은 매우 위험하다. 여러 방법론을 비교한 후 기업이나 조직에 맞는 것을 선별할 수 있는 역량을 갖춰야 한다.

Why?	What?	How?
• **Define Your Vision**	• **Build New Offerings**	• **Solidify Foundation**
• 고객 중심 목표 설정 및 시작점 구축	• 핵심을 강화하고 중단하는 동시에 새로운 비즈니스 창출	• 디지털 기반 구축

그림-59. BCG의 디지털 트랜스포메이션 전략 방법론

지금부터는 여러 방법론 중에 BCG의 디지털 트랜스포메이션 전략 방법론에 대해 살펴볼 것이다. 이 방법론을 선택한 것은 많은 방법론 중에서 디지털 비즈니스 생태계에 가장 잘 맞는다고 판단되고, 디지털 트랜스포메이션의 5가지 원칙이 잘 표현되어 있기 때문이다.

디지털 트랜스포메이션 5원칙

• 대담성 : 야심적인 비전을 달성하기 위해 현실적이고 혁신적인 변화를 추구

• 협업성 : 회사의 미래를 공동으로 형성할 수 있는 종합 협력팀을 구성

• 민첩성 : 균형 있는 품질과 속도로 새로운 작업 방식을 수립

• 실천성 : 표면을 뛰어넘고 주요 프로세스를 심층적으로 탐구하여 비즈니

스의 핵심에 도달

• 가치 중심 : 초기부터 가치를 설정하고 실질적인 기회에 집중

  기존의 방법론이 아닌 디지털 비즈니스 생태계에 맞는 방법론의 적용이 중요하다. 다시 한 번 강조하면 디지털화를 위한 방법론이 아니라 디지털 비즈니스를 위한 프로세스를 만든다는 점을 잊지 말아야 한다.

  디지털 트랜스포메이션을 시작할 때는 사전에 반드시 비전을 정의하고, 변화를 위한 기반을 구축해야 한다. 진화하는 고객의 요구 사항과 디지털 포부를 설정하기 위한 경쟁 환경의 이해를 바탕으로 하는 비전을 갖고, 기존 비즈니스보다 더 나은 고객 요구 사항 충족과 새로운 성장 기회 창출을 위한 새로운 기회를 만들어야 한다. 앞에서도 많이 강조했지만, 핵심 비즈니스 프로세스는 제로베이스 상태에서 다시 생각하여 재설계해야 하며, 운영의 단계적 효율성 향상 및 고객 경험 창출을 위한 디지털 기반을 구축해야 한다.

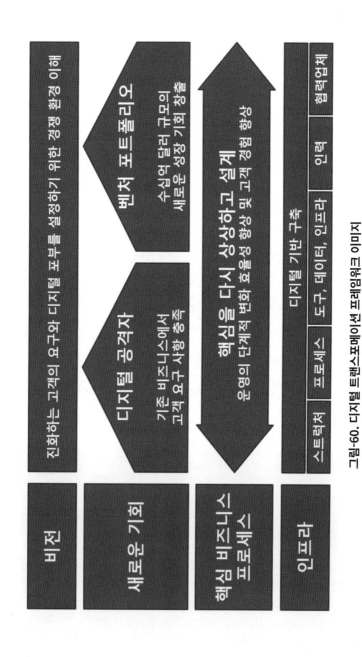

비전

진화하는 고객의 요구와 디지털 포부를 설정하기 위한 경쟁 환경 이해

새로운 기회

디지털 공격자
기존 비즈니스에서 고객 요구 사항 충족

벤처 포트폴리오
수십억 달러 규모의 새로운 성장 기회 창출

핵심 비즈니스 프로세스

핵심을 다시 상상하고 설계
운영의 단계적 변화 효율성 향상 및 고객 경험 향상

인프라

디지털 기반 구축

스트럭처	프로세스	도구, 데이터, 인프라	인력	협력업체

그림-60. 디지털 트랜스포메이션 프레임워크 이미지

디지털 트랜스포메이션 프레임워크에는 강력하고 지속 가능한 가치를 창출할 수 있도록 여정을 위한 자금, 일정한 시간 내 목표 달성, 지속적 성과를 위한 조직 구성이 필요하다. 여정을 위한 자금은 수익 창출, 조직의 단순화, 빠른 목표 달성을 위한 효율적 비용 절감 등을 통해 마련되어야 한다. 그리고, 디지털 트랜스포메이션을 통해 조직의 역량이 강화되어 비즈니스 모델을 혁신하고 운영할 수 있는 프로세스 구축을 목표 시간에 달성하는 것이 꼭 필요한데, 이 시간을 짧게 운영하는 것이 좋다. 또한 지속적인 성과 향상을 위해 전략적 파트너로써 조직원의 디지털 역량을 확보할 수 있도록 조직 문화를 개선함과 동시에 이에 따른 변화관리를 해야 한다.

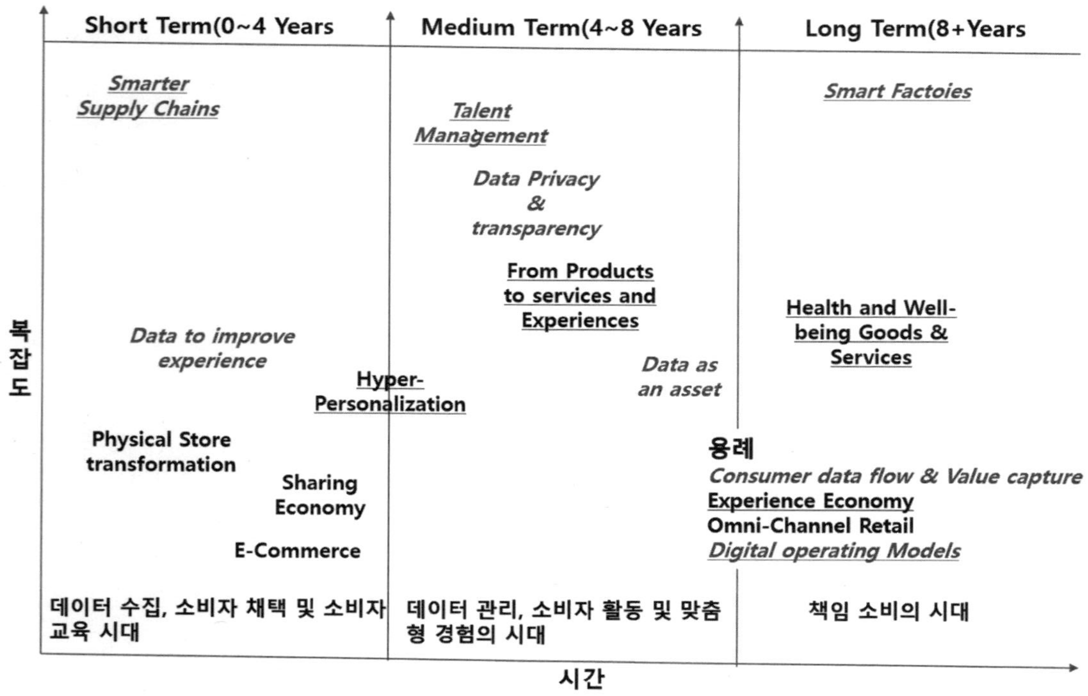

Short Term(0~4 Years) | **Medium Term(4~8 Years)** | **Long Term(8+Years)**

Smarter Supply Chains

Smart Factoies

Talent Management

Data Privacy & transparency

Data to improve experience

From Products to services and Experiences

Data as an asset

Health and Well-being Goods & Services

Hyper-Personalization

Sharing Economy

E-Commerce

Physical Store transformation

용례
Consumer data flow & Value capture
Experience Economy
Omni-Channel Retail
Digital operating Models

데이터 수집, 소비자 체력 및 소비자 교육 시대

데이터 관리, 소비자 활동 및 맞춤 형 경험의 시대

책임 소비의 시대

시간

폭 넓 은

그림-61. 디지털 트랜스포메이션 확산에 필요한 시간

목표 시간은 짧을수록 좋다고 했는데, 디지털 트랜스포메이션 프레임워크에 의해 조직 내 디지털 비즈니스 프로세스가 확산하는데 걸리는 시간은 산업과 규모별로 조금씩 다르다.

보통 디지털 트랜스포메이션 프레임워크를 구성하기 위한 디지털 트랜스포메이션 전략을 블록을 쌓는 형태로 많이 표현한다. 최종 목적인 고객 경험 창출을 위한 디지털과 데이터 기반 방식의 비즈니스 모델을 구축하기 위해 핵심 비즈니스 프로세스의 디지털화와 디지털 역량을 강화하기 위한 방법들이 블록화되어 쌓여진다. 이런 블록들은 디지털 트랜스포메이션을 강화시키기 위한 여러 블록들을 기반으로 형성된다. 각각의 디지털 트랜스포메이션 강화 블록들을 쌓을 때 조직의 비전을 정의하고, 비전에 어울리는 데이터와 기술 지원 도구와 같은 외부 솔루션을 적극 활용할 필요가 있다. 이를 통해 경영 및 지원 기능을 개선하여 조직 내 프로세스를 간소화해야 한다. 아울러 데이터 기반 서비스와 지원 도구를 활용한 보안, 클라우드, 빅데이터 분석을 포함한 디지털 플랫폼을 개발 또는 활용하여, 비즈니스 모델의 혁신을 위한 조직 내 거버넌스와 문화 및 프로세스를 포함하는 디지털 지원 조직과 기능을 구축해야 한다. 내가 생각하는 디지털 트랜스포메이션 프레임워크는 이 책의 마지막 그림으로 표현했다.

Digital customer experience

Digital and data-driven offering and business models	Digitally enhanced products	Data-driven services	Digital services	Software products
Digitalization of core business	Sales, channels, and marketing	Research and development	Manufacturing and supply chain management	HR, Finance and support
Digital capabilities	Agile organization, IT and development	Systems and technology platforms	Analytics and data integration	Digital partner ecosystem

Digital transformation accelerators

| Strat-up incubating venture capital and prototyping | Lighthouses and bold M&A moves | Digital redesign process by process | Digital program and change management |

그림-62. 디지털 트랜스포메이션 프레임워크

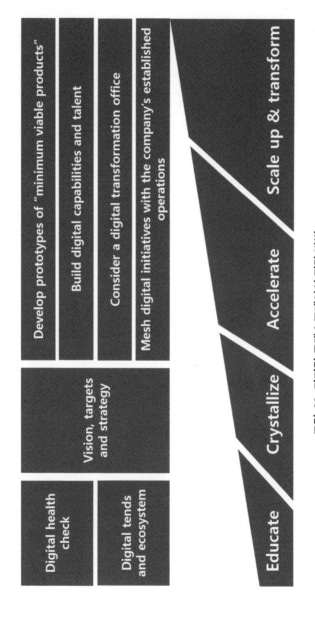

그림-63. 디지털 트랜스포메이션 전략 방법

Digital health check

Vision, targets and strategy

Digital tends and ecosystem

Develop prototypes of "minimum viable products"

Build digital capabilities and talent

Consider a digital transformation office

Mesh digital initiatives with the company's established operations

Educate Crystallize Accelerate Scale up & transform

이를 위한 BCG의 방법론은 디지털 트랜스포메이션 프레임워크를 개발하기 위해 교육(Educate), 결정화(Crystalize), 가속화(Accelerate), 확산 및 전환(Scale & Transform)의 4단계를 거친다. 교육은 전략 추진을 위해 현재 디지털 변화 환경 및 시장 잠재성을 분석하여 접근방향을 설정하기 위함이다. 결정화는 분석된 내용을 기반으로 디지털 트랜스포메이션 전략 추진을 위한 비전과 전략수립의 우선순위를 도출하는 것이다. 가속화는 빠른 시장 대응과 고객중심의 비즈니스 모델 구축을 위한 실행방법 및 조직 체계를 구축한다. 확산 및 전환은 조직, 프로세스, 비즈니스 모델 등 확보된 디지털 역량을 내부에 이식하고 확대하는 과정이다.

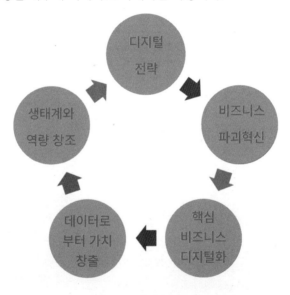

그림-64. 5가지 핵심 요소

BCG는 디지털 비즈니스를 위한 디지털 트랜스포메이션 여정에서 디지털 전략, 남들보다 빠른 비즈니스 혁신, 핵심 비즈니스의 디지털화, 데이터를 통한 가치 창출, 친환경 시스템과 역량 구축 등 5가지 핵심 요소를 강조한다.

MVP(Minimum Viable Product, 최소 실행 가능한 제품) 프로세스는 '충분히 좋은' 제품 아이디어를 기반으로 하여, 개발 단계에서 내부적으로 신제품 또는 서비스를 완성하기 위해 완벽한 계획을 수립하는 대신, 신제품이나 서비스를 작동시킬 수 있는 최소한의 기능만 포함된 상태로 출시하는 것을 목표로 한다. 일반적으로 저렴하고 쉽게 액세스할 수 있는 기술에 의존한다. 이를 통해 기업이나 조직은 투자를 최소화하기 위해 이상적인 환경보다 실제 환경에서 신제품과 서비스를 테스트하며, 고객 피드백을 통해 이를 구체화해 나간다. 예를 들어, O2O(On-line to Off-line) 서비스 앱의 초기 버전은 고객이 제품을 사용하는 방식에 의해 시간이 지남에 따라 새로운 기능과 기술이 추가되면서 상당히 구체화되는 경우가 많다. 이처럼 고객 인터페이스를 개선하기 위해 MVP 프로세스를 적용하는 사례는 많이 있다. 북미에 있는 제약 회사는 특정 약품 보완을 위해 이 방식의 앱을 도입하여, 디지털 트랜스포메이션을 가속화하기 위해 파일롯(시제품) 제작 방식을 채택했다. 시작은 검색엔진 최적화와 판매 및 마케팅 조직의 타겟 고객 지향과 같은 이니셔티브를 테스트하는 것으로 정했다. 이 회사에서는 이 과정을 약을 '잘 생산하는 단계'를 넘어 고객을 참여시키고, 약물을 차별화하고, 성장을 촉진하는 방법으로 보고 있다. 이러한 개선으로 마케팅 비용이 10%에서 20%까지 절감되고, 판매 감소가 없음을 확인하고 경영층은 더 큰 업무로 옮겨갔다.

4.3 디지털 트랜스포메이션전략 수립 시 주의 사항

　우리 생활 주변에서는 늘 벌어지고 있는 일 중에 알지만 모르는 것, 모르면서 안다고 생각하는 것, 알면서도 모르는 것, 모르면서 당연시 하는 것 등이 의외로 많다. 많은 사람들이 '어처구니'를 맷돌의 손잡이로 알고 있다. 이 말은 몇 년 전 방송에서 소개된 이후 급속하게 퍼져나갔다. 하지만, 우리가 알고 있었던 어처구니의 사전적 의미는 '상상 밖의 엄청나게 큰 사람이나 사물'의 뜻이다. 평소에 이런 뜻으로 '어처구니'라는 말이 많이 사용되어 왔는데, 그 뜻이 '맷돌 손잡이'라고 하니 정말 어처구니 없다. 또 한옥의 처마 위에 흙으로 만든 인형('잡상'이라고 함)들을 어처구니라고도 한다. 맷돌 손잡이나 잡상처럼 당연히 있어야 할 것들이 없으니 어처구니 없는 상황이 벌어진 것이다. 또 '어처구니 없다'와 같은 뜻으로 사용되는 '어이없다'가 있다. 영화 '베테랑'에서 주인공 유아인이 말한 '어이없네'로 유행어가 됐었던 일을 기억할 것이다. 이처럼 '어처구니'의 뜻을 모르는 사람은 없다. 하지만 여러 사전을 살펴봐도 '어처구니'가 맷돌 손잡이나 잡상이라고 나오는 사전은 없다. 다만 '어처구니'가 '없다'와 합쳐져 '엄청나게 큰 사람이나 사물이 없다'라는 의미로 사용되고 있을 뿐으로, '어처구니'는 '어이없다'와도 전혀 관련이 없다. 알지만 모르고 있는 것이다.

미세먼지에 대한 문제가 날로 심각해지고 있다. 요즘(2019년 2월 초)에는 거의 매일 미세먼지에 대한 뉴스가 나오고 있다. 미세먼지의 심각성에 대해 매스컴에서는 "노약자는 외출을 삼가고, 외출 시에는 반드시 마스크를 착용하라"라고 발표한다. 일반적으로 1급 발암물질인 미세먼지를 피할 수 있는 가장 좋은 방법은 야외 활동을 줄이고 실내에 있는 것이 좋을 것이라고 생각한다. 하지만 일부 백화점의 음식 매장과 영화관의 미세먼지 농도가 외부보다 최대 7배나 높은 것으로 밝혀졌다(2018. 10. 21. MBC 뉴스데스크 "답답한 이유 있었네"-푸드코트, 영화관 '공기 질' 나쁨). 심지어 각종 화학물질과 세균, 곰팡이가 발견된 곳도 있었다. 일반적으로 미세먼지 농도가 높을 때 외부에 있는 것보다 당연히 실내에 있는 것이 더 이로울 것이라고 생각한다. 오히려 실내의 미세먼지 농도가 더 심각한 데도 말이다. 모르면서 안다고 생각하는 것이다.

다이어트와 금연이 건강에 좋다는 것을 모르는 사람은 없다. 특히 휴가 전이나 연말 등의 특정 기간에는 다이어트와 금연을 결심하고 실행에 옮기기도 한다. 많은 경우 작심삼일로 끝나지만, 시작은 요란하게 한다. 다이어트와 금연이 건강과 미용에 좋은 것을 알면서도 실천을 못하는 이유는 무엇일까? 지금 당장 실천을 하기에는 맛있는 음식과 흡연의 유혹에 비교해서 다이어트와 금연에 의해 따라오는 건강이나 미용의 효과가 언제 나타날지 알 수 없기 때문이다. 게다가 당장 눈앞에 펼쳐진 음식과 흡연의 즐거움은 너무 큰 데 비해 건강과 미용에 안 좋은 효과가 바로 나타나지 않기 때문에 안 좋은지 알면서도 다이어트와 금연의 결심은 항상 '내일부터 시작'으로 바뀐다. 알면서도 모르는 것이다.

이제 자율주행차 개발에 대한 뉴스는 거의 볼 수 없다. 자율주행자 기술 수준의 차이는 있지만 그만큼 보편화되었기 때문이다. 독자들은 세계 최초로 자율주행차를 개발하여 1993년 실제 도로에서 성능 테스트를 한 개발자가 고려대학교 산업공학과 한민홍 교수라는 사실을 알고 있는가? 또 세계 최초로 수소차의 양산에 성공한 회사가 현대자동차라는 사실을 알고 있는가? 한국은 아직까지 자동차 최강국이 아니기 때문에 이런 사실을 모르고 있었을 가능성이 높다. 몰랐다고 하기보다는 자율주행차의 최초 성공과 수소차의 양산이라는 선진 기술은 으레 선진국의 기술이라고 생각했을 것이다. 모르면서 당연시 하는 것이다.

이렇게 우리 주변에는 알지만 모르는 것, 모르면서 안다고 생각하는 것, 알면서도 모르는 것, 모르면서 당연시 하는 것 등이 의외로 많다. 디지털 트랜스포메이션 추진 과정의 큰 걸림돌이 이런 편견들이다. 특히 조직 내에서 책임감이 별로 없는 관리자인 경우 자신이 모르고 있다는 사실을 모른다. 그러면서도 모른다는 사실이 밝혀지는 것을 극도로 꺼려하기 때문에 문제가 발생한다. 그리고 전통적인 기업 문화와 구조는 디지털 트랜스포메이션 추진에 가장 기본적인 장벽이다(실제로 디지털 트랜스포메이션 전략을 기획할 때 이 장벽을 허물 방법에 대해 가장 많은 시간을 할애할 필요가 있다). 그리고 그들은 자신만의 소중한 사일로가 잠식되어 통제력을 상실하는 두려움에 떨고 있다. 이미 통제력을 잃어버렸음에도 불구하고 말이다. 하지만 그들의 영향력 아래에 놓여 있는 아주 소수의 사람들은 디지털 트랜스포메이션을 올바르게 추진하는 과정을 어떻게 시작해야 하는지 알고 있다. 이런 사람들을 찾아야 한다.

디지털 트랜스포메이션을 가로막는 또 다른 장벽은 디지털화에 대한 이해 부족이다. 오늘날 대부분의 기업이나 조직은 디지털화가 거의 진행됐다. 디지털화 과정 중에 일부 비즈니스 프로세스, 특히 결제와 승인에 관련된 업무를 모바일로 구현하기도 했다. 그런데, 이런 수준(레거시 시스템의 기능 일부를 모바일로 구현)의 모바일 시스템 또는 앱을 디지털 트랜스포메이션과 혼동하는데 문제가 있다. 앞에서도 많이 강조했지만 디지털 트랜스포메이션은 디지털스러운 사고를 하고 디지털 수행을 통해 고객 경험을 창출을 위한 운영 프로세스와 비즈니스 모델을 혁신하는 것이다.

포브스닷컴(forbes.com)의 조사에 따르면, '디지털 트랜스포메이션은 아직 갈 길이 멀다'라는 제목으로, 절반 미만의 경영진이 스스로를 데이터 및 분석 분야의 선도업체로 생각하고 있고, 데이터 및 분석을 사용하는 기업의 91%가 매출 증가를 경험했다. 그러나 그중 단지 1/3만이 자신을 고객 경험의 선두주자로 여기고 있고, 기업의 50%가 디지털 트랜스포메이션이 최우선 과제라고 답했다고 밝혔다. 그렇다면, 좋은 디지털 트랜스포메이션 전략을 세우려면 어떻게 해야 할까?

GE의 사례에서 보았듯이 기존 IT 조직의 역할 변화가 필요하다. 이를 위해 최우선 과제로 기업이나 조직이 필요 데이터를 수집하고 분석할 수 있는 비즈니스 목표를 중심으로 하는 디지털 트랜스포메이션이 가능하도록 해야 한다. 현재 대부분의 디지털 트랜스포메이션은 회사 내부의 전담팀 없이 IT조직에서 수행하는 경우가 많다. IT에 초점을 맞추는 이유는 디지털 트랜스포메이션을 수행하기에 IT 조직이 가장 용이하다고 생각하기 때문이다. 하지만, 이처럼 되기 위해서는 조직 내에서 IT팀이 기존 레가시 시스템을 디지털스러운 사고에 맞게 디지털화하는 방법을 다른 부서와 협력할 수 있도록 권한을 부여해야 한다. 그래야만 IT 부서는 다른 부서와 동등한 협력 관계를 맺음으로써 조직 전체에 효율성과 수익을 창출할 수 있다. 디지털 트랜스포메이션이 사일로 속에 있으면 효과는 매우 제한적으로 반드시 전사 차원의 접근 방식이 요구된다. 또 조직 내에서 대부분의 IT 관련 지출은 IT 부서 외부에서 발생하기 때문에 IT 부서가 모든 디지털 기술에 필요한 지출을 감독하면 회사에서 가장 많이 사용하는 기술은 물론 중복과 잉여 및 혁신 기회에 대한 전체론적 견해를 얻을 수 있다. IT 리더는 전통적인 IT를 관리하는 동시에 연구와 실험해야 할 기술 및 디지털 프로젝트에 대한 조언자의 역할을 수행함으로서 적절한 인재 확보와 함께 IT 역할을 확대해 나가야 한다. IT부서 외부의 비즈니스로 바쁜 직원들은 사용 방법을 모르는 기술이나 지속적인 문제 해결이 필요한 기술에 좌절감을 느낄 때, 옛 방식으로 회귀하는 습성이 있다. 특히 기존 시스템에 익숙한 직원에게는 새로운 변화가 불편한 것은 당연하기 때문에 직원 친화적인 프로세스를 우선 순위로 결정하는 것을 이해하고 인내할 수 있는 소양도 필요하다. 디지털 트랜스포메이션은 IT 부서 단독 업무가 아니라 비즈니스 변화에 필요한 모든 분야의 인력이 협력해야 한다는 것을 간과해서는 안된다.

모든 산업 분야의 대부분 기업에서 디지털 비즈니스를 성장시키는 것이 필수적이다. 대기업과 중소기업 모두 내부 및 고객 대면 프로세스와 서비스를 디지털화하여 효율성을 높이고 비즈니스를 확장하여 의미 있는 데이터를 수집해야 한다는 것을 알고 있다. 그러나 디지털이 향후 수년간 최고의 차별화 요소가 될 것이라는 연구 결과에 따라 많은 기업들이 데이터를 수집하기 위해 디지털 서비스를 시작했지만, 데이터 분석의 잠재력을 완전히 활용하지 못하고 있는 실정이라 경영층에서도 선뜻 디지털 트랜스포메이션에 투자하기를 꺼려한다. 이 장벽을 넘을 수 있는 수단이 디지털 트랜스포메이션 전략에 반드시 포함되어야 한다.

디지털 세계의 변화 속도는 모든 경영층의 현기증을 유발할 수 있다. 그러나 CEO 및 기타 최고 경영자가 좋은 결정을 내리기 위해 이러한 변화를 잘 파악하는 것이 특히 중요하다. 종종 디지털 교육에서 직면하는 가장 큰 장애물이 바로 그들이다. 실패에 대한 두려움, 부하 직원 앞에서 무지를 인정하지 않으려는 경영층의 디지털 교육은 쉽지 않다. 과거에는 시장이 바뀌면 기업들이 CEO를 교체했다. 그러나 오늘날 디지털 비즈니스 생태계 환경은 너무 빨리(때로는 몇 달 안에) 진행되기 때문에 리더를 계속 교체하는 것이 현실적이지 않다. 그렇기 때문에 고위 경영자들은 첫 번째 단계로써 도움이 필요하다는 것을 인정하고 그것을 얻기 위한 방법을 찾아야 한다. 디지털 트랜스포메이션을 위한 바람직한 경영층의 자세는 자신과 다른 사람들에게 도움이 필요하다는 사실을 인정하는 것부터 시작해야 한다. 도움을 받기 위한 시간을 매주 마련해서 많은 질문을 해야 한다. 핵심 질문은 "당신이 CEO라면, 무엇을 할 것이냐?"이다. 아울러 목적과 목표(Goal & Objective)를 파악하고, 테스트하기 위한 몇 가지 대략적인 전략을 만들고, 이를 추진하기 위해 더 많은 도움을 받아야 한다.

디지털 트랜스포메이션 여정의 최종 결과는 특정 프로젝트와 프로세스 또는 업무 자동화를 위한 최적화 작업에 관한 것이 아니다. 이것은 전사 차원으로 단기간에 발생하지 않고, 많은 구성 요소와 중간 목표가 있어, 점진적인 단계로 발생하기 때문에 디지털 완성도와 명확한 이해가 필요하다. 디지털 트랜스포메이션의 맥락에서 다양한 단계와 프로젝트 등은 하나 이상의 목표를 가지고 있는 동시에 광범위한 목적에 부합하는 디지털 트랜스포메이션 로드맵과 최종 목표를 지향해야 한다. 변화하는 여정에 대응하기 위해 새로운 기술의 적용은 새로운 기회와 도전을 제공할 것이며, 변화하는 시장 여건에서 경쟁력 있는 비즈니스 환경을 제공하는 것이다. 디지털 트랜스포메이션 여정은 고객 경험 창출을 위해 조직을 준비시키는 목표를 가지고 있는 동시에 목표가 바뀔 수 있는 상황도 감안하고 있어야 한다. 디지털 트랜스포메이션 전략 관점에서 변화는 불확실성과 리스크를 포함하지만, 지속적인 개선 노력으로 디지털 트랜스포메이션 과정을 변경할 수 있는 민첩한 역량을 가지고 있어야 한다.

좋은 프레임워크는 다음을 포함해야 합니다

비전과 목적
(측정 가능한) 목표
전략(목표 달성 수단)
전술-목표(수행하는 작업 목표)
이니셔티브 – 목표에 따라 조정

측정할 수 있는 모든 것을 측정하는 것은 필수적입니다

그림-65. 프레임워크 고려 사항

이에 따라 잘 짜여진 디지털 트랜스포메이션 전략에 의한 좋은 디지털 트랜스포메이션 프레임워크를 구축해야 한다. 절대로 디지털화(Digitization과 Digitalization)라는 맥락에서 막연히 큰 프로젝트로 생각하면 안된다. 디지털 트랜스포메이션은 (디지털) 기술과 그 영향의 변화와 기회를 최대한 활용할 수 있는 역량과 조건을 제공하는 것으로 이전의 디지털화와는 다르다. 특히 전체 여정의 로드맵이라고 할 수 있는 계획적인 디지털 트랜스포메이션 프레임 워크가 필수적이다. 이를 통해 '왜, 무엇이, 그리고 어떻게'가 더 중요한 의미를 갖는 중간 목표와 이 목표들을 통합한 목적을 이해할 수 있다. 이를 위해서 올바른 질문을 할 수 있어야 한다.

좋은 프레임워크를 위한 기본 질문서

우리는 왜 바꾸고 싶고 또 누가 필요한가요?
-왜 우리는 변화의 필요성을 인식 됐습니까?
-누가 이것을 검증할 수 있습니까?
-그걸 알아내는데 우리가 누굴 참여시켜야 할까요?
-참여자는 누구이며, 어떤 역량을 갖추고 있습니까?
-누가 무엇을 연결할 수 있습니까?

우리는 무엇을 성취하고 싶습니까?
-장기적인 목적과 목표는 무엇입니까?
-중간 목표는 무엇입니까?
-우리가 먼저 무엇을 해야 할까요?
-우리에게 필요한 지식은 무엇입니까?
-무엇을 연결해야 합니까?
-우리는 어떤 기술을 가지고 있고, 필요한 기술은 무엇인가요?

누가 무엇을 도와줄 수 있습니까?
-누가 통찰력 모으는 것을 도울 수 있습니까?
-어떻게 하면 다양한 정보 제공자를 모을 수 있을까요?
-고객이 어떻게 관여하고 있습니까?
-누가 뭘 하죠? 누가 뭘 위해 앞장 서죠?
-우리가 제대로 된 외부 파트너를 참여 시켰나요?
-누가 블록을 쌓고, 장벽 제거를 도울 수 있을까요?
-어떤 플랫폼이 우리의 목표를 증가시킬 수 있을까요?
-무엇을 달성하기 위해 전략, 수단 및 KPI를 승인하는 사람은 누구입니까?

그림-66. 프레임워크 구축을 위한 기본 질문

디지털 트랜스포메이션은 비즈니스 환경의 모든 측면을 재구성할 수 있기 때문에, 기업과 조직의 모든 프로세스와 관련이 있다. 이것은 단지 CRM(Customer Relationship Management, 고객 관계 관리)과 현재 운영하는 웹사이트에 관한 것만은 아니다. 그것은 대부분 고객 경험 창출을 이끌어 낼 수 있는 운영 프로세스에 의한 새로운 디지털 비즈니스 모델 혁신에 관한 것임을 잊지 말고, 각각의 비즈니스에 맞는 디지털 트랜스포메이션 프레임워크를 구축해야 한다.

4.4 디지털 트랜스포메이션 역량

마블(MARVEL)의 어벤져스 시리즈 영화에 등장하는 앤트맨(Ant Man, 개미 크기의 인간)은 평상시에는 보통 크기의 인간이지만, 특수 상황에서는 개미만큼 작게 변한다. 워낙 유명한 이야기이기 때문에 크기가 변하는 이유는 생략하겠다. 앤트맨은 '개미 인간'이다. 개미만큼 작게 변하기 때문에 이 이름이 붙여진 것 같다.

그런데 2016년에 개봉된 '캡틴 아메리카-시빌 워'에서는 앤트맨이 공항에서의 전투 장면에서 높이 26미터의 거대한 크기로 변하는 모습이 나온다. 개미 크기로만 나오다가 거대한 크기로 변하는 모습을 보는 순간, '어벤져스 시리즈에서 이제 헐크는 보기 힘들겠구나(영화 속 내용에서도 헐크는 행방불명으로 묘사된다)'라고 생각했었다. 헐크도 특수한 상황에서는 신체 사이즈가 크게 변한다. 이렇게 생각한 것은 '헐크는 극도로 분노할 때만 변하기 때문에 감정 조절이 안 되는데, 그 점이 청소년 교육에 문제가 있어서 감정 조절이 가능한 앤트맨으로 대체가 되는 것이구나'라는 생각 때문이었다.

영화를 보고 나서 이 점이 궁금해서 인터넷 상에서 검색해보니 '(변할 때) 화를 안 내서 분노가 없기 때문에 문제도 발생하지 않는다(No Anger, No Rage, No Problem)'라는 문구가 새겨진 포스터를 발견할 수 있었다. 포스터에서 헐크의 콧구멍에서 나오는 앤트맨을 볼 수 있다. 그런데, 영화 속에서 거대한 크기로 변한 앤트맨의 싸우는 모습이 개미 크기 때처럼 힘도 세지 않고, 움직임도 민첩하게 보이지 않을 뿐더러 심지어 다소 둔한 모습으로 표현이 되는 것이 눈에 띄었다. 영화 속 표현에서도 정상 크기로 돌아 온 앤트맨이 힘들어 하는 모습이 나온다. 개미 크기에서 정상으로 돌아올 때는 힘든 모습을 찾아볼 수 없었다. 이런 내용은 영화 '앤트맨과 와스프(Antman and the Wasp)'에서도 나온다. 여러 스포츠 경기에서도 신체가 큰 선수보다 작은 선수가 민첩하게 움직이는 모습을 많이 봤었다. 동물의 세계에서도 같은 일이 벌어진다. 왜 크기가 커지면 또는 큰 동물은 동작이 느릴까?

이 궁금증을 풀기 위해 관련 도서를 검색하다가 때마침 이론 물리학자로 유명한 제프리 웨스트 교수의 저서 '스케일(Scale)'을 접하게 되었다. 개미는 자신의 몸무게보다 무려 5천 배 정도 무거운 물건을 들어 올릴 수 있고, 메뚜기는 사람으로 비교하면 도시 블록 몇 개에 해당하는 길이를 건너 뛸 수 있는 점프력을 가지고 있다고 한다. 영화 속의 앤트맨이 개미 크기일 때는 이런 힘을 가지고 있다. 상식적으로 생각하면 개미 크기일 때 그 정도의 힘이 있다면, 크기가 커지면 크기에 비례해서 힘도 더 세져야 하지 않을까? 하지만 이 책에서는 물체나 생명체의 크기가 변할 때 나타나는 효율의 변화, 즉 스케일 속에 숨어있는 물리의 법칙에 대해 설명하면서 크기가 커질 때 우리의 생각만큼 힘이 세지지 않는 이유를 설명한다. 이미 400여 년 전에 갈릴레오 갈릴레이도 이 같은 사실을 과학적으로 증명했다고 한다.

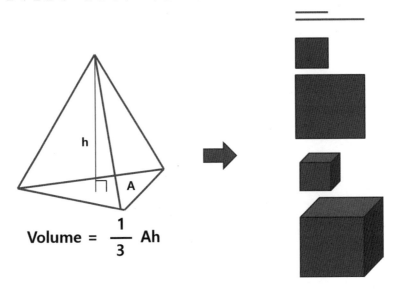

$$\text{Volume} = \frac{1}{3} \, Ah$$

그림-67. 부피와 스케일의 관계

이 책을 읽고 있을 때 위 그림의 왼쪽에 있는 삼각뿔 모양의 우유를 마시고 있었다. 지금과 같은 4각형 모양의 용기가 나오기 전에 초등학교 시절에 학교에서 급식 시간에 주던 우유 용기 모양이다. 그 당시에도 왜 이런 형태로 만들었을까? 하는 궁금증이 있었다. 혹시 우유의 실제 양보다 많아 보이게 하려고 한 것은 아닌가? 실제 양을 측정하기 위해 계산을 해봤다. 삼각뿔의 부피는 면적(A) X 높이(h)의 1/3이다. 면적이 일정할 때 부피를 크게 하려면(우유의 양을 많게 하려면) 용기의 높이를 높이면 된다. 하지만 우유 용기의 높이는 밑변의 길이보다 짧아 보인다. 순간 '양을 많아 보이게 하기 위한 상술이구나'라고 치기 어린 생각을 했다. 하지만 이 책을 보면서 상술보다는 비닐로 만들어진 용기의 형태를 유지하기 위해 그렇게 했을 것이라고 생각하게 됐다. 그림의 오른쪽에 있는 직선을 두 배로 늘리면 선의 길이는 2배가 된다. 정사각형의 한 변을 2배로 늘리면 면적은 4배가 된다. 정육면체의 부피는 8배가 된다. 이렇게 부피와 무게는 비례해서 증가하는 반면, 무게를 감당하기 위해 필요한 힘인 면적은 부피가 증가하는 속도를 따라가지 못하기 때문이다. 개미가 자신의 몸무게보다 5천 배 정도의 사물을 들어 올릴 수 있는 힘이 있어도, 개미의 크기를 인간만큼 크게 하면 힘의 효율이 저하되어 인간 1명을 들어 올리는 수준이 된다. 영화 속에서 앤트맨이 커졌을 때 개미 크기일 때보다 힘이 없고, 민첩하지 못하게 보였던 것이 이해가 된다.

이 책에서는 생물의 크기와 생리적 특징 간의 관계에 주목했는데 어느 포유동물이든 심장이 평생 뛰는 횟수는 거의 같다고 한다. 생쥐는 겨우 2~3년밖에 못 살고 코끼리는 75년까지 살지만, 두 동물의 평생 심장 박동 수는 약 15억 회 정도로 상당히 유사하다. 코끼리는 쥐보다 1만 배 더 무거운 반면에 생존을 위해 필요한 에너지는 쥐의 1,000배일 뿐이다. 코끼리의 세포 수가 쥐의 1만 배인 반면에 에너지는 10분의 1 정도로 매우 효율적으로 에너지를 쓰고 있다는 것을 알 수 있다. 제프리 웨스트 교수에 따르면 실제로 동물의 몸집이 2배로 늘어날 때 대사율은 100% 증가하는 것이 아니라 75%만 증가한다고 한다. 즉, 크기가 배로 늘어날 때 사용하는 에너지의 25%가 절감된다. 코끼리의 에너지 효율이 쥐보다 월등히 높은 이유가 여기에 있다. 제프리 웨스트 교수는 이를 '스케일의 법칙'이라고 이야기한 다. 그런데 '스케일의 법칙'은 동물뿐만 아니라 기업이나 도시에도 적용되 는데, 동물은 75%, 도시는85%, 기업은90%로 지수의 차이만 있을 뿐 선형 적 관계에서 벗어나지 않는다고 한다. 도시의 경우 이미 설치되어 있는 도 로, 전기 시설, 가스관 등 도시의 혈관과 같은 역할을 하는 기반시설을 사 용할 수 있어 도시의 규모가 커질수록 효율성이 높아진다. 이처럼 동식물 같은 유기체뿐만이 아니라 기업이나 도시같은 모든 네트워크에도 같은 패 턴이 적용되고 있다는 것을 알 수 있다.

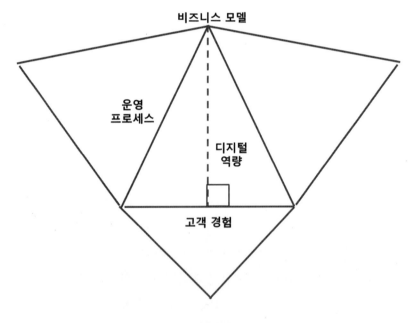

그림-68. 삼각뿔 전개도

여기서 착안하여 디지털 트랜스포메이션의 3가지 핵심 키워드인 고객 경험 창출, 운영 프로세스, 비즈니스 모델 간의 관계에 스케일의 법칙을 적용해 보았다. 먼저, 정삼각뿔 밑면의 한 변의 길이를 고객 경험, 측면의 한 변을 운영 프로세스, 정삼각뿔의 부피는 비즈니스 모델로 대체했을 때, 삼각뿔의 부피를 늘리기 위한 방법(비즈니스 모델을 혁신하는 방법)은 삼각뿔 부피 공식에 따라 밑면을 증가시키거나 높이를 증가시키면 된다. 이때 한 변의 길이를 증가시킬 때 세제곱만큼 증가하는 부피(무게)를 감당하기 위해서는 일정한 힘을 갖고 있는 면적이 필요하다. 정삼각뿔의 측면은 운영 프로세스와 고객 경험으로 이루어져 있어, 밑면이 일정하다고 가정하면(고객 경험이 일정), 운영 프로세스에 해당하는 변의 길이가 증가함에 따라 증가하는 부피와 면적을 지지하기 위한 힘이 필요하다. 즉, 정삼각뿔의 세 측면을 지지하는 이 지지대를 디지털 역량이라고 할 수 있다.

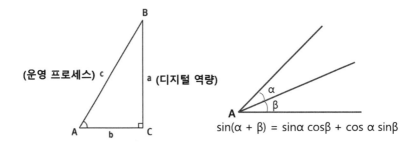

그림-69. 삼각함수

정삼각뿔의 한 면(이등변삼각형)을 반으로 나누면 위의 왼쪽 그림과 같이 한 각이 직각인 삼각형이 된다. 이 삼각형의 빗변 c는 운영프로세스, 밑변 B는 고객 경험의 1/2, 높이 a는 디지털 역량이 된다. 삼각형의 면적은 (a X b)/2이다. 삼각형의 면적을 늘리기 위해서는 세 변을 동시에 늘리면 되는데, 쉬운 일이 아니다. 특히 밑변 b를 늘리기 작업은 만만치 않다. 따라서 빗변 c와 높이 a를 늘리는 방법이 수월하다. 이때 빗변 c만 늘리게 되면 이등변삼각형의 모습은 사라진다. 이등변삼각형을 유지(정삼각뿔에서 이등변삼각형의 형태가 변하게 되면 정삼각뿔을 유지할 수가 없게 된다)하면서 면적을 늘리기 위해서는 높이 a를 늘려야 한다. 높이 a를 늘리면 빗변 c는 높이 a에 비례해서 자동으로 늘어나게 된다. 따라서 삼각형의 면적을 늘리는 방법은 높이 a를 늘리는 방법이 가장 수월하다. 이때 높이 a를 늘리는 방법은 2가지가 있다. 먼저 높이 a를 직접 늘리는 방법은 손쉬워 보이나, 정삼각뿔의 부피를 증가시키는 것을 생각했을 때 효율적이지 못하다. 높이가 증가할수록 효율이 떨어지기 때문이다. 두 번째 방법은 각 A를 증가시키는 방법이다. 각 A를 증가시키면 높이 a와 빗변 c가 같이 늘어난다. 이때 각 A는 내부 운영 프로세스를 구축해놓고 디지털 역량을 끌어올릴 수도 있는 방법과 현실적으로 디지털 역량을 감안하여 운영 프로세스를 잘게 나누어 조정해 나가는 방법이 있다. 즉, 각 A를 2등분해서 각 α와 각 β로 나누면, 삼각함수 공식에서 $\sin(\alpha + \beta) = \sin\alpha \cdot \cos\beta + \sin\beta \cdot \cos\alpha$이 된다. 따라서 운영 프로세스를 먼저 구축(초기 투자와 비용이 높아진다)해서 진행하거나, 조직 내 디지털 역량 수준을 감안하여 세분화(변화에 민첩하게 대응할 수 있다)하여 진행할 때 수학적으로 최종 결과는 같다. 하지만 디지털 비즈니스 생태계에 적응하기 위한 방법으로는 후자가 적합하다. 나는 이것을 '사인 A의 법칙(Law of sin A)'라고 이름을 붙였다.

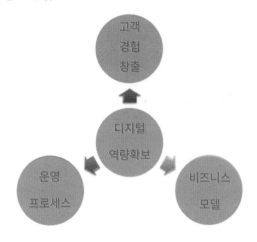

그림-70. 디지털 트랜스포메이션 추진 요소

결론적으로 고객 경험 창출, 운영 프로세스, 비즈니스 모델의 세 가지 영역을 종합적으로 확대할 수 있는 방법은 디지털 역량 확보가 우선돼야 한다. 따라서 디지털 트랜스포메이션 전략을 수립할 때 흔히 이야기되는 베스트 프랙티스나 전문가의 도움(컨설턴트의 일방적 리드가 더 적절한 표현인 것 같다)에 의한 추진보다는 디지털 트랜스포메이션 추진 계획이 있거나, 이미 추진 중에 있는 기업이나 조직이라면 조직 내 디지털 역량을 냉철하게 측정하고 평가하여 디지털 트랜스포메이션 프레임워크에 반영해야 한다. 디지털 역량 관련한 '사전 기술 연구기관 보고서(Institute for Prospective Technological Studies report)'에 따르면 디지털 역량의 조건을 다음과 같이 5단계로 나타내고 있다.

- 컴퓨터 활용 능력 또는 기술 능력 : 컴퓨터 및 관련 소프트웨어를 사용할 수 있는 능력
- 인터넷 (또는 네트워크) 능력 : 인터넷에서 정보를 찾고, 선택하고 평가하는 데 필요한 기술
- 정보 활용 능력 : 정보를 찾고 평가하고, 정보를 저장 및 검색하고, 정보를 효과적이고 윤리적으로 사용하고 지식을 만들고 전달하기 위해 정보를 적용하는 데 필요한 기술
- 미디어 활용 능력 : 사람들이 다양한 미디어 모드, 장르 및 형식으로 메시지를 분석, 평가 및 생성할 수 있게 해주는 기술
- 디지털 활용 능력 : 위에 언급된 개념에서 논의된 모든 기술을 포함하는 가장 포괄적인 개념

이러한 디지털 역량에 대한 조직 내 디지털 역량의 수준을 측정하기 위한 기본적인 측정 도구를 소개한다.

기본 디지털 스킬 항목	행동	? 무슨 이야기인지 몰라요	할 수 있나요? 필요하다면 할 수 있어요	필요하지만 할 수 없어요	지난 3개월 동안 이 일을 해 보셨나요? 지금도 하고 있어요	한 번도 안 했어요
정보관리 방법	검색 엔진을 사용하여 온라인 정보 검색					
	온라인에서 찾은 사진 다운로드/저장					
	이전에 방문한 웹 사이트 찾기					
커뮤니케이션 방법	이메일 또는 온라인 메시지 서비스를 통해 개인 메시지 보내기					
	조심스럽게 의견을 제시하고 온라인에서 정보를 공유					
거래 방법	웹 사이트에서 항목 또는 서비스 구입					
	기기에서 앱 구입 및 설치					
문제해결 방법	온라인 도움말을 사용하여 장치 또는 디지털 서비스와 관련된 문제 해결					
	온라인에서 찾은 정보의 소스 확인					
정보 만드는 방법	개인 정보가 포함된 온라인 응용프로그램 양식 작성					
	기존 온라인 이미지, 음악 또는 비디오에서 새로운 것을 만듦					

그림-71. 디지털 기술 기본 진단 질문

이런 진단 도구를 소개하면 대부분 IT 전문가라고 불리는 사람들이 이 도구 자체를 평가하면서 폄하하는 경우가 유독 많다. 진단 내용이 IT 전문가들이 봤을 때 너무 평이하다고 여기기 때문이다. 하지만, 비즈니스 현장에 노출되어 있는 고객과 직원들은 IT에 대한 전문 지식을 갖고 있지 않은 경우가 대부분이다. 실제로 비즈니스 맨들은 디지털 비즈니스 생태계에 적응하기보다는 기존의 익숙한 방식에 의해 단기 비즈니스 실적 평가를 잘 받기 위한 비즈니스 실적 달성에 목말라 있는 경우가 많다. 조직 내 디지털 역량 수준을 진단할 때 IT 스킬에 포커스를 맞추는 경우가 많은데 이를 주의해야 한다. 디지털 트랜스포메이션을 IT 스킬과 혼동하면 안된다.

그림-72. 디지털 역량 구축 6가지 요소

이러한 도구를 통해 조직 내 디지털 역량을 진단한 후, 팀 또는 조직 내 여러 직원의 역할에 걸쳐 필요한 디지털 역량을 매핑하여 수준 격차를 파악하고, 디지털 역량이 가치를 더하는 지점을 파악할 필요가 있다. 디지털 역량은 ICT 숙련도(기능적 기술), 정보와 데이터 및 미디어 리터러시, 디지털 제작과 문제 해결 및 혁신, 디지털 커뮤니케이션과 협업 및 파트너십(참여), 디지털 학습 및 개발(코칭), 디지털 정체성과 웰빙(목적과 목표) 달성 등 6가지 요소로 구성된다.

ICT 숙련도는 컴퓨팅, 코딩 및 정보 처리에 대한 기본 개념의 이해를 바탕으로 새로운 기기, 애플리케이션, 소프트웨어와 서비스를 확실하게 선택할 수 있는 역량이다. ICT가 발전함에 따라 최신 정보를 얻을 수 있는 역량과 ICT의 문제와 장애를 처리하고 ICT 솔루션을 설계 및 구현할 수 있는 역량을 의미한다. 이런 역량을 기반으로 ICT 기반 도구를 사용하여 작업을 효과적이고 생산적이며 품질에 주의를 기울여 ICT 생산성을 높일 수 있다. 다양한 작업과 관련된 이점과 제약 조건을 평가한 후, 디지털 도구를 채택하고 필요한 경우 접근성과 같은 개인 요구 사항에 맞게 조정할 수 있다. 또 디지털 기술이 조직, 가정, 사회 및 공공 생활에서 어떻게 관행을 변화시키고 있는지에 대한 이해를 바탕으로 다양한 툴, 플랫폼과 애플리케이션을 원활하게 작동시켜 복잡한 작업을 수행할 수 있는 역량을 의미한다.

정보 리터러시는 디지털 정보를 검색, 평가, 관리, 구성 및 공유할 수 있는 역량이다. 디지털 정보를 학술적, 전문가적, 직업적 목적으로 해석하고,

디지털 정보를 검토, 분석 및 다른 설정으로 다시 표시할 수 있는 역량이다. 정보의 검증, 목적 적합성, 가치 및 신뢰도 측면에서 정보를 평가하는 중요한 접근법으로 저작권 및 공개 소스 규칙에 대한 이해를 바탕으로 디지털 정보를 참조하는 역량은 다른 맥락에서도 적절하게 작용한다. 데이터 리터러시는 스프레드시트, 데이터베이스와 기타 형식의 디지털 데이터를 수집, 관리, 접근, 사용하고 쿼리, 데이터 분석을 실행하여 데이터를 해석할 수 있는 역량이다. 데이터가 공공 생활에서 어떻게 사용되는지 데이터 수집과 사용에 대한 법률, 윤리, 보안 지침, 알고리즘의 특성, 그리고 개인 데이터의 수집과 사용 방법에 대한 이해가 필요하다. 미디어 리터러시는 텍스트, 그래픽, 비디오, 애니메이션, 오디오 등 다양한 디지털 매체의 메시지를 비판적으로 수신하고 응답할 수 있으며, 미디어 원본을 충분히 인식하여 미디어를 큐레이션 또는 편집 및 용도를 변경할 수 있는 역량이다. 미디어 메시지를 검증 및 목적에 따라 평가하는 중요한 접근 방식으로 디지털 미디어를 사회적, 정치적, 교육적 도구로써 이해하고 디지털 미디어 생산을 기술적 관행으로 이해할 수 있다.

디지털 제작은 디지털로 쓰기, 이미지, 오디오, 비디오와 코드, 앱 및 인터페이스, 웹페이지와 같은 새로운 디지털 자료 이해 및 자료를 설계 또는 생성할 수 있는 역량이다. 디지털 제작 프로세스에 대한 이해, 편집, 코딩 스킬이 기본이다. 디지털 문제 해결은 다양한 데이터 분석 도구와 기술에 대한 이해를 바탕으로 디지털 증거를 사용하여 문제를 해결하고 질문에 답하고, 새로운 증거를 수집하고 대조하며, 증거의 품질과 가치를 평가하고, 디지털 방법을 사용하여 증거와 발견을 공유할 수 있는 역량이다. 디지털 혁신은 디지털 환경에서 기업 및 프로젝트 관리에 대한 이해를 바탕으로 다양한 환경(개인, 조직, 사회, 업무 기반 등)에서 디지털 기술을 채택하고 개발하여 새로운 아이디어, 프로젝트와 기회를 개발할 수 있는 역량이다.

디지털 커뮤니케이션은 다양한 목적과 대상에게 디지털 커뮤니케이션을 설계하여 공공 커뮤니케이션에서 다른 사람을 존중하고, 민간 커뮤니케이션에서 프라이버시를 유지하여 디지털 커뮤니케이션의 오류를 확인하고 이를 처리하기 위해 디지털 미디어 및 온오프라인 공간에서 효과적으로 커뮤니케이션할 수 있는 역량이다. 커뮤니케이션을 위한 다양한 디지털 미디어의 특징과 다양한 통신 표준과 요구에 대한 이해가 필요하다. 디지털 협업은 협업을 위한 서로 다른 디지털 도구의 특징, 다양한 문화와 기타 협력 규범에 대한 이해를 바탕으로 디지털팀과 작업 그룹에 참여하여 공유 디지털 도구와 미디어를 효과적으로 사용하고, 공유된 자료를 생산하며, 공유 생산성 도구를 사용하여 문화, 사회, 언어적 경계를 넘어 효과적으로 작업할 수 있는 역량이다. 디지털 파트너십은 디지털 네트워크에 대한 촉진과 구축을 위한 참여, 디지털 미디어, 서비스를 이용한 사회와 문화 생활에 참여, 긍정적인 연결, 연락 구축, 네트워크 전반에 걸친 메시지 공유와 확대, 네트워크 환경에서 안전하고 윤리적으로 행동할 수 있는 역량으로 디지털 미디어와 네트워크가 사회적 행동에 어떤 영향을 미치는지에 대한 이해가 선행되어야 한다.

디지털 학습은 디지털 학습 자원을 식별하고 사용, 디지털 미디어를 통한 학습 대화 참여, 학습 앱과 서비스를 사용(개인 또는 조직), 디지털 도구를 사용하여 학습을 조직하고 계획, 반영, 학습 이벤트와 데이터를 기록하고 이를 자체 분석, 반영, 성과 제시에 사용할 수 있도록 디지털 학습 기회에 참여하고 혜택을 누릴 수 있는 역량이다. 이를 위해 디지털 평가에 참여하고 디지털 피드백을 수신하며 디지털 환경에서 학습하는 데 필요한 시간과 작업, 주의, 동기 등 자체적으로 진행 상황을 모니터링할 수 있도록 온라인 학습에 관련된 기회와 과제에 대한 이해가 필요하다. 당연하게 디지털 학습자로서의 자신의 요구와 선호에 대한 이해가 선행되어야 한다. 디지털 코칭은 디지털 방식으로 풍부한 환경에서 다른 사람들을 지원하고 개발할 수 있도록 교육 또는 커리큘럼팀에서 일하고, 학습 기회를 설계하고, 학습을 지원하고, 촉진하고, 동료 학습에 있어 능동적이며, 효과적인 자원을 활용할 수 있는 역량이다. 교육, 학습 및 평가를 위한 서로 다른 매체의 교육적 가치에 대한 이해, 서로 다른 교육적 접근 방식에 대한 이해를 위해 디지털 방식으로 다양한 환경에서 적용할 수 있는 스킬이 필요하다.

디지털 정체성은 디지털 참여와 관련된 평판의 이익과 위험에 대한 이해를 바탕으로 디지털 정체성을 개발 및 기획하고, 다양한 플랫폼에 걸쳐 디지털 평판(개인 또는 조직)을 관리하며, 디지털 프로필과 성과 관리를 하고, 온라인 활동의 영향을 검토할 수 있는 역량(디지털 네트워크 전반에 걸쳐 개인 자료를 모으고 정리)이다. 디지털 웰빙은 디지털 환경에서 개인의 건강, 안전, 관계, 일과 삶의 균형을 관리할 수 있는 역량이다. 건강과 취미 등 개인 목표를 추구하며 사회 및 지역사회 활동에 참여하기 위해 디지털 도구를 사용하고, 디지털 환경에서 안전하고 책임감 있게 행동하며, 분쟁 발생시 조정 또는 해결할 수 있고, 디지털 작업 부하와 과부하 및 디지털 도구를 사용할 때 인간과 자연 환경에 대한 우려에 대해 건강, 웰빙 결과와 관련된 디지털 참여의 장점과 위험에 대한 이해가 필요하다.

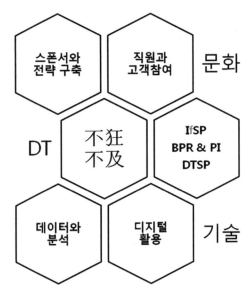

IfSP : Information for Strategy Planning, 정보전략 기획보다 전략 기획을 위해 데이터와 정보의 활용이 더 중요함을 강조하기 위해 만들었다

그림-73. 디지털 트랜스포메이션 프레임워크와 역량

디지털 역량을 종합하면 기업이나 조직이 현재 상황을 분석하고 기술 추세에 따라 활성화되는 새로운 비즈니스 사례를 식별할 수 있는 역량이라

고 요약할 수 있다. 잘 만들어진 디지털 트랜스포메이션 프레임워크는 디지털 역량을 감안하여 기본적인 (디지털) 기술을 바탕으로 디지털 트랜스포메이션 추진을 통해 새로운 디지털 문화를 만든다. 디지털 역량은 디지털 기술을 실현 요소로 고려하여 기업이 지속 가능하고 성공적인 디지털 비즈니스로 변모하는데 필요한 핵심 기술 및 기능을 제공한다. 이때 기업의 디지털 성숙도를 평가하는 데 사용할 수 있는 구조화된 디지털 역량 성숙도 모델 을 사용하는 것이 바람직하다. 또한 다양한 사례의 디지털 유즈케이스는 특정 목표에 도달하는 방법을 제공하여 기업의 디지털 역량을 향상시킨다. 디지털 유즈케이스는 일반적으로 특정 산업 분야의 조직이 디지털 트랜스포메이션을 통해 경쟁 우위를 확보할 수 있는 방법을 의미한다. 이런 역량을 확보하기 위한 마일스스톤을 디지털 트랜스포메이션 로드맵에 표시하는 것은 디지털 트랜스포메이션을 추진하기 위한 기본 단계라고 할 수 있다.

5. 맺음말

전 세계 기업들이 비즈니스 프로세스를 개선하고 새로운 기능 및 비즈니스 모델을 개발해야 하는 과제를 안고 있는 가운데 디지털 방식으로 전환하고 있다. 모든 산업에서 유행처럼 번지는 혁신의 늪에서 사용 가능한 데이터와 정보는 새로운 자원으로 데이터와 정보는 정보 시대의 핵심 비즈니스 자산, 수익원 및 중요한 원동력이 되었다. 정보 시대와 디지털화 비즈니스 경제의 다음 단계인 새로운 기술의 이점을 활용하려면 조직은 모든 형태의 데이터와 정보의 역할을 가속화하고 비즈니스 민첩성을 향상시킬 준비가 되어 있어야 한다. 가장 중요한 것은 디지털 트랜스포메이션 전략을 기획하고 데이터, 정보, 프로세스, 기술, 인적 측면 등과 관련된 여러 분야에서 연결 고리를 만들 수 있어야 한다는 점이다.

연결 고리를 만들 때는 빠른 실행이 관건이다. 충분한 시간을 갖고 다양한 연결 지점을 선정하여 튼튼한 교량을 건축하는 것도 중요하지만, 빠른 변화와 함께 새로운 기술이 나타나고 있는 디지털 비즈니스 생태계에서는 민첩한(agile) 대응을 위한 연결 고리로써 징검다리를 만들어 건너면서 고객 경험과 운영 프로세스를 검증하는 것이 중요한 요소다.

디지털 트랜스포메이션 전략은 Why, What, How와 Who와 같은 필수적인 질문에 답하는 것으로 시작한다. 디지털 트랜스포메이션 전략은 현재 상태와 원하는 장기 계획 사이에 다리(처음에는 징검다리로 시작)를 놓는 것이다. 디지털 트랜스포메이션은 전체론적 개념이며 통합과 협업이 필요하기 때문에 디지털 트랜스포메이션 전략은 작은 비즈니스 단위인 블록과 블록을 연결하는 연결 고리뿐만 아니라 IT와 비즈니스 간의 협업 체계를 구축해야 한다. 마케팅 및 CMO가 선도적인 역할을 하는 비즈니스가 점점 많아짐에 따라 IT 기술 예산에도 영향을 미치는 현실에서, 디지털 트랜스포메이션에 필수적인 CIO 와 IT팀원들은 CMO 또는 다른 비즈니스 임원의 언어를 이해하는 것조차 어렵게 될 것이다. 이제 비즈니스 임원들은 CIO 조직을 더 이상 그들의 파트너로 보지 않는다. 이로 인해 전통적인 IT 서비스 컨설팅 관련 회사들은 목표 고객사의 요구를 제대로 이해하고 해결하는데 도움이 되는 마케팅과 비즈니스에 뿌리를 둔 '디지털 트랜스포메이션 컨설팅 회사'를 구축하거나 인수하고 있다. 이런 현상은 디지털 트랜스포메이션 컨설팅 비즈니스 영역에서 알려진 일부 컨설팅 회사들의 성장세가 꺾인 것과 맥을 같이한다. 이들은 점점 더 정교해지는 고객사의 디지털 트랜스포메이션 전략 요구에 대응할 수 없다. 이런 현상의 발생 원인은 고객사의 ICT 현황과 정보 관리 기술 수준 및 문화를 모르기 때문이다. 즉, 많은 현실과 기술을 포괄하는 디지털 트랜스포메이션 전략을 기획하는 것은 매우 어려운 일로 특정 컨설팅 방법론을 적용한다고 해결될 일이 아니다. 더구나 외부에서 온 컨설턴트들이 자주 접하는 인터뷰 대상인 IT 및 정보 관리 인력은 나름대로 해석하여 검증되지 않은 비즈니스 관점의 언어를 사용한다. 반대로 대부분의 비즈니스 이해당사자들은 IT의 언어를 사용하지 않을 뿐만 아니라 비즈니스 프로세스 관리와 비즈니스와 관련된 기술적 진화와 개념 또는 비즈니스 프로세스 최적화 방법에 대해서 사고하는 방식에 익숙하지 않다.

따라서 단순하게 IT와 비즈니스를 연결하기 위한 정보관리 프로세스 또는 시스템을 구축하던 옛날 방식보다 연결 고리가 훨씬 많다. 불과 얼마 전까지 많은 전문가와 컨설팅 회사들은 비즈니스에 필요한 정보 수집, 백엔드부터 프런트 오피스까지의 내부 운영 프로세스 구축, 인간과 기계 또는 기계 간의 사물인터넷 등 데이터 연결을 위한 관점에서 디지털 트랜스포메이션 추진의 필요성을 역설했었다. 하지만, 전체론적 관점에서는 지금까지 언급했던 것처럼 고객 경험 창출과 내부 운영 프로세스로 구성된 비즈니스 모델 혁신을 위한 데이터와 정보 및 프로세스를 통합하는 것이 중요하다. 외부로부터의 디지털 혁신에 대응하고 디지털 트랜스포메이션의 성공적 여정을 위해 전사 차원으로 디지털 비즈니스 생태계에 대한 인식이 필요하고, 신뢰할 수 있는 데이터와 정보에 의한 의사 결정과 빠른 실행 역량을 개발해야 한다. 이를 위해 조직, 프로세스, 정보 소스 등의 파악을 통해 기존 사일로 문화를 타파할 수 있는 접점을 찾는 것은 어려운 일이 아니다. 조직 내 모든 조직원이 거의 알고 있는 사실이다. 다만, 조직 문화와 부서 간의 역학관계 때문에 수면 아래에 있을 뿐이다. 또 하나 주의할 점은 디지털 트랜스포메이션의 핵심은 데이터라는 것이다. 이 데이터는 양과 형식의 다양성이 기하급수적으로 증가하고 있는데, 어떻게 모든 데이터의 의미를 파악하고 우선 순위를 지정하며, 더 나아가 실행 가능한 지능으로 트랜스포메이션하여 새로운 기회를 창출할 수 있는가 하는 점이다. 동시에 데이터 관리에는 전사 차원의 통합적 접근 방식이 필요하다. 종이 기반 정보를 디지털화하고 캡처하는 것에서부터 프로세스를 개선하고, 지식 작업자의 역량을 강화하고, 고객에게 더 나은 서비스를 제공하기 위해 필요한 시기, 장소 및 방법에 대한 올바른 정보와 실행 가능한 지능을 얻기까지 다양한 단계와 통합이 필요하다. 현실적으로 조직, 관련 시스템 및 프로세스의 최적화와 혁신 및 디지털 트랜스포메이션이라는 조직의 개별 목표와 과제에 맞게 조정된 엔드-투-엔드 데이터 관리 문제를 해결해 나가는 것은 디지털 트랜스포메이션 전략의 주요 요소는 아니지만 매우 중요한 요소임에는 틀림없다. 실제로, 디지털 트랜스포메이션을 추진할 때 가장 큰 걸림돌 중에 하나가 업무 프로세스의 변화로 인한 혼선의 발생이라는 사실을 부인하기는 힘들다. 또 하나 중요한 것은 데이터와 콘텐츠 분석 및 인공지능들을 통해 제공되는 정보가 실행 가능한 지식 및 지능으로 전환되어야 한다는 점을 잊지 말아야 한다.

디지털 트랜스포메이션 전략의 가장 최상위 목표인 고객 경험 창출을 위한 핵심 요소는 고객 중심의 고객 대면 프로세스를 통한 고객 경험 파악이다. 이것은 어떤 것보다도 개인화를 위한 깊이와 폭을 필요로 하는 방식으로 고객과 더 친밀한 유대를 필요로 한다. 또한 디지털 트랜스포메이션 전략에서 고객 경험에 가장 관심이 높지만, 현실적으로 고객과 가장 먼 거리에 있는 관리자와 경영층을 위해 고객과 접점을 마련하여 디지털 비즈니스 생태계의 동향을 파악할 수 있는 연결 고리가 필요하다. 새로운 비즈니스 모델과 수익원이 비즈니스와 기술의 문제를 모두 좌우하는 생태계에서는 특히 중요하다. 고객이 제품과 서비스를 경험하면서 쌓이는 고객 경험은 핵심 데이터를 효율적으로 관리하고 이를 효과적으로 활용할 수 있는 핵심 자산이다.

이를 위해 아웃소싱을 포함하여 다양한 파트너십으로 구성된 코피티션 (co-opetition, 협조적 경쟁)은 바람직한 일이다. 코피티션은 수학자 존 폰 노이만과 경제학자 오스카 모르겐슈테른의 저서 '게임 이론과 경제 행동' 과 수학자 존 내시의 저서 '비협력 게임'에서 주목받은 게임이론을 바탕으로 생겨난 용어다. 코피티션은 무조건 이기기 위해 상대방을 패자로 만드는 제로섬 게임이 아니라, 삼성과 애플같이 상호 협력을 통한 경쟁만이 성장동력을 유지하고 지속적인 이익을 낼 수 있다는 것을 의미한다. 경쟁자들과 제휴를 맺고 필요에 의해 협력과 동시에 경쟁을 통해 시장을 확대해 나가며 같이 성장할 수 있는 윈윈게임이다. 코피티션은 다수의 기업들이 서로의 약점을 보완해주고 지속적인 협력관계를 형성하여 또 다른 경쟁 기업들에 대해 경쟁우위를 확보하기 위해 기업 활동 전반에서 폭넓게 이루어지고 있으며, 특히 연구개발(R&D) 분야에서 많이 나타난다. 다양한 파트너들과 함께 가치 있는 플랫폼과 네트워크를 형성해 새로운 수익 흐름을 함께 찾는 것도 중요하며, 데이터와 실행 가능한 지능, 소프트웨어연계와 관련된 다양한 기술이 이를 가능하게 한다. 이러한 차원은 사물인터넷이 실제로 모든 것과 연결되어 보다 실행 가능한 지능을 활용할 수 있도록 상호 연결함으로써 더욱 증가할 것이다. 디지털 비즈니스 생태계와 디지털 트랜스포메이션 전략 환경에서 코피티션은 기업과 기존 생태계를 넘어 새로운 네트워크와 생태계를 구축하는 방향으로 나아가고 있다. 지금의 디지털 비즈니스 생태계는 미래의 성장과 혁신적 비즈니스 모델을 위해 아군과 적군의 구별없이 데이터와 실행 가능한 지능을 활용하는 생태계다.

또 다른 영역은 기존 기술과 새로운 기술 사이의 연결 고리로 가장 혁신적인 기술의 잠재력을 제공하는 것이다. 많은 기업이 이미 앞서 언급한 몇 가지 연결 고리를 만들기 위해 노력하고 있고, 이를 통해 기업 전반과 장기 디지털 트랜스포메이션 전략에서 실질적인 가치를 창출할 수 있다. 디지털 트랜스포메이션이 장기적인 관점과 전략이 필요한 여정이라는 사실을 기억해야 한다. 지난 수십 년 동안 새로운 기술이 계속 등장하고 사라졌지만, 최근에 등장하고 있는 디지털 기술들은 비즈니스 방식과 생활 방식의 핵심 구성요소로 자리잡고 있다. 과거에는 필요에 의해 기술을 사용했으나, 지금은 디지털 기술에 의해 삶이 변화하고 있다. IDC는 소셜, 모바일, 클라우드, 빅데이터 등의 핵심 기술을 '제3의 플랫폼'이라고 부르기도 한다. 여기에 사물인터넷과 인공지능 기술을 통한 '인지(cognitive)' 기술을 포함하기도 한다. 이런 기술들을 개발하고 있는 기업 간의 경쟁에 의해 '기술의 사일로화' 경향이 나타나고 있는 것은 비즈니스 생태계에서 흔히 있는 일이지만, 이런 기술을 활용하는 디지털 트랜스포메이션 전략에는 특정 기술의 선택과 배제에 어려움이 있는 것도 사실이다. 디지털 트랜스포메이션 여정에서 특정 기술에 의존하기보다는 다양한 기술의 결합에 의존하기 때문이다. 또한 각 기술들도 서로 결합하기 때문에 본질적으로 기술 간 서로 의존하고 있다. 이렇게 다양한 기술이 다루어지는 방식을 볼 때 그것이 각 기술의 특성과 진화에서 왔는지 여부와 그 기술을 발명한 이유와 왜 그 기술을 사용하는지에 대해 그것이 실제로 전체 중 일부분임을 잊어버리곤 한다. 그리고 각 기술과 관련한 많은 서적들에서도 특정 기술만을 언급하는 경우가 대부분이기 때문에 이러한 현상을 더욱 부추기고 있어서 이러한 기술을 통해 얻을 수 있는 혜택과 잠재력을 충분히 얻을 수 있는 것이 아니다. 최소한 디지털 트랜스포메이션 전략과 실행 가능한 지능 및 기회 측면에서 이들 모두가 어떻게 중요한지 이해하는 것이 중요하다. 물론 이 책을 읽고 있는 대부분의 독자들은 처음부터 끝까지 모든 관점이 혁신적인 비즈니스 접근 방식이나 어떤 특성이 있든 문제를 해결하기 위한 새로운 방법을 창출하는 것이 중요하다는 것을 알고 있다. 동시에 그것들을 개별적으로 이해할 수밖에 없는 것이 현실이다. 특히 사물인터넷은 그 자체의 기술에 대해 알고 있는 것과 그것이 얼마나 중요할지를 넘어서서, 정말로 무엇을 하고 무엇을 할 수 있는지 알아야 한다. 그렇기 때문에 달성하고자 하는 목표, 그리고 디지털 비즈니스 생태계에 맞는 모든 기술들을 전체론적인 관점에서 연결 고리를 만들어 나가야 한다. 이를 위해서는 디지털 트랜스포메이션의 큰 그림에서 각 기술들이 어떤 역할을 하는지 파악해서 디지털 트랜스포메이션의 각 연결 고리를 식별하면 전체 전략에서 확실한 차이를 만들어 낼 수 있다.

모든 디지털 트랜스포메이션 전략의 핵심은 지금까지 언급된 모든 연결 고리를 만드는 것이다. 이미 일부 미래 지향적인 기업들은 산업용 사물인터넷과 데이터 분석을 사용하여 디지털 트랜스포메이션 성과를 나타내고 있다. 그리고 가치가 있는 새로운 생태계를 만들 수 있는 다양한 파트너들과 코피티션을 통해 세력을 확장하고 있다. 특히 유니온 클럽에 가입한 신생기업들의 움직임은 더욱 빨라졌다. 단지 기술의 기능적인 관점에만 초점을 맞춘 기업보다 완전히 새로운 혁신 방법(파괴혁신)을 고안해 내는 것이 필요하다. 종종 관련이 없어 보이는 영역에서 생성된 인사이트를 어떻게 활용할 수 있는지, 또는 다른 기능을 추가하여 어떻게 활용할 수 있는지, 그리고 누가 소스와 리소스 간에 연결 고리를 만들 수 있는지를 진정으로 이해할 필요가 있다.

그렇다면 '어디서부터 시작하느냐?'라는 질문이 생긴다. 정답은 디지털 역량을 확보하는 것으로부터 시작하는 것이다. 디지털 역량을 통해 민첩하고 전사 차원의 혁신과 최적화 능력을 얻기 위해 모든 구성 요소, 기술 등을 이해해야 한다. 이 모든 것을 특정인 한 명이 모두 알 수는 없다. 다양한 소규모 팀(스크럼팀)을 통해 이러한 작업이 수행되어야 한다. 다이나믹한 소규모 팀은 지금 해야 할 일과 그 의미, 상황, 전체 연결 고리와 목적을 염두에 두고 지금 해야 할 일과 장기적 관점에서 해야 할 일들을 정리할 수 있다. 이것은 즉각적인 디지털 유즈케이스, 중기 목표 및 보다 큰 로드맵을 염두에 두고 개선해 나가는 디지털 트랜스포메이션의 기본 프로세스로 디지털 트랜스포메이션 프레임워크에 표현되어야 한다

디지털 트랜스포메이션은 짧은 여정이 아니며, 부분적인 목표를 지향하지 않고 무엇보다도 디지털 비즈니스 생태계에 적응하기 위한 방식으로 나아갈 수 있는 명확한 로드맵과 전략이 필요하다. 대다수의 경영층이 원하는 것은 디지털 트랜스포메이션이 어디로 향해야 하는지, 무엇을 달성해야 하는지, 그리고 중간 중간에 필요한 통제 장치를 제대로 갖추고 성공적으로 도달했는지 확인하는 것이다. 따라서 디지털 츠랜스포메이션 전략에

는 미래를 위한 매핑 계획 및 우선 순위 지정이 필요하다. 여기에는 두 가지 관점이 있다. 먼저, 디지털 트랜스포메이션을 일련의 프로젝트, 작업 또는 파일롯으로 추진한다면 어떤 것을 변화시키고 싶은지, 그것이 무엇인지, 그리고 어떻게 그곳에 도달할 수 있을지에 대해 답할 수 있어야 한다. 일반적인 프로젝트 관리 질문과 다르지 않다. 가끔 그것을 잊어버리고, 전체적 관점을 염두에 두지 않고 기술이나 조직적인 질문 속에서 방향을 잃어버리는 경향이 있다고 해도, 이것은 필수 사항이다. 또 하나는 디지털 트랜스포메이션을 지속적인 비즈니스 혁신 전략에 더 중점을 둔 지속적인 전환 과정으로 인식하는 것이다. 이것은 끝나지 않는 여정을 뜻하기 때문에, 사회적 변화와 기술적 진화가 지속적으로 일어나고, 가속화됨에 따라 행동하고, 반응하여 이상적으로 행동할 수 있는 역량의 개발이 필요하다는 것을 의미한다. 이것은 사전 대응적 또는 민첩한 정보와 높은 변화 인식 역량을 갖추는 것이 왜 그렇게 중요한지를 설명한다. 디지털 트랜스포메이션은 조치가 필요할 때 행동할 수 있는 광범위한 정보를 제공하는 역량을 확보하는 것이기 때문이다. 두 경우 모두 경영층의 질문 공세를 벗어날 수 없다. 특히 후자의 경우에는 전사 차원에서 (비용을 포함하여) 큰 노력이 수반되기 때문에 더 많은 질문에 노출될 수밖에 없다. 일반적으로 디지털 트랜스포메이션 추진 실무자들은 자신의 영역에만 관심을 가지는 경우가 많아 '경영층이 무엇을 달성하고 싶은지, 왜 그것을 원하는지, 어떻게 거기에 도달하고 싶어하는지, 누가 필요한지, 실무자들의 의도를 뒷받침하는 명확하고 계산된 사례가 있는지, 그리고 목표를 달성했는지 아닌지를 어떻게 측정할 수 있느냐?'라는 필수적인 질문에 관심이 부족한 것이 사실이다.

이러한 질문들이 필요함에도 불구하고 자주 간과되는 데에는 많은 이유가 있다. 디지털 비즈니스 생태계는 신세계이기 때문에 디지털 트랜스포메이션 추진에 따른 리스크를 명확하게 관리하기가 쉽지 않다. 실제로 종종 부분적이거나 어떤 의미에서는 상대적으로 미지의 영역으로 운영되고 있어 디지털 트랜스포메이션 전략을 통해 구축된 프레임워크가 모든 비즈니스 블록을 가지고 있는지 확신할 수 없기 때문이기도 하다. 또 (고객을 포함하여) 다양한 사람들과 함께 고객 경험 분석을 통한 전략적인 세션을 수행하는 것이 중요한데, 실제로 고객 경험은 계속 진화한다는 인식을 갖고 비즈니스 블록의우선 순위를 정하는 데 명확한 방법이 없다는 것이 그 이유다. 마지막으로 마케팅 활동의 ROI와 같이 특정 결과를 가진 활동과 예상외로 높은 수익이 창출될 수 있는 덜 확실하거나 불확실한 결과를 가진 활동 또는 전체 ROI에 영향을 미치지 않는 손실 간의 균형을 맞추기 위한 계획에 대한 이해도는 높은 반면, 디지털 트랜스포메이션은 실패와 위험의 균형을 유지하는 데 필요한 역량을 갖추기 위한 로드맵의 확보가 쉽지만은 않기 때문이다. 따라서 마케팅의 ROI 도표와 같은 디지털 트랜스포메이션 전략의 범위에 따라 알 수 없는 것들을 도표화해야 한다. 실제로 정보 관리시스템 구축을 포함하여 디지털 비즈니스 플랫폼 구축까지 대부분 결과에 대한 불확실성보다는 구축을 위한 방법인 "어떻게"에 대한 불확실성의 문제에 초점을 맞춰온 것이 사실이다. 결과가 어떻게 나타날지에 대한 불확실성은 디지털 프랜스포메이션 프레임워크를 구성하는 모든 비즈니스 블록이 예측되거나 목표 달성 여부에 대한 불확실성 관리에 의해 강화된다. 하지만 필요한 블록을 누락하거나 잘못된 블록 사용에 따른 불확실성의 가능성이 충분히 있기 때문에 필요한 블록 간의 적절한 연결과 관련하여 실패를 두려워하는 경우가 많다. 이런 경우를 대비한 디지털 트랜스포메이션 전략을 수립하기 위해 기존의 주요 고객과 파트너들을 통해 학습된 지식을 활용할 수 있다. 실제로 선진 기업들은 이를 위해 혁신 실험과 미래 지향적 세션에 대한 공간을 마련하는 사례가 점점 늘어나고 있다. 이들은 신생 기술 또는 기존 IT 파트너를 대상으로 기술과 잠재된 미래 시나리오 등을 소개하고, 공동으로 개발하는 업무를 수행하는 신생 기업과 기술자들을 초대한다. 그들은 해커톤(Hackathon)을 설치하고, 브레인 스토밍 시간을 할당하며, 장기간에 대비하기 위해 실험을 시작한다. 해커톤은 해킹(hacking)과 마라톤(marathon)의 합성어로 한정된 기간 내에 기획자, 개발자, 디자이너 등 참여자가 팀을 구성해 쉼 없이 아이디어를 도출하고, 이를 토대로 앱, 웹 서비스 또는 비즈니스 모델을 완성하는 행사다. 이러한 경향과 디지털 트랜스포메이션 컨설팅 업체의 방법론을 비교할 수 있다. 컨설팅은 너무 제한된 전문 지식을 바탕으로 운영된다. 20년 전쯤 지금과 유사하게 'e-비즈니스' 열풍이 불었을 때 전문가들로 구성된 컨설팅 결과에 대해 잘 알고 있을 것이다. 다시 한 번 강조하지만 디지털 트랜스포메이션은 또 하나의 IT 시스템을 구축하는 작업이 아니다. 앞에서도 언급했지만, 디지털 트랜스포메이션 방법론과 컨설팅 업체에 전적으로 의존하지 말아라! 디지털 역량을 먼저 확보하는 것이 더 중요하다!

디지털 트랜스포메이션과 e-비즈니스는 별개다. 단순히 규모와 기능의 문제에 초점을 맞추는 많은 디지털 트랜스포메이션 컨설팅 회사(이 회사들 대부분이 디지털 트랜스포메이션을 추진하지 않았다)들의 도움에 의한 새로운 기술, 특히 사물인터넷 기술의 도입과 빅데이터 시스템 구축 등과 같은 몇 가지 영역에서 이미 많은 문제점을 드러낸 것은 주지의 사실이다. 멋진 기능과 기술로 무장한 프레젠테이션은 주로 검증되지 않는 숫자에 대한 이야기만 난무한다. 인터넷 버블 이전에 그랬던 것처럼 숫자, 예측, 그리고 기술의 발전 예상은 모든 논쟁을 지배하면서 기대와 과대 선전으로 이어졌었다. 이제 이런 방식은 통하지 않는다. 경영층에서도 많은 시행착오를 통해 충분히 알고 있다. 디지털 트랜스포메이션은 시장이 성숙함에 따라 변한다. 그렇다면 여기에도 새로운 거품이 생기는 것은 아닐까? 충분히 그럴 수도 있다. 그러나 e-비즈니스와 달리 디지털 트랜스포메이션은 실체가 있고, 실제로 삶의 방식이 변하고 있는 모습을 직접 체험할 수 있다는 점이다. 다만 우리가 모르고 있는 것은 그것이 얼마나 클지, 그리고 어떤 부분이 가장 큰 영향을 받을지 모른다는 것이다.

그림-74. 디지털 트랜스포메이션 프레임워크

스폰서

- 사내 문화 형성
- 정보 의사 필요
- 시간 투자 필요
- 외부 도움 필요
- 빠른 접근 필요

고객 경험 창출

- 주요 발전·기회와 현재 상태 연계 / 전략 기능에서 기 숙련과 데이터 연결 / 확실한 리더십 확보 / 정보 및 데이터 성 숙도 최적화 / 학습측정평가 및 확장·혁신
- 주요 발전 방향의 분석 및 순위화 / 기술 문화 및 준 비 상태 평가 / 혁신, 최적화, 민첩 성 및 확장을 위한 설계 / 장기적 관점에서 중간 목표 설정 / 핵심 무형자산 수 집(고객, 데이터)

운영 프로세스

- 현재 위치 평가와 벤치마킹 / 내부 협업팀 선정 및 성과 결정 / 어디에 있는지, 어디로 가는지에 대한 기본 전략 / 이정표 로드맵 개발 / 에코시스템 및 플 랫폼 구축
- 시장·발전방향은 제의 핵심 파악 / 고객 및 이해당사 자와의 격차 분석 / 외부 및 내부 도움 / 목표, KPI 설정 / 비즈니스 모델 리엔지니어링

스폰서 확보

디지털 역량 측정 및 평가

- 스크럼팀 구성 / 파일럿 선정과 개발 / 사내 전파 / 역량 성숙도 평가 / 시나리오 작성

컴피티션

디지털 트랜스포메이션 전략에 대한 올바른 질문은 "여러분은 디지털 트랜스포메이션의 목표를 정의하고 필요한 모든 연결 고리를 만들어 장벽을 제거하고, 필요한 비즈니스 블록을 쌓을 수 있는 프레임워크를 구축하기 위한 전략을 수립할 수 있는 '조건'을 아시나요?"라고 생각한다. 이 질문에 대한 현실적인 답은 기업이나 조직 내에서 "스폰서"를 구해야 한다는 것이다. 많은 기업과 조직에서 넘치는 열정과 노력만으로, 특히 특정 부서나 개인의 사명감에 의한 진행을 생각하고 있는 경우를 많이 볼 수 있다. 디지털 트랜스포메이션은 이전에 결코 볼 수 없었던 혁신이다. 디지털 트랜스포메이션이 아무리 매력적으로 보여도 경영층을 납득시키지 못하면 추진할 수 없다. 디지털 트랜스포메이션의 '스폰서'를 확보하기 위한 작업부터 시작해야 한다.

디지털을 향한 여정

지은이 권상국

1판 1쇄 발행 2019년 4월 1일

저작권자 권상국

발행처 하움출판사
발행인 문현광
교 정 성슬기
편 집 박진우
주 소 광주광역시 남구 주월동 1257-4 3층 하움출판사
I S B N 979-11-6440-012-6

홈페이지 www.haum.kr
이메일 haum1000@naver.com

좋은 책을 만들겠습니다.
하움출판사는 독자 여러분의 의견에 항상 귀 기울이고 있습니다.

이 도서의 국립중앙도서관 출판예정도서목록(CIP)은 서지정보유통지원시스템 홈페이지(http://seoji.nl.go.kr)와
국가자료종합목록시스템(http://www.nl.go.kr/kolisnet)에서 이용하실 수 있습니다.
(CIP제어번호 : CIP2019010180)